国家出版基金项目
NATIONAL PUBLICATION FOUNDATION

编 三 代 作 家 论

北村论

中国当代作家论

谢有顺 主编

马 兵/著

北村论

作家出版社

马兵

■ 1976生，山东邹城人，现为山东大学文学院教授，副院长、博士生导师。曾任职于山东文艺出版社，历任编辑、编辑室主任。2007年7月调入山东大学文学院中国现当代文学研究所，主要从事20世纪中国文学史观与新世纪文学热点的教学和研究。出版、主编著作数种，主持国家和省部级项目多项。兼任中国现代文学馆特聘研究员，济南市文艺评论家协会主席，山东省作家协会签约评论家。

主编说明

　　自从到大学工作以后，就不时会有出版社约我写文学史。很多文学教授，都把写一部好的文学史当作毕生志业。我至今没有写，以后是否会写，也难说。不久前就有一份高等教育出版社的文学史合同在我案头，我犹豫了几天，最终还是没有签。曾有写文学史的学者说，他们对具体作家作品的研究，是以一个时代的文学批评成果为基础的，如果不参考这些成果，文学史就没办法写。

　　何以如此？因为很多学问做得好的学者，未必有艺术感觉，未必懂得鉴赏小说和诗歌。学问和审美不是一回事。举大家熟悉的胡适来说，他写了不少权威的考证《红楼梦》的文章，但对《红楼梦》的文学价值几乎没有感觉。胡适甚至认为，《红楼梦》的文学价值不如《儒林外史》，也不如《海上花列传》。胡适对知识的兴趣远大于他对审美的兴趣。

　　《文学理论》的作者韦勒克也认为，文学研究接近科学，更多是概念上的认识。但我觉得，审美的体验、"一个灵魂唤醒另一个灵魂"的精神创造同等重要。巴塔耶说，文学写作"意味着把人的思想、语言、幻想、情欲、探险、追求快乐、探索奥秘等等，推到极限"，这种灵魂的赤裸呈现，若没有审美理解，没有深层次的精神对话，你根本无法真正把握它。

　　可现在很多文学研究，其实缺少对作家的整体性把握。仅评一个作家的一部作品，或者是某一个阶段的作品，都不足以看出这个作家的重要特点。比如，很多人都做贾平凹小说的评论，但是很少涉及他的散文，这对于一个作家的理解就是不完整的。贾平凹的散文和他的小说一样重要。不久前阿来出了一本诗集，如果研究阿来的人不读他的诗，可能就不能有效理解他小说里面一些特殊的表达方式。于坚也是一个典型的例子。很多人只关注他的诗，其实他的散文、文论也独树一帜。许多批评家会写诗，他写批评文章的方式就会与人不同，因为他是一个诗人，诗歌与评论必然相互影响。

如果没有整体性理解一个作家的能力，就不可能把文学研究真正做好。

基于这一点，我觉得应该重识作家论的意义。无论是文学史书写，还是批评与创作之间的对话，重新强调作家论的意义都是有必要的。事实上，作家论始终是中国现代文学的一个宝贵传统，在1920—1930年代，作家论就已经卓有成就了。比如茅盾写的作家论，影响广泛。沈从文写的作家论，主要收在《沫沫集》里面，也非常好，甚至被认为是一种实验。中国现代文学研究界的许多著名学者都以作家论写作闻名。当代文学史上很多影响巨大的批评文章，也是作家论。只是，近年来在重知识过于重审美、重史论过于重个论的风习影响下，有越来越忽略作家论意义的趋势。

一个好作家就是一个广阔的世界，甚至他本身就构成一部简易的文学小史。当代文学作为一种正在发生的语言事实，要想真正理解它，必须建基于坚实的个案研究之上；离开了这个逻辑起点，任何的定论都是可疑的。

认真、细致的个案研究极富价值。

为此，作家出版社邀请我主编了这套规模宏大的作家论丛书。经过多次专家讨论，并广泛征求意见，选取了五十位左右最具代表性的作家作为研究对象，又分别邀约了五十位左右对这些作家素有研究的批评家作为丛书作者，分辑陆续推出。这些作者普遍年轻、锐利，常有新见，他们是以个案研究的方式介入当代文学现场，以作家论的形式为当代文学写史、立传。

我相信，以作家为主体的文学研究永远是有生命力的。

谢有顺

2018 年 4 月 3 日，广州

目
录

引　言 ／ 1

第一章　"先锋"时代：闯将或囚徒 ／ 5

第二章　"神圣启示的来临" ／ 52

第三章　"灵命的长进" ／ 93

第四章　"安慰"三书 ／ 136

第五章　"上升的一切必将汇合" ／ 173

附　录　北村访谈 ／ 193

北村创作年表 ／ 205

参考文献 ／ 214

引 言

"1992 年 3 月 10 日晚上 8 时，我蒙神的带领，进入厦门一个破旧的小阁楼，在那个地方，我见到了一些人，一些活在上界的人。神拣选了我。我在听了不到二十分钟福音后就归入主耶稣基督。"[①] ——很多讨论北村创作转型的评论者，都会援引北村自述的这个蒙受神启的时刻，并以 1992 年为界，把北村的创作分为信仰前的先锋淬炼期和皈依后的信仰写作期两个大的阶段。就北村小说外在的叙事风貌和素材的拣选而言，这样的划分基本合理，北村自己也说"这之后我写出了另一批小说"，"我对这些作品没什么好说，我只是在用一个基督徒的目光打量这个堕落的世界而已"[②]。不过，倘若我们真的把北村从 1980 年代中期到 2016 年出版《安慰书》这三十年的创作贯通起来，就会发现，即便在还显得青涩和刻意的先锋淬炼期，对终极价值的拷问就已经是北村写作主体性体现的重要指向。

早在 1987 年，他就曾在《上海文论》和《福建文学》上接连发表了两篇以"超越"为关键词的文论，认为："超越意识就广义而言，就是通过一定的具象，同时穿透了这个具象而表现出来的一种形而上的认识世界的规律和法则的统一观念，一种哲学判断、文

---

① 北村：《我与文学的冲突》，《当代作家评论》1995 年第 4 期。
② 同上。

化意识和价值评价等。"① 这意味着从创作的起点，他就有着鲜明的"超越"具象的自觉。1990年在《文学自由谈》第2期，时年二十五岁的北村发表了题为《神格的获得与终极价值》的创作谈，对残雪、莫言、马原等先锋文学同道的创作做出别致的点评，在肯定他们叛逆性的写作观念的同时，也毫不留情地指出他们的创作回避了文学本质的"非终极"性，进而他引入"神格"这一概念，以之为寻找另一条接近"世界真实的本质"的途径。北村说："对于作家来说，在终极信念之光的照耀之下，为什么活着、为什么写作、写什么以及怎么写，这四句话是同一句话。"② 可见，在皈依之前，北村一直就在思考作家凭借什么"与这个世界相持""人类精神原痛苦"，以及生存本质的"形而上的思考"这些带有终极意味的命题，正如陈晓明所言："北村没有像其他人那样停留在所谓'孤独''空虚''焦虑'等等现代主义的陈词滥调的重复中，而是在一个精神乌托邦的世界里，来反观世俗生活，对超越性的精神价值的绝望寻求是北村始终不懈地追求的主题。因而，他对虚假性的揭露，对怀乡病的丧失，对终极痛苦的迷失，才会如此痛心疾首。"③ 这是北村三十多年里未曾更改的写作追求！

有趣的是，在《神格的获得与终极价值》这篇洋溢着年轻人那种特有的焦灼气质的创作谈中，北村在谈及马原和他的叙事圈套的形式感时，表示"形式作为通向终极价值的一个中介，永远是第二位的"，但是在文章的后半部分，论及如何将"神格"落实在写作的具体实践中，他又对形式独标一格，认为"小说中获得神格必经由一个独在的形式"，只是这种形式"不再作为一个独立的技术操

---

① 这两篇文章是《上海文论》1987年第1期的《超越意识：超阶段和超实体——文学超越意识沉思录之一》和《福建文学》1987年第2期的《小说现状和模式的艺术思考——文学超越沉思录之一》，引文出自前一篇。
② 北村：《神格的获得与终极价值》，《文学自由谈》1990年第2期。
③ 陈晓明：《北村的迷津》，《当代作家评论》1992年第1期。

作层次"，"不进入任何普遍的美术范畴"，它与内容是一体的，"一种终极价值观带来一种终极操作的形式，一旦抽离了它，终极价值将荡然无存。所以，对于终极价值而言，形式是唯一的"①。在笔者看来，文章前后关于"形式"表述的这种龃龉，一方面显示出彼时的北村对自己正参与的先锋写作的形式反叛的意义有了自觉的警惕，单向度技术层面的突围无法为先锋文学找到本质的突破口和光明的未来；另一方面，任何事关终极的写作都不能脱离形式化的过程，而形式的探索又必须以精神作为先在的支点。北村的这个说法与荒诞派戏剧大师贝克特著名的"形式即内容，内容即形式"的说法有异曲同工之处：在贝克特那里，"寻找一种能容纳混乱的形式"被视作是"艺术家的任务"②，他对自我与存在的勘探和对叙事文体的形式实验是胶着在一起的；在北村这里，形式的精神属性与终极追问的形式意味也无法二分。因而，同样值得读者注意的是，皈依基督之后的北村虽然没有像前期的"××者说"那样，刻意用语言的迷津制造叙事的间离效果，但他也没有放弃对小说形式的深在思考，他后来不同时期的很多小说，如《孔成的生活》《消息》《长征》《安慰书》《嗜睡者》《家族记忆》等都可以放置在现代主义文学的观念框架里加以诠释。

在二十一世纪，当先锋文学的闯将们纷纷归来，再度在文坛攻城略地时，我们会发现，那个当年先锋文学阵营里和而不同的执着于终极意义的思考者其实从未走开。用北村自己的话说便是："从我十六岁发表第一个短篇小说开始，我从来不曾因失语而结束我的创作，我会一直写下去，从不担心写不出或没东西可写，因为我写的是我自己。江郎才尽与我无缘，因为我从来不靠才华写作，我的写作皆来自启示和试炼。"③

---

① 陈晓明：《北村的迷津》，《当代作家评论》1992 年第 1 期。

② 参见李维屏：《英美现代主义文学概观》，上海外语教育出版社 1998 年，第 410 页。

③ 北村：《文学的"假死"与"复活"》，《厦门文学》2010 年第 7 期。

因此，依照逻辑的惯性和讨论的便宜，本书接下来对于北村作品的分析也会以时间为序，按一个大致递嬗的脉络展开，但我们依然倾向于把北村前后的创作视为一个整体，力图呈现其"神格"写作在新时期和新世纪文学中不可替代的意义和价值。

第一章 "先锋"时代：闯将或囚徒

一

1985 年注定要在二十世纪中国文学史留下重要的一笔，它是现代主义文学在中国大地上发生发展中特别值得标注的年份：2 月，马原的小说《冈底斯的诱惑》发表于《上海文学》；3 月，刘索拉的《你别无选择》发表于《人民文学》；4 月，莫言的《透明的红萝卜》发表于《中国作家》；6 月，残雪的《山上的小屋》发表于《人民文学》……一群富有现代主义气质的年轻人揭竿而起，他们企图重建主体与客体、主体与自我、心灵与审美之间崭新的对话关系，以构建一种新的文学时空。这批被称为"新潮小说家"的群体与稍后涌现出的更年轻的余华、苏童、格非、孙甘露等一起在 1980 年代中后期掀起的先锋文学狂飙"剧烈地改变了、并且继续在改变着中国当代文学的面貌"①。同样是在这一年，北村的短篇小说《黑马群——实验室实验之一》发表于《福建文学》1985 年第 3 期，其时的北村刚刚二十岁。

北村，本名康洪，1965 年 9 月 16 日出生于福建长汀。地处闽西的长汀在万山丛岭之中，南与广东毗邻，西与江西接壤，乃闽粤

---

① 李陀：《昔日顽童今何在？》，《文艺报》1988 年 10 月 29 日。

赣三省边陲要冲；汉代置县，唐称汀州，自唐代后一直是州、郡、路、府治所在地，更是客家人聚居的第一座府治城市，素有"世界客家首府"之称；同时长汀还是著名的革命老区，一度是苏区的经济重镇，也是红军长征的主要出发地之一。1935年6月18日，瞿秋白即在长汀英勇就义，给当地留下革命的火种。著名的国际友人路易·艾黎1939年曾因组建"中国工业合作协会"事务所到过长汀，长汀的美给他留下深刻的印象，他在日后说，长汀和凤凰是中国最美的两个小城。新中国成立后，长汀一直隶属龙岩地区。

北村在家中排行老二，有一个哥哥。幼时的北村，跟着在农村卫生院当医生的母亲和做教师的父亲在长汀河田镇的一个叫蔡坊的自然村生活过数年。河田镇四周山势逶迤，构成环绕之态，形成了长汀县最大的河谷盆地；客家的母亲河汀江贯穿全镇，当地林木丰茂，盛产号称"世界五大名鸡"之一的河田鸡。那时乡下清苦，但因为汀州得天独厚的条件，北村仍然有关于吃鸡的美好回忆。过年的时候，孩子们都盼望一种被称为"驮鸡臂"的待遇，就是可以吃一只河田鸡的鸡腿，一个"驮"字生动地放大了鸡腿的重量。汀江水势丰沛，村里的少年常结伴在江边游泳。"那个时候，我主要的玩具是泥巴和溪水，视线放在天空上，这些自然、纯粹的东西使我的想象力大为扩展，增强了我强烈的想象欲求，对我以后的写作起到了重要的影响。"[1] 小学四年级时，有一晚雷电交加，他的老师和同学狂奔到医院，因为雷电击毁了教室，一些上自习的同学也被击倒了。他跟着镇里的医生上山抢救，还背了一个同学到医院，但那个同学其实已经身亡了。好几个同学死于这次意外的灾难，望着熟悉的同学的面庞，尤其是不久前还在打仗游戏中被他骑在身下的好友，死亡的命题第一次"入侵"了他，"不是以理论而是以事实的方式。从那个时候起，我就开始不由自主地思考活着的意义

---

①　参见叙灵2003年8月对北村的访谈《活在信仰和爱当中》，见叙灵新浪博客 http://blog.sina.com.cn/s/blog_484837d0010005aj.html

问题"①。

　　爱读书的习惯，也是从小学就养成的，他回忆"上小学三四年级就读了不少小说，《金光大道》《西沙儿女》《欧阳海之歌》《艳阳天》《林海雪原》。我喜欢《艳阳天》里的爱情感觉，喜欢《林海雪原》这样的战斗故事，喜欢《西沙儿女》里的正气篇，但不喜欢奇志篇。同时，我也在看一些外国小说。我一个同学的叔叔是飞行员，在他家的阁楼上有很多上世纪五十年代留下来的东欧和苏联小说。我当时就强烈地感觉这些小说和《金光大道》《西沙儿女》之类的是完全不同的，那些小说才是真正的小说"。他最早的写作实践也开始于小学，"当医生的母亲就叫我帮她写一些大批判文章，这本来是她必须完成的任务，可她嫌麻烦，看我作文写得好，就叫我试着代写。我写好后，再由她贴到单位的布告栏上去。我一方面觉得好玩，开始学着写这种批判文章，一方面又觉得这些东西全是假的，对很多事情开始产生怀疑"。

　　1976 年，北村十一岁，沉滞的十年"文革"迎来了破局，小镇也捕捉到不一样的讯息，"大人们一见面就相互嘀咕着各种小道消息，谁放出来了，谁平反了。这成了唯一的精神生活。周总理去世那天，长汀下了大雪。人们显得很平静。我在母亲单位的楼下喝着一种长汀特有的菌类酸饮料，听父亲的一个朋友在那儿和父亲讨论政治形势。既感到这些事情很神秘，又感到一种莫名的恐惧。几个月以后，毛主席去世了。街道上布满了灵堂，到处都在鞠躬。给主席送葬的时候，所有人都要对着灵堂鞠躬"②。

　　初二时，北村随母亲搬到长汀县城，他迷恋上了县城的电影院，而看电影也成为他整个中学时代文艺活动的中心，《巴黎圣母

---

① 刘雅麟：《北村：伟大作品需要思想钻探，而不是拼贴》，《北京青年报》2015 年 7 月 9 日。

② 《北村：一个先锋作家的精神苦旅》，朱伟主编《追寻 80 年代》，中信出版社 2006 年，第 78 页。

院》《瓦尔特保卫萨拉热窝》《桥》……这些外国影片给他不小的文艺滋养，他也将看电影的爱好一直保留下来。与此同时，他开始阅读俄罗斯文学，并且常为在小城中找不到足够的精神食粮而苦恼。①高一的时候，他的文学天赋开始崭露，他曾经续写过《我的叔叔于勒》。语文老师注意到这个学生的文学才华，北村回忆到，语文老师"在课堂上破例阅读他送给我的鲁迅先生的《好的故事》，我被这个作品震惊了，当我从梦中渐渐苏醒过来时，我第一次明白了什么叫文学，和它那无法抗拒的魔力"，从那时起，北村决定要"把自己的一生献给文学"②。也是在高一时，他目睹了哥哥第一次高考失利，心里明白，上大学几乎是唯一的出路，"我那时对知识很渴望，打开数学书，读着里面描述几何的语言，像读小说那么舒服。那时候，有一套《数理化自学丛书》非常畅销，被认为是考大学最好的辅导书。我跟母亲闹了半天，总算要到了书钱，就连忙跑到新华书店买书。那是一个周末，书店到下午三四点都还没开门，里面放着广东音乐《步步高》，我一直坐在外面的台阶上，等到黄昏……"③

1981年夏，十六岁的北村如愿考入厦门大学中文系，从闽西的山地小城到了闽东南滨海的中心城市。他跟着父亲"坐火车沿海堤从集美进入厦门半岛时，沉睡的情绪突然被眼前深蓝的海水点燃"，随着深入市区，"花团锦簇渐渐把我包围：我从来没见过一个有这么多鲜花、如此干净的城市"④。中文系的男生宿舍安置在厦大著名的芙蓉楼，此楼乃陈嘉庚女婿李光前所建，因其祖籍南安芙蓉村得名，建成于1950年代，是嘉庚风格建筑走向成熟的标志。楼群共

---

① 参见赵一伍：《北村：文学的事，心灵的事》，《潇湘晨报》2011年7月12日。
② 北村：《我与文学的冲突》，《当代作家评论》1995年第4期。
③ 《北村：一个先锋作家的精神苦旅》，朱伟主编《追寻80年代》，中信出版社2006年，第79页。
④ 北村：《厦门，我的半岛》，《视野》2009年第13期。

有五幢，以芙蓉湖为圆心形成半合围形，主体建筑高三层，局部加高为四至五层，都是中式屋顶、西式屋身的外廊建筑样式。曾对大城市的高楼华厦抱有期待的北村起初有些失望，但很快他就领略了芙蓉楼建筑样式的妙处，"宽阔的廊台形成天然的冬暖夏凉，使得我们有心情在廊上一字排开，对楼下走过的女孩打呼哨——它像一个观景台，把芙蓉楼下全校中心区的动静看得一清二楚"，"以芙蓉楼为轴心，夹道多植凤凰木及松柏、芒果树，与楼体搭配起来如诗如画"[①]。

在北村看来，彼时的厦门大学师资两极分化，有一些年轻老师思想活跃，学识优良，也不乏照本宣科的冬烘先生。好在厦大图书馆丰厚的馆藏可以一解他的阅读之渴：最初，他还是延续自己中学的喜好，继续阅读俄罗斯文学，"我现在还能记忆我在读完屠格涅夫的《罗亭》和托尔斯泰的《复活》之后的狂喜，特别是《复活》中深深的忏悔和人性的力量，但我找不到一个人可以交谈"[②]；随后，随着思想解放的潮流涌入校园，他开始接触各种时髦的文艺理论方法论，这促使他脱离开十九世纪的文学趣味，"对托尔斯泰再也没有兴趣了"，"我渐渐发现了福克纳的矛盾、海明威的英雄主义、川端康成的颓废、乔伊斯的呓语和卡夫卡的象征的魅力，这是一种危险的试探——来自深渊的力量是黑暗的，我好像第一次发现小说还可以这么写，同时也发现了人居然有这么坏，更致命的是我还接受了这样一个教训：因为人类无法改变现状，所以这种绝望是可以接受的。我立刻获得了一个孤儿的地位，感到茫然无措"[③]。在另一篇创作谈忆及大学生活时，北村说："那时，我像大家一样，会为图书馆的一次阅读忧伤，为一部旧电影的人物命运流泪，中间

---

① 参见北村博客《芙蓉楼忆》，http://blog.sina.com.cn/s/blog_488efcbb0100c895.html

② 北村：《我与文学的冲突》，《当代作家评论》1995年第4期。

③ 北村：《我与文学的冲突》，《当代作家评论》1995年第4期。

伴随着一种幸福感,使我四年如一日地度过自己的大学生涯。四年我连篇累牍地写下了许多小说和理论,我可以想象,这些幼稚的文字在我当时的眼中肯定特别生动,原因在于我的激情还未成为疲倦,希望还未成为绝望,我对人生有信心,对我写下的每一个字就有信心。"[1]

北村的这些自白在其时的文学青年中是有普遍性的。首先,1980 年代中后期的历史语境为文学新变提供了外部条件。对于人性尊严的吁请,对于人道主义精神的重建、对于现代化的憧憬在从伤痕到改革文学的递嬗中基本完成,读者试图在文学中寻求政治安慰或解答人生困惑的期待已经弱化,这也意味着文学作为时代代言人的历史使命的终结。与此同时,改革开放成效初显,商品经济已逐渐开始取代政治文化成为时代新的公共中心话语,加速了启蒙思潮的落潮。在这样的情势下,文学观念的更新和调整的步幅也随之加快,"主题的对于具体现实社会政治问题的超越,艺术上摆脱'写实'方法的拘囿,以追求'本体意味'的形式,和'永恒意味'的生存命题:这在当时成为很有诱惑力的目标"[2]。其次,新时期以来的文坛又一次被置于与世界文学广泛交流的巨大空间中,大量西方现代哲学文学思潮的引进,极大地解放了被"十七年"和"文革"中的红色典律禁锢已久的作家的思维。如由九叶派老诗人袁可嘉编选的《外国现代派作品选》在 1980—1985 年间陆续出版,内中包括意识流、未来主义、表现主义、后期象征主义、超现实主义、存在主义、荒诞派、黑色幽默、垮掉的一代等诸多流派,这也是新中国成立后第一次大规模地集中介绍西方现代派文学的丛书,影响巨大。1981 年下半年,高行健出版了《现代小说技巧初探》,这本小册子后来被称为是"寂寞空旷的天空中"升起的一只"漂亮

---

① 北村:《今时代神圣启示的来临》,《作家》1996 年第 1 期。
② 洪子诚:《中国当代文学史》,北京大学出版社 1999 年,第 335 页。

的风筝"①，引起了广泛的关注。在外来作品的示范和相关理论的带动下，不少作家开始尝试运用意识流、荒诞变形等现代技巧并获得肯定，如王蒙的《蝴蝶》《海的梦》《夜的眼》等借由心理结构和情节结构的二重关系，"打破常规，通过主人公的联想，突破时间和空间的限制，把笔触伸向过去和现在，城市和乡村，满天开花"。宗璞的《泥沼中的头颅》《我是谁》和《蜗居》等，则让国人见识到了一种卡夫卡式的悖谬。虽然这些先行者的艺术实践更多袭用了现代主义之"形"，在精神主旨上依然黏附于或伤痕或反思的时代主题，表达的也还是传统式的忧患之心，但毕竟为先锋实验的到来做了相对充分的技术预热和舆论准备。

据北村回忆："在大学一年级，我就开始写作了，那个时候所写的东西大部分是具有象征意味的小说，以西方哲学为背景，给小说作品本身提供一种深度。"② 一二年级的写作那更像练笔，稍微成熟是到了大三的时候，受现代派作品的蛊惑，北村开始炮制各种实验小说的鸡尾酒，并煞有介事地给每个实验作品注明"实验室实验之一之二……"的字样。大学期间，他发表了不少东西，他在访谈中回忆道："甚至我的名字时常在文学理论杂志出现，有些是当时非常前卫、先锋的刊物，譬如：《当代文艺探索》《当代文艺思潮》《批评家》《上海文论》等。那个时候，我发表的文章的确超过了我系里的一些副教授，老师们说我拿这些文章可以评上副教授了。其实，我这么说不是要做某种荒唐的比较，恰恰我认为自己那个时候是非常幼稚的，我大学毕业时才二十周岁，说明那个时代的杂志很开放，很接纳我们这样的年轻人，我很感激那个时代所给予我的自由思想。"③ 这里的回忆稍稍有误，《上海文论》是 1987 年创刊的，

---

① 刘心武、李陀、冯骥才三人通信，见《上海文学》1982 年第 8 期。

② 《北村：一个先锋作家的精神苦旅》，朱伟主编《追寻 80 年代》，中信出版社 2006 年，第 79 页。

③ 参见叙灵 2003 年 8 月对北村的访谈《活在信仰和爱当中》，见叙灵新浪博客 http://blog.sina.com.cn/s/blog_484837d0010005aj.html

那时北村已经大学毕业了。不过，在 1986 年前后，北村确实发表了为数不少的评论文章，比如 1986 年在《当代文艺探索》第 2 期发表了评论《王一生形象系统新论——谈〈棋王〉的超越功能》，第 6 期又发表《历史中的自然和现实中的历史及未来——论袁和平的"森林文学"》，在《文学评论家》第 6 期发表《血与火生发的外观——〈红萝卜〉〈红高粱〉管窥》；1987 年，在《上海文论》第 1 期发表《超越意识：超阶段和超实体——文学超越意识沉思录之一》，在《福建文学》第 2 期发表《小说现状和模式的艺术思考——文学超越沉思录之一》；1988 年，他在《电影之友》第 7 期发表了一篇影评《〈孩子王〉与第三只眼》。他的老师、著名的文学史家俞兆平教授在一篇文章中提供了北村此时创作颇有实绩的佐证，他说北村"在校时就才华毕露，系刊《鼓浪》上发过一篇似以林兴宅老师为模特的小说，写的是系里竞选与人事关系之类的故事，文笔挺漂亮，我多处叫好"[1]。在创作与评论上的同时发力，为日后北村的职业写作奠定了相对牢固的基础，他不但长于写，而且很善于总结创作规律和经验，并对时代的创作做出敏锐的洞察。

厦门与金门隔海相望，人们用望远镜就可以看到金门的标语。厦门大学很美，校园外有白沙滩的海堤，白天开放，晚上则有哨兵站岗巡逻。每天临睡时，厦大的学生时不时会听到窗外传来的对面金门的喊话声，随着海风，一波一波，荡漾而来。而每天早上出操时，操场的广播会放一首叫《踏浪》的歌，这首清新悦耳的台湾校园歌曲出自秦汉、林凤娇主演的电影《我踏浪而来》，经内地歌手朱逢博翻唱后，风靡一时。[2] 那时的北村肯定不会想到，日后他会与导演张绍林合作，撰写一部叫《台湾海峡》的电视剧本并在央视热播。

1985 年夏，北村大学毕业，他从厦门来到了省会福州，在《福

---

① 俞兆平：《多年父子成兄弟》，《福建日报》1993 年 2 月 7 日。
② 参见赵一伍：《北村：文学的事，心灵的事》，《潇湘晨报》2011 年 7 月 12 日。

建文学》编辑部担任编辑，并在那里工作了十多年，直到 1997 年，成为自由撰稿人。创刊于 1951 年的《福建文学》由福建省文联主办，是福建省最重要的文学刊物，其前身为《园地》《热风》和《福建文艺》，1980 年改为《福建文学》。北村与《福建文学》的缘分在大学时就开始了，他最初引起关注的短篇《黑马群》就发表在这家刊物上，后因鲜明的异质色彩而被《作品与争鸣》杂志转载。

在刘索拉、徐星、马原、残雪、莫言和扎西达娃等联袂出击之下，1985 年后的当代小说迅速进入了一个崭新的阶段。虽然在后来的文学史家笔下，85 一代的创作多被命名为"现代派小说"，以与稍后 87、88 的一代做区分，而让后者专享"先锋"之名，"这种区分的根据是，前者表现了对于小说的精神气质更多的关注，而后者则有着更鲜明的'文体'（或小说'范式'）实验的指向"①，但实则二者之间的亲缘远大于区隔。而 1985—1988 也正是北村前期创作起步的关键期，在这几年中，他又陆续发表了《构思》（发表于《中国》1986 年第 9 期）、《谐振》（发表于《人民文学》1987 年 1—2 期合刊）和《猎经》（发表于《中外文学》1988 年第 3 期）等小说，数量并不算多，但每一篇都凝结着他花费心思的实验精神。这期间，他还参加了 1986 年 7 月由《中国》杂志和青岛《海鸥》杂志联合举办的笔会，这次笔会邀请了北岛、多多等朦胧诗人，也是那个时代的文化偶像，还有徐星、格非、迟子建等新人。也是在这次会议上，北村和格非结为好友。格非曾回忆："年纪大的作家们都在一起开会，不带我们玩儿，我们很孤独。跟我们一样大的还有迟子建，但她好像也不太愿意跟我们玩儿。所以我记得有好几天，我和北村都在讨论残雪的小说，她的作品给我们留下的印象太深了。"②

《人民文学》1987 年 1—2 期合刊本因为马建那篇题目怪异的《亮出你的舌苔或空空荡荡》引发巨大争议和风波。编者在以"本刊编

---

① 洪子诚：《中国当代文学史》，北京大学出版社 1999 年 8 月，第 337 页。

② 《格非：创造一个故事的世界》，《天津日报》2014 年 10 月 11 日。

辑部"的名义发表的题为《更自由地扇动文学的翅膀》的编者按语中，这样说道："文学也要改革。这不仅意味着有一部分作家将保持着他们对中国大地上所进行的，不仅关系着全民族命运，甚至也关系着全人类命运的伟大改革的关注与热情，将向人数最庞大的读者群提供从他们心中流出的切近现实、感时抚事的佳作，也意味着文学的多元化趋势必将进一步发展，并得到社会的进一步容纳，包括那些远离政治和经济，远离社会和大多数读者，可以大体上被称为追求唯美，或被称为'前锋文学'的'小圈子'里的精心或漫不经心的结撰。本刊早已显示出锐意改革的意向，体现于兼容并蓄、百花纷呈的版面。但通过这个合刊号，我们也想再次坦率而鲜明地告诉大家：本刊最乐于为那些把民族的生存与发展同自我的生存与发展交融在一起感受与思考、既勇于剖析社会与他人更敢于审视命运与自我、既孳孳于美妙新奇的文学形式又谆谆于增强对读者的魅力的那样一些严肃而成熟的力作，提供充分的版面。"从中不难读出，编辑对新锐的先锋文学力量的期待和号召。正是在这期杂志上，马原、莫言与孙甘露、叶曙明、姚霏、北村的名字排列在一起，"小圈子"的先锋闯将们已经集结为不小的势力。

在小说后面附的个人简介中，北村是这样介绍自己的："本名康洪，男性，生肖蛇。二十一年前从福建西部一个母体中仓皇落下时像猫一样甜腻，从那时起就渴望成为一只鹰鸷。我现在供职于某编辑部。我生活很窘迫，像晴空中一串省略号。我的作品很难发，十七岁时写过一些好发的作品，后来不想写了。最累的时候是写作的时候，但我爱，爱得发狠。总想让作品说话，它却和我一起沉默。我热衷传统，我时常念叨枯藤、老树、昏鸦、古道、西风、瘦马。我像孙子一样感到自豪，毕竟，我是严肃的。"这个简介既真诚可爱又不免间杂一点青年人特有的矫情和扮酷的成分，值得人们注意的是他那个"爱得发狠"的说法，这彰显了他自己对文学最初的虔敬，在他日后的众多作品中，我们也将一再遭遇各种"爱得发狠"的人和他们令人唏嘘的故事。

由于这期合刊本引发的风波,作为"国刊"的《人民文学》对高涨的先锋文学浪潮的态度不得不进行一定的回调,而《收获》《钟山》《花城》《北京文学》等其他重要文学刊物依然默默支持着这股潮流,北村也还是按部就班地继续自己的实验:《陈守存冗长的一天》发表于《收获》1989年第4期,《逃亡者说》发表于《北京文学》1989年第6期,《归乡者说》发表于《中外文学》1989年第6期,《劫持者说》发表于《长城》1990年第1期,《披甲者说》发表于《钟山》1990年第3期,《聒噪者说》发表于《收获》1991年第1期,《迷缘》发表于《花城》1991年第6期。以"××者说"为代表的几篇小说在北村前期的创作中构成一个相对完整的谱系,1994年作家出版社推出"文学新星丛书",北村即以《聒噪者说》为名,集中做了收录。此外,他还有一个短篇《诗人慕容》发表于南京的《青春》1990年第11期,这篇以爱情溃败为主题的小说与他后来的《伤逝》《玛卓的爱情》《强暴》《望着你》等名作有着极强的互文性。

《聒噪者说》的出版进一步确立了北村在先锋文学阵营中主将的地位,他甚至被苏童认为是"真正的先锋派"[①]。但北村自己对先锋的归类却抱持一种敬谢不敏,在一篇回顾性的文章中,他这样说道:"二十年前,我跻身于中国先锋小说界,做的却是另一件事情。"又说:"我的小说并不真正属于先锋小说行列,因为当时的先锋小说是以现代主义为标尺的,消解深度仍呈现一种痛苦;可我的写作现在看来,完全是'后现代'的,是一种碎片化的迷津叙述。我不得不如此来对自己当时的写作命名,实属无奈。"[②]这种悖论之感并非后见之明,其时的北村已经感受到一种巨大的撕扯感,他

---

① 陈晓明:《北村的迷津》,《当代作家评论》1992年第1期。
② 北村:《回忆今天》,见作家出版社编《回眸:从"文学新星丛书"看一个文学时代》,作家出版社2009年。

发现自己成了"一个在逃亡中渴望自救的人"①：一方面是对自己写作的不信任，"我在写完者说系列小说之后，很快就进入了一个迷津，我以为我不过是在从事一种观念写作，它并没有切身体验"；另一方面是他自己从写作起初就较劲一般执着地思考终极意味的命题，想在魔方化的智力叙事之外找到小说的"通神"之处，在与王欣的对话中，他把这种终极性的追求称之为"第五度空间"②。

被先锋文学浪潮裹挟又为此苦恼不已的小说家陷入了一场精神和文学的危机，"我当时一无所知，我不能明白神，更不能明白他能作我的生命，所以即使我悟到了所谓'五度空间'也毫无用处……"③而且，他的私人生活也遇到一些问题，他与妻子解除了婚约，"开始过一种风雨飘摇的生活"。这场"浩大"的精神危机，促使北村认真思考"活着的意义"④，并将引领他到那个于他而言意义无比重大的灵的苏醒时刻，那个为"美"和"爱"找到"神圣"的依托的时刻。

二

1986 年 10 月 18 日《文艺报》发表了鲁枢元的《论新时期文学的"向内转"》，这是当时非常有影响力的一篇文章，内中对"85 新潮小说"的兴起做了这样的解释："粉碎'四人帮'后，文坛上出现了一种悖谬于传统写法的小说作品，例如所谓'三无小说'。这些小说，其实并不就是没有'情节''人物'和'主题'，而只是在割舍了情节的戏剧性、人物的实在性、主题的明晰性之后，换来了

---

① 北村：《今时代神圣启示的来临》，《作家》1996 年第 1 期。
② 北村、王欣：《关于汉语言文学的对话》，《文学自由谈》1989 年第 4 期。
③ 北村：《我与文学的冲突》，《当代作家评论》1995 年第 4 期。
④ 北村：《今时代神圣启示的来临》，《作家》1996 年第 1 期。

基调的饱满性、氛围的充沛性、情绪的复杂性、感受的真切性。这类小说，成就高下不一，但共同的特点是：它们的作者都在试图转变自己的艺术视角，从人物的内部感觉和体验来看外部世界，并以此构筑起作品的心理学意义的时间和空间。小说心灵化了、情绪化了、诗化了、音乐化了。小说写得不怎么像小说了，小说却更接近人们的心理真实了。新的小说，在牺牲了某些外在的东西的同时，换来了更多的内在的自由。"文章明确地把新时期以来的文学走向概括为"向内转"，并且豪迈地展望道："'向内转'的文学成了人类指向自身的'内探索'工程的一个重要方面。尽管外向的、写实性的、再现客观或模仿自然的文学创作仍然有着深厚广阔的地层，而内转的文学却已经显示出一种强劲有力的发展趋势。它像春日初融的冰川，在和煦灿烂的阳光下，裹挟着峻嶒的山石和冻土，冲刷着文学的古老峡谷。这是一种人类审美意识的时代变迁，是一个新文学创世纪的开始。"虽然这篇论文对新时期文学多维的结构性特征的概括失之简约，但其敏锐的发现为其时已经登场的先锋文学做了出色的证言——先锋文学正是"人类指向自身的'内探索'工程"。

今天回头看，这个"向内转"是在三个维度上同时展开的：

其一是由马原等策动的叙事革命。马原惯于把自己称为是"小说家中的技术至上论者"[1]，对于他来说，"'讲故事'这一短语的逻辑重音不是在'故事'，而是在'讲'字上"[2]，他通过用"怎么写"置换"写什么"，掀起了一场叙事革命，正如当时批评者指出的，"先锋文学发生的意识转变……主要是叙事方法变革的产品。这种变革的标志应该追溯到马原的'叙事圈套'……马原的经验迅速演变为经验模式、叙事模式乃至思想范式。"当马原兴致勃勃地告诉读者，他要讲一个故事给大家，而且煞有介事地拿出自己在西藏边地的诡奇经验来和读者分享时，他几乎欺骗了所有的人，所谓

---

[1] 马原：《小说密码》，作家出版社 2009 年，第 378 页。
[2] 张闳：《感官王国》，同济大学出版社 2007 年，第 4 页。

的"故事"不过是一个诱饵，他通过对叙事方式的主观干预，将读者阅读的重心从对叙事对象的关注转向对叙事主体和叙事行为的关注，从而也就消解了为现实主义文学所极力标榜的故事性。在别的先锋作家那里，叙事同样构成小说的重要维度，在陌生化的艺术实践中重新赋予小说文体的尊严，也因此他们对叙述视点、角度、节奏等分外强调，且尤其注重对叙事时间的掌控，一如利奥塔指出的那样："先锋派艺术家的任务仍是拆散与时间相关的精神推断。"[①]而所谓"拆散与时间相关的精神推断"，"实质上就是解构客观时间的一维性，颠覆和动摇由这种客观时间所建立起来的秩序关系、距离关系，按创作主体的审美理想，在话语内部重新组建一种属于作家自身的精神时序和时距"[②]。

其二，是由余华等策动的因应存在之荒谬体验的暴力叙事。在《弗兰兹·卡夫卡作品中的希望与荒谬》一文中，加缪有一个精彩的比喻，有一个疯子在浴缸里钓鱼，一个精通心理治疗的医生曾问他："是否有鱼儿在咬钩呢？"结果却得到了疯子一句刺耳的回答："当然不会了，你这个笨蛋，这是浴缸！""这故事有点巴洛克式的风格。但是这个故事中，你可以清楚地发现荒谬的渲染与过度逻辑之间的联系。卡夫卡的世界是一个难以表述的真实宇宙，在此之中，人可以分享明知无所得、却依然在浴缸里垂钓的痛苦。"加缪的意思很明确，《变形记》里的格里高尔就是在浴缸里的垂钓者，而所有斥其荒诞的读者无异于那个自以为是的医生。先锋作家们对存在荒谬性的感知并不是非逻辑的，而是超出日常逻辑之上的，这是一种可以洞穿表层经验的更强大的精神逻辑力量。以卡夫卡作为精神导师的余华在创作谈《我的真实》《虚伪的作品》中也用了类似的表述，在余华看来，这悖于常理的荒诞乃是人生的实在："简单的说法是，常理认为不可能的，在我作品里是坚实的事实；而常

① 利奥塔：《非人》，商务印书馆 2000 年，第 119 页。
② 洪治纲：《守望先锋》，广西师范大学出版社 2005 年，第 144 页。

理认为可能的，在我那里无法出现。导致这种破坏的原因首先是对常理的怀疑。很多事实已经表明，常理并非像它自我标榜的那样，总是真理在握。"① 于是各种荒诞事件接二连三地在他的小说中一幕一幕地上演，这些常识无法解释的小说里遍布的死亡和杀戮像是在印证陀思妥耶夫斯基在《死屋手记》中的预言："刽子手的特性存在于每一个现代人的胚胎之中。"

其三，由莫言等策动的语体狂欢。在西方结构主义语言学和分析哲学等观念的带动之下，让文学回到本体、回到语言的呼声日益高涨，当时有人断言："小说语言观念已经发生了改变；或者夸张点说，在我国已发生了或将发生一场文学语言的革命。"② 对于一些小说家而言，语言不再只是承载故事和讲述的砖石，它嚣张地僭越而起，甚至凌驾于小说本体之上。对感官经验"汁液横流"的铺陈几乎是莫言小说风格的标志，"极度膨胀的感官成了叙事的主角，它使叙事的历时性转化为当下的生命感受，同时，也使由理性的总体化原则构建起来的叙事链断裂为瞬间经验的碎片"③。莫言把自己语言狂欢风格的形成归因于红色经典"毛文体"与民间说唱文学的影响④，他将二者相互嵌入掺杂，形成了多声部的混响，最终让"语言的浊流冲决了堤坝"。

从上述三个维度看北村的小说，我们不难发现，北村先锋时期的写作虽然在每一维度上都不是最典范的个例，但是他几乎是在三个维度上同时发力的创作者，虽然他给自己的各种实践标上"实验室实验"的标签，但从他当时和其后的创作以及相关创作谈来看，每个实验作品其实都有着相当自觉的实验目标。南帆的判断也许正基于此——"在余华、苏童、格非、孙甘露或者叶兆言这批作家之

① 余华：《虚伪的作品》，《上海文论》1989 年第 5 期。
② 陈剑晖：《符号化了的小说语言》，《文艺评论》1988 年 2 期。
③ 张闳：《感官王国》，同济大学出版社 2007 年 6 月，第 47 页。
④ 参见《从〈红高粱〉到〈檀香刑〉》，《当代作家评论》2002 年第 1 期。

间"，北村的"叙事实验走得最远——他的足迹常常超出人们目力所及的范围"[1]！

让我们从他引起关注的第一篇小说《黑马群》谈起，可以说，这个当年令人称异的小说即便放在今天也还是异质性的，它充溢着奔腾的血性，又混杂着生命的盲动，它是诗性盎然的，又是令人茫然的：三轮呆日隐现又躲入乌云，暴风雨倾盆，牧场上马圈的栅栏坍塌了，黑马群如决堤的黑潮，消失在草原的夜幕里；在不期然的自由之后，马群跟随一匹黑公马从空旷的草原迁移到贫瘠的谷地又到了荒芜的沙漠；沿途中，黑马群经历了饥饿、沙尘暴与烈日的炙烤，经历了内斗、死亡与流浪，它们在黑公马的率领下，终于走出了沙漠，但在碧绿的草场已经在望的当口，一道悬崖挡住去路；黑公马一声长啸，四蹄腾跃，如一道黑色闪电刺向了天空……

北村曾多次谈到过这个小说，他说："《黑马群》里，我通过马群的狂奔，体验到了一种人类生存失去目标后的盲目性。"[2]北村的自我解读侧重在小说的题旨层面，但值得注意的是，在北村这个首度与读者见面的"实验室实验"中，他就把依托因果律的故事放在了一个很低的位阶上，甚至可以说放逐了因果律，而将表达的重心放在了一种视觉感的营造上，我们不妨读读这些句子：

> 一个新绿的早晨，有一阵轻风吹过，屏风似丰厚的牧草起伏涌流，鲜嫩的草茎上流荡着一层波动不定的光影，模糊了整个视野。
>
> 马群悲哀地奔跑着。雨水冲刷着马头，鬃毛一绺一绺像黑色的瀑布。它们如决堤的黑潮，甩开四蹄奔涌而去，消失在草原密封的夜幕里。
>
> 暴风雨停息了，夕阳依旧炙烤着大地，庞大的黑马

---

[1]　南帆：《先锋的皈依——论北村的小说》，《当代作家评论》1995 年第 4 期。

[2]　北村：《今时代神圣启示的来临》，《作家》1996 年第 1 期。

群无忧无虑地在游荡着，觅食可口的秋草，混生着艾草和马齿草的地面升腾着一股熟悉的热气。密集的马群来回涌动，像一盆摇晃荡漾的污水。黑马们烦躁地用尖尖的屁股接踵摩擦着，枯粘的热汗搅和着热气，腾腾地漫上一股污浊的腥臭，在密集的空间里膨胀和扩散。

黑公马的眼睛开始发炎，红红地网着一层细密的血丝，不停地流泪。马脸上几层干硬的皱褶似乎加深了，汗水如雨般淌落，肚皮深深地瘪了进去，鼻子周围粘了厚厚一层细沙尘，向外喷着断续的、污浊的白气。

……

（北村《黑马群》）

要注意，稍微结合小说，就会知道这些细致的具有浮雕般造型效果的描绘已经溢出了风景、神态和细节描写的范畴，就像朱大可说的，"他的风景必然包含着大密度的事物、语象和事态，像一些细小而沉重的铁球，在小说的表层上闪烁、颤栗和滚动……"[1] 在《黑马群》里，读者分明能嗅到草原的气息，嗅到黑马鼻孔里冒出的热气，嗅到深受俄罗斯文学影响的北村的少年时代，这个实验品的情感不但不是零度，还携带着庄严的抒情气质，尤其体现在结尾，领头的黑马向着悬崖是绝望也是悲壮的那次腾跃。

小说中，一种为视觉所摄取和容纳的空间——草原、谷地、荒漠——置换了递进紧密的时间关系。我们都知道莱辛在《拉奥孔》中的那个著名判断："连续性的时间是诗人的领域，而空间是画家的领域"——这一向被认为是文学与图像分野的经典阐释。现代主义文学的宿将也正是在这一点上做了很多逆反的拓进，为现代小说空间感之形式的建立铺平了道路。1918 年，伍尔夫在回应朋友对她

---

① 朱大可：《无边的聒噪》，《当代作家评论》1992 年第 1 期。

x

《墙上的斑点》的赞扬时曾谈道："我想，还不能确定是否就不能以文字的形式来创造一种颠倒的造型感。"及至后来的《达洛维夫人》和《海浪》，她几乎完美地实现了小说的"造型感"。《黑马群》显然也有意做这样逆反的实验。为何天空会同时出现三轮"呆日"？黑公马为何要逃出牧场？黑马群能返归故地吗？这些疑问的内容与小说力图完美的造型感无涉，因此也就存而不论。同时，小说的描绘又极为详细缜密，层出不穷的语象就这样替代了因果律，并借此"断绝叙事性的吸引力"。

小说结尾那如箭矢一样刺向虚空的黑闪电定格了小说最饱满的一个画面，不由让人想到纳博科夫偏爱的"画面式"结尾处理，纳博科夫曾经说道："我想，在我的书的结尾，我喜欢那样一种感觉：书中的世界退到了远方，停在了远方的某处，像一幅画中画一样悬浮在那儿了。"对于我们现在置身的视觉霸权时代，海德格尔有句有名的预言："从本质上看来，世界图像并非意指一幅关于世界的图像，而是指世界被把握为图像了。"[1]很多研究者由此讨论在追求感官刺激的视觉媒介的围堵之下文学必将式微的命运，但是《黑马群》已经证明了，深入和细致地看待事物的视觉化方式是小说在"世界图像"时代有效自救的途径之一，不过，其前提是这种视觉并非驯顺于影像化的消费审美风尚，恰恰相反，它要制造一种陌异和间离感的视觉呈现。

当然，从其他的角度看《黑马群》，它深广的隐喻力也是惊人的。方向不明的奔逐，给马群带来的几乎是灭顶之灾。打头的黑公马从来没想做一个首领，它脱离开大部队"全然是无意的，抑或是鬼使神差"，当众马尾随而至，它想的还是趁机离开。然而它不但没脱离开马群，还做了马群中悲壮的头马，一次无意义的盲动要赋予它一个伟大又空虚的使命，这是怎样的讽刺啊！同理，在黑

---

① 孙周兴选编：《海德格尔选集》，上海三联书店 1996 年，第 899 页。

马群迁徙跋涉中发生的种种盲从和残暴的内斗，所投射的自然也是失去向导与指引的人群。十年之后，皈依的北村在接受访谈时曾说："人的生存必须有一个引导，否则人类将面临他的后果。"[①] 这让人想起《新约·约翰福音》记录的耶稣关于牧羊人的比喻："牧羊人把羊带出羊圈，便走在羊群前面，羊群紧随其后。听从牧羊人的召唤。羊群不会跟着人乱跑，相反，它们会逃避陌生的声音，因为它们知道这不是牧羊人在召唤。"北村的话当然并不针对《黑马群》，却是对这个小说主旨的一种照应。也是在这个意义上，南帆认为黑马群的狂奔是一种"用象征作为深度"的表述[②]，而朱必圣则认为《黑马群》在北村前期的小说中有一种总括的意味，他借小说中出现的"牧人"，指出："人原是被牧养，被引导着的，但从张洁《爱，是不能忘记的》后，对爱的抒情与歌颂很快消失，原因在于怀疑。无意义的体验，颓废的情绪充斥作品。从精神上看是虚无主义，而其体验又是充满激情的情欲与冷漠的生存的统一。笔下人物多变态，最后引导到死亡路上。"[③] 这是非常有见地的看法。

发表于《中国》1986年第9期上的《构思》是北村献给文坛的第二份实验品，这个实验品设置了与《黑马群》类似的实验参数，但比后者有更大的探索野心，故事、叙事、语言，这几端几乎同时发力，其整体的实验效果与《黑马群》也是截然不同的。最为当时的小说界关注的是小说借助意识流制造的迷人又令人有晕眩感的叙事外观，也因此，它后来被宋耀良收录到主编的《中国意识流小说选1980—1987》中。

《构思》与《黑马群》相类的地方在于对形象视觉的看重，小说甫一开篇，就有着强烈的视觉感："铃声还没有响暮色像沉甸甸的浓重的黄色雾气涌进来，腾腾地升起来并弥漫开去，狭小的编辑

① 林舟：《苦难的书写与意义的探寻——对北村的书面访谈》，《花城》1996年第6期。
② 南帆：《先锋的皈依——论北村的小说》，《当代作家评论》1995年第4期。
③ 修彬：《先锋的迁移——北村小说作品讨论会综述》，《福建文学》1995年第1期。

室长条形的空间一切被弄得有些模糊和凝重。窗前总是闪过一些浅黄的营养不良的面影，晃成一条恍惚的黄色的光带，衬映着抖动的墙壁上那块方形的光影，那是由后天窗甩进来的。"但要注意，《构思》中的形象感是被"意识涂上凝重的色彩的"[①]，上述描写并非眼睛对外界场景的直击，而毋宁说是透过心理的滤镜才被感知和呈现出来的，所以一面色彩感强烈，一面又"模糊和凝重"，如同印象派的绘画一样。

这种被"意识化"和"潜意识化"的滤镜投射的视觉感始终贯穿全篇，这也让小说中叙事的两个主要事件时而清晰，时而迷离。这两件事，一件是叙事者在编辑部接待了一个肩胛骨里有两道深深刻印的红印的男人，他向叙事者讲述了自己的一则小说的"构思"，叙事者为这个构思着迷，并鼓励他把小说写出来；第二件事情是，叙述者因患有性功能障碍而陷入一种情绪的失落和仓皇中，他暗暗把新入职的女同事当作欲望的对象，但这似乎并不能把他从情绪的挫败中拯救出来。两件事在小说中并不像我们转述的那么清晰和分明，两个人物也不像伍尔夫的意识流名篇《达洛维夫人》那样采用平行结构的进展，它们不但缠绕成一团，且现实与幻境也难以截然分开，一切都如小说开头所描绘的场景一般滞重又恍惚。

这种叙事效果的形成，还与小说采用的意识流的叙事手法有着直接的关系。对于其时的先锋作家而言，"意识流"已经不算新鲜的东西，新时期以来不乏实践者，但北村的这个实验作品还是走得很远，他在视角跳跃、人称转换、内心独白、自由联想，乃至去除标点这些惯有的意识流手法之外，还尝试着"既步入心理意识之内，又步入社会现实之中，将两者有机地糅合在一起"[②]。

---

① 宋耀良主编：《中国意识流小说选 1980-1987》序言，上海社会科学院出版社 1988 年，第 23 页。

② 宋耀良主编：《中国意识流小说选 1980-1987》序言，上海社会科学院出版社 1988 年，第 23 页。

小说中那个提供独特"构思"的来访者在与叙述者的一段对谈中，出现了如下一段没有标点的文字：

　　喂我说你干嘛老用眼睛看我不要这样你不知道这篇作品为什么不能发吧那我告诉你什么呢不能发表当然不能因为他妈的总是因为它太冗长长而又长根本不是真没回事不集中你懂了吧太复杂于是模糊而且没有题目题目总得有个题目我告诉你要不然就刷刷刷刷刷你知道吗然后咔嚓题旨不鲜明超出常规哎呀呀这可不行不行太美了美你懂吗会有这么回事吗不是在天方夜谭吗妈哟出格了可望而不可即使构思很好然而还不行不行你懂了吗要不然就刷刷刷刷然后咔嚓怎么回事小说怎么回事你懂了吗要剪裁剪结构不行让我告诉你你否则就刷刷刷刷然后咔嚓剪裁你大概不知道怎么回事所以你总发表不了喔剪裁那玩意儿可真好剪裁就是规范你又超出规范因为没有剪裁所以你超出规范剪裁剪裁裁裁裁裁裁裁规范范范范范范剪裁就像刷刷刷刷刷刷刷刷刷刷刷刷刷刷刷刷咔嚓

（北村《构思》）

　　叙事者的这段表述是对白又像独白，是对来访者的告诫又是发自本心的吐槽。首先是口语带来的情境感，但是因为没有标点，这种情境感又是被阻滞的。其次，小说前面提到"刷刷刷"和"咔嚓"是编辑部在处理退稿单时发出的声音，来访者曾表示惧怕这种声音，因为它通常意味着否决的权力，而在这段中，这种声响不断被叙事者谈起且强度不断加强，配合着接连出现的"剪裁"与"规范"形成威权的声音暴力，这暴力不但指向来访者，也让叙事者深感恐惧——从某种意义上说，他是威权的施行者，亦是更大层面之威权的承受者，何况他的生活正在遭受着各种"规范"。可见，这段不带标点的话语狂欢其实写出了更深在的禁忌感。类似的没有标点的长段落在小说中总共出现过四次，均与来访者有关，最后一次出现是叙述者跑去木屋寻找来访者，一个妇人说他死了，然后用了一段没有标点的语言讲述了这个抬棺木为生的来访者如何被棺木压死的惨剧，描述中再一次出现了"刷刷刷刷咔嚓就断气了天作孽啊"，与前文形成了凛冽的呼应。

年轻的北村用这样的处理致敬了乔伊斯、福克纳这些前辈，不过，"刷刷刷""裁""范"这些隐喻意义显豁的字眼，提醒的意义过于清晰，因而给人一种用力过猛之感，而且，这种隐喻指向具有一种总体性，与意识流小说反逻各斯的初衷是背反的。但北村显然也是有意为之，以达到将"内心理"与"外社会"等量齐观的效果，倘若结合当时的时代背景和那代先锋闯将们共同的情感结构，我们又能理解甚至可以想象北村在写出这些喷射而出的文字时的快意。戴维·洛奇在《小说的艺术》谈及意识流和内心独白时说这是"非常难以驾驭的技巧，稍不留神就会使叙述的进展缓慢得令人难以忍受，或者细节面面俱到，令人生厌"[1]，确乎如此，与北村在同一时期进行意识流实践的小说家中有不少即给读者这样的感受。《构思》也不太好读，但某种程度上却避开了这些误区，不得不说，这与前述原因有关。

作为一篇像模像样的意识流小说，《构思》自然也融进了对弗洛伊德的精神分析学说的化用，虽然学步的痕迹较为明显：罹患性功能障碍的叙述者觉得自己"是一只坏了马达的搁浅的船"，对编辑部门口"不时闪过的几个肉感的臀部"也变得安详无比，"就像马儿对肉那样无所谓"；但是当在编辑部的迎新联欢会上看到一位刚刚毕业、稚气未脱的姑娘脸上的神采时，叙事者受到莫名的鼓荡，当姑娘代替了来访者在编辑室门口经过时，"我被击中一样地晕眩着抖动起来，那样热烈而忘情的颤抖"。小说相对清晰地勾勒

---

① 戴维·洛奇：《小说的艺术》，作家出版社1998年，第53-54页。

出叙事者的情欲以及对情欲的转嫁和代偿，不过这个姑娘的出现似乎对提供"构思"的来访者构成了阻碍，那个人自她出现后，便"好久没有来了"。小说也无意提供任何因果律明确的解释，只是女孩出现的场景里总有梦呓又诗性的笔调，好像女孩成了叙事者自我救赎的"构思"，但是这个"构思"本身只存在于叙事者的潜意识层面。来访者没有完成他的"构思"，而叙述者未来的生活也不甚明了——在元叙事的意义上，文本内的"构思"和小说题目隐喻的"构思"也构成有趣的对位。

北村发表的第三篇实验小说是《谐振》，前文已论，这篇在《人民文学》1987年1—2期合刊亮相的作品，意味着他作为先锋作家获得了文学圈内的认可。如同《构思》对《黑马群》的突破，《谐振》也在《构思》的基础上又做出了新的探索，这个充满怪诞情节和黑色幽默的小说有着浓郁的表现主义的风格，有点像卡夫卡和约瑟夫·海勒的混合。

"谐振"即共振，在物理学中，是指振荡系统在周期性外力作用下，当外力作用频率与系统固有振荡频率相同或很接近时，振幅急剧增大的现象；在小说中，由于那个被分配到地震局的叙事者拒绝规训，他个人的心理悸动终于导致了一个庞大机构的共振。

小说从头至尾充满了荒诞。一个地质系本科毕业生到地震局去报到，首先接待他的是一个神经质的看门老人，知晓他是新入职的报到者，老人的回答是："你是来报到的真好你从那个大门进去之后上三楼接着向右拐坐电梯直上七楼经过一个厕所边上穿过一个小门然后走三层楼梯这时有一个过道走到尽头向左拐上电梯下到四楼经过一个洗手间又向左拐爬两层楼梯到尽头就是了"——又是段没有标点的文字，如迷宫一般的路线图暗示了后续一系列的缠绕，迎接他的将是一个外在秩序井然而内在逻辑混乱的所在。果然，地震局里所有的工作人员都不出声，所有与地面和墙壁接触的物体都被缠上五彩缤纷的布条；分配给他的工作是打字，当他表示抗拒时，主任告诉他："打字是一种高尚的工作，你是完全可以胜任的，因为你不是精神病患者，你不是精神病患者那么就必须打字，你会打字就证明你很健康，是不是？你要是不健康就去守大门了，守大门的都是不健康的，精神不健康身体先天残疾或者白痴。白痴守大门很好，你不是白痴。"这个"第二十二条军规"一样的理由似乎有说不清的强大说服力，他听话地去做了一名打字员。然而，怪诞的事情越来越多：工作时不能方便，而下班时必须方便；一个总在寻找"那一年"的同事；打字时必须要用笑声掩盖键盘的声音，以"表现革命的乐观主义精神"；地震局定期举行庄严肃穆的"讲古"仪式，没有准备的他用"从前……有座山，山里有和尚，老和尚对小和尚说，从前，有座山，山里有和尚，老和尚对小和尚说从前有座山山里有和尚老和尚对小和说从前有座山山里有和尚……"这样无意义的话语循环去敷衍，却把所有的参与者感动得热泪盈眶；还有更惊悚的，一次夜间值班，他发现主任变成一个蓝色的人而且在狂吃包裹物体的布条……

无法习惯这一切的他偶然在一个女厕发现了一串刻在墙上的"如密码一样令人生疑的"数字——"5172153"，他为破解这串数字几乎着魔，甚至开始故意挑衅地震局绝对的安静，后果当然是被视作疯子并将他与看门的精神病老人关在一起。在另一个继任者前来报到时，他瞅准机会把继任的学生哥拉到女厕，让他一起面对那串无解的数字，学生哥把数字当作音符唱了出来：

$$0\underline{5}\ |\ \dot{1}\cdot\dot{7}\ \ \underline{2\dot{1}}\ |\ \underline{\dot{5}3}\ \ 6\ -\ \underline{4\,0}\ |$$

歌声破墙而去在大气中引发振动，谐振发生了，地震局所在的大楼顷刻坍塌成一片废墟！

从前述的情节复述不难见出，在北村早期的几部实验之作中，《谐振》是最荒诞的一篇，也是故事性相对较强的一篇，此外，大概还是隐喻最直接的一篇。北村自己曾解释说："在《谐振》中，我则试图对现存秩序提出一种反抗，以通过重新解释生存环境来获得生存自由。"①小说中由"谐振"、地震局、避雷针、布条包裹的无声环境等等构成的意象群无不围绕着秩序和抵抗而排布，它们的隐喻意义是相对好理解的，比较令人费解的是"讲古"仪式、"从前有座山"的话语循环、主任吃布，还有那串能被唱出来的数字密码。笔者以为："讲古"是一种为现存荒诞秩序的合法性寻找历史依据的仪式化行为，人人把"最好的古"讲起来，也就将当下揳入了自古辉煌的伟大链条中去了；当讲古就此成为工作中固定的一部分，讲什么就将不再重要，重要的是坚持讲，仪式转化为秩序的一部分。新来者应付讲古的那套"话语循环"既戳破了讲古仪式本身的致幻性，也在暗示所谓的"古"本身意义的可疑。主任吃布条是在暗夜，如梦游一般，与他白天小心翼翼地给物品缠上布条构成鲜明的对比，这可以理解为已经被体制化的领导内心无意识的分裂，他在梦中亲口破坏了他白天一手促成的井然秩序。至于那串神奇的数字，其实只要我们哼唱出来，就会知道，它是《国际歌》开头那段著名的低沉又激昂的旋律，是无数试图冲破沉滞秩序的人前赴后继印刻下的口令和召唤——"起来，饥寒交迫的奴隶"！对这个包袱，小说没有点破，却在学生哥唱出时写出一种带有强烈反讽意味的庄严感，也让小说达到了高潮！

曾有评论者认为，从《黑马群》到《谐振》，北村都是"以非人格化的体验"为创作基础的，因为写的都是"人格的怀疑和存在的绝望"②，所叙述的都是黑暗的经历。但通过文本细读，我们发现其实并非如此，北村固然提出了秩序与围困的话题，也洞察到"来自深渊的力量是黑暗的"，但他的这几篇小说无一例外充溢着抗争，奔涌着对抗规训的激情，并非纯然的虚无和绝望之作，在黑马

---

① 北村：《今时代神圣启示的来临》，《作家》1996年第1期。

② 朱必圣：《由怀疑到信仰——北村的重担和他的小说》，《当代作家评论》1995年第4期。

腾跃的瞬间和国际歌唱响的时刻，都有"一股浩气"从"胸中坦荡地弥漫而去"[1]，这让他在同辈的作家中显得和而不同也卓然不群！

三

北村通过实验作品的美学叛逆建立起来的反抗意识一方面成就了他创作的上升之路，一方面也给他带来不小的困扰，他发现自己变成了一个"负重"的人，"当时在反抗中试图建立起一种深度时，我并没有找到一个理由，能与现实保持亲和关系，现实与我是对抗的。我可以清晰地记起，那时我只有一种愤怒的心情，我对现有的生存现实失去了耐心……"[2]他开始对"深度"及意义抱有疑惑，这促使他将阅读的兴趣转向哲学，开始阅读加缪、尼采，想找到索解，却不意带来更大的困惑。他还是在寻找"深度"，在与王欣的对谈中，他说："汉语言必须摆脱俗常的语体风格，而尽量避免原有深度，求得另一种深度。"[3]在给格非的信中，他表达了非常鲜明的拒绝阐释的立场，认为对一些具有先锋气质的文本"没有阐释的必要，一旦它可能被穿透，它就会沦为一种结果形态，而受人于柄的常常就是一种惯常的深度"[4]。那么到底该如何抵挡常规的深度阐释呢？被缠绕、重复和堆砌的语言制造的叙事迷津也许是值得尝试的方式。

同样在1989年，北村的名字第一次出现在文学重镇《收获》上。《收获》这一年的第4期刊发了他的短篇《陈守存冗长的一天》[5]，

---

① 北村：《谐振》，《人民文学》1987年第1—2期。

② 北村：《今时代神圣启示的来临》，《作家》1996年第1期。

③ 北村、王欣：《关于汉语言文学的对话》，《文学自由谈》1989年第4期。

④ 北村：《北村致格非的信》，《文学角》1989年第2期。

⑤ 据北村给程永新的信件，小说还有一个题目《打到》，用哪一个他让编辑来决定。参见程永新编著《一个人的文学史》（上），上海文艺出版社2018年，第166页。

陈晓明评价它是"当代小说关于'重复'的极端实验"①，盛子潮将其选入《中国新实验小说选》，并将小说特别的叙述方式命名为"反刍叙述"，"即先把人物的活动粗略地叙述一遍，然后再把其中的某些部分返回来重新叙述——或用另一种视角，或用另一种话语，或用同一种视角，同一种话语来重复叙述，如同反刍动物一样。"②所谓"反刍"其实就是通过操纵叙述频度，将发生过一次的事情螺旋式地反复讲述多次。

"反刍"手法是北村这一阶段相当迷恋并不断实践的，这与他受到阿兰·罗布－格里耶的影响有直接关系，他对小说之常规意义的排斥应该也来自于此——"当我在道德上放浪形骸之后，我的文学找到了另一个背景：法国的新小说派。"③也因此，《陈守存冗长的一天》以及陆续发表的"××者说"系列与他此前的作品有了较为明显的区分。

作为法国新小说旗帜性的人物，格里耶和他倡导的"新小说"在1980年代中国的文学界被反复提及，也构成策动先锋小说的重要资源。1984年6月18日和20日，格里耶应邀在北京大学做了两场报告，集中阐释了自己对传统小说和新小说的理解，讲稿后来以《人和物的两种不同关系》为题发表于《国外文学》1987年第4期，对于前卫的文学保持敏锐关注的北村大概在同一时期注意到了格里耶，而且格里耶对他的影响是多方面甚至是笼罩性的，无论在小说意义的诠释还是叙事的理解上。

格里耶的"新小说"观建立在对小说传统意义的排斥上，他说："我们再也不相信僵化凝固、现成的意义。这是赋予人陈旧的神化了的秩序，以及其后十九世纪理性主义的秩序。但是关于人，我们提供的是这样的希望：只有人创造的形式才可能赋予世界以意

① 陈晓明：《北村的迷津》，《当代作家评论》1992年第1期。
② 盛子潮编选：《中国新实验小说选》，浙江文艺出版社1993年，第303页。
③ 北村：《我与文学的冲突》，《当代作家评论》1995年第4期。

义。"[1] 前引北村给格非的信中那段话可视为对此的转述。格里耶对小说进行"非意义"处理的方法就是"制造出一个更实体、更直观的世界，以代替现有的这种充满心理的、社会的和功能意义的世界。物件和姿态首先以它们的存在去发生作用，让它们的存在驾临于企图把它们归入任何体系的理论阐述之上，不管是心理学、社会学、弗洛伊德主义、还是形而上学的体系"[2]。于是，他倾力描述一个已然物化的世界，小说中那些近乎几何学一般整饬排列的物象也杜绝了任何诗意或隐喻情感的介入，就像罗兰·巴特评价他时的那样，视觉瓦解了叙事，这样的小说事实上是"拒绝故事、轶事、动机心理学和事物意义"的。

格里耶特别喜欢用复现，也即"反刍"的叙事：《橡皮》中，侦探瓦拉斯买橡皮的情景出现了三次，杜邦教授被同一型号的枪、在同一时间、地点遭到枪击的事件出现了两次，小说还不厌其烦地对橡皮的样式、型号、用途等进行了多次几乎完全重复的描写。《去年在马里安巴》中，男主人公和女主人公在花园里的情形一再复现，其中意义难以揣摸。《窥视者》中，阿拉伯数字 8 形状的物体反复出现：卷成 8 字形的小绳、海堤壁上 8 字形符号、门上 8 字形的纹理、蟹螯在空中挥舞的弧线、海鸥在空中飞行的方向、铅笔画的 8 字等等。这些重复叙事可以帮助小说家解除物与人之间的亲密属性，以达到与传统小说的切割："在巴尔扎克的小说中，立足点总是放在某种稳定的东西之上，放在充实的、可以依靠的东西上。物是用真实的、永远不可动摇的、肯定的口气说出来的。相反，陌生的关系却是一种滑动的关系，在人类意识和物之间有一种永久的交换关系。"不断复现的东西，意味着物不再被人占有，也意味着人与周遭的经验世界的脱节，而不是彼此熟悉，格里耶进而提醒人

---

[1]　阿兰·罗布－格里耶：《新小说》，《外国文学报道》1981 年第 3 期。

[2]　阿兰·罗布－格里耶：《未来小说的道路》，见《新小说派研究》，中国社会科学出版社 1986 年，第 637 页。

们："人同世界的陌生关系不是一种完全消极的关系。在这种关系开始出现时，它可能是消极的，因为世界变得不可理解了。但正是由于这种消极的反应才使得创造思想有了发展的可能。"①

在《陈守存冗长的一天》中，陈守存与世界的关系便是陌生与滑动的。小说所记叙的是，基干民兵陈守存上午起来，去了弹药库取了一支手枪又离开，他走过废弃的石料加工厂、走过石塘，去和自己的情人刘柳幽会，在回去的路上将一个中了枪伤的红衣人送到医院。然而由于人与外物关系的非紧密性，所有发生过的事情因为不能被人物获取确定的信息而不断在小说中复现，然而一遍遍的重复不但没有加强小说内的人物也包括读者对外物的理解，反而让人陷入更大的混乱之中。小说随时跟着陈守存的步伐，在任意可能的节点漫溏而去，时间逻辑被完全打散，意义的逻辑也无从附着，简单的事情变得颠三倒四，陈守存的一天也就此变得"冗长"起来。

很多评论者和读者都注意到小说中的枪声，认为搞清楚枪声的源头是理解小说的密钥。确实，枪声与池塘里的黑色浮萍、惊起的水鸟和偷窥幽会的黑狗一起，仿佛是串联全部叙事内容的线索，然而每次复现的微妙差异，都会将小说引向分叉，让情节前后的衔接出现悖谬，读者亦无法搞清楚，到底哪一次的叙事才是陈守存完整经历的一天。小说中第一次出现枪声时是这样写的："他仿佛听到一声枪响，十分沉闷地从远处的丛林里漫出来，跟着响声有几只白色的大鸟飞出来，掠过一口池塘，水面无法倒映飞翔的情形。"第二次是："仿佛有一声巨响，水鸭子从苇丛中飞起，飞越一口池塘的上空，他听到了翅膀在空气中扑棱棱扇动的声音。"第三次是："他听到了这一声响。"第四次是："他仿佛听到了一声巨响。落叶飘落。"第五次是："他迅速地离开了武器库，墙上的五四手枪使他仿佛听到一声震耳的巨响。"第六次是："枪声震落了一些刺梨

<hr>

① 阿兰·罗布－格里耶：《人和物的两种不同关系》，《国外文学》1987年第4期。

树叶，沉闷地向池塘的另一边的山坡上漫过去，山谷的回鸣使陈守存心里激起了一丝稍纵即逝的惊恐。"每一次枪声出现，陈守存都在不同的位置，对枪声有不同的反应。这些枪声彼此补充又彼此拆解，而枪声和那个中枪的红衣人之间、以及红衣人是否就是陈守存自己[①]，是否枪声即是陈守存射击红衣人的那一枪发出的，小说同样语焉不详。

事实上，当读者试图串联和补缀小说零碎的片段时，就又陷入了格里耶指出的那个惯性的认知框架："在巴尔扎克稳定的世界里，这种关系是稳定的，世界本身是稳定的，对世界的叙述是稳定的。"而此时的北村想给读者展示的是"一个含义不停地摇摆、颤动的世界。这种颤动会使读者永远感到手足无措。这种含义关系持续的运动贯穿于作品中，就是说，不是由有能力的叙述者作概念式的解释，而是由叙述者经历这种运动。叙述者的能力永远超不出现象学的意义"。因此，枪声的真相如何其实并不是关键，不必强制阐释内中的意义，而是去理解世界和人的新的关系。这有点类似索绪尔谈到的语言现象中的能指和所指的关系，在索绪尔那里，语言的能指和所指关系已经被证明为是任意的，但二者关系一旦形成，便会被使用者默认为是规约而无法随意更改。到了德里达这样的解构大师那里，所指与生活中物的指向的关系开始变得不确定起来。德里达指出，对一个词意义的解释最终只能指向其他的词，而无法涉及语言之外的现实世界。这意味着能指不会再有靠得住的所指，对语词的理解因此注定要被延宕下来。同理，对物的理解也不能再以人的意志做出某种确证，反而可能是物不断校正人的感知。

复现之外，北村此时的小说对物的书写也牢牢刻印着格里耶

---

① 对这个叙事缠绕的小说，批评家有不同的解读。朱大可认为，小说的情节是陈守存在经历了游荡和偷情后开枪自杀；盛子潮认为中枪的是红衣人，他被陈守存送到医院。参见朱大可《无边的聒噪》，《当代作家评论》1992年第1期；盛子潮编选《新实验小说选》，《中国新实验小说选》，浙江文艺出版社1993年，第303页。

的痕迹。如前所论，格里耶把巴尔扎克所代表的现实主义传统中那种物我相融式的景物描写置换掉，在他笔下，一方面是空前的视觉化，甚至是有点自然主义一般的巨细无遗；另一方面，那些充溢眼前的景物多呈几何学意义的排列，其所指的功能性是紊乱的，无法构成让人置身其间的情境。北村也是如此，他在与格非的通信中说："必须选择一种形式来消解故事，它在某种程度上取消了故事的定型指意，使它尽可能成为表象，真正的语言在于表象和表象秩序，这才是作家想说和能说的话。"[①] 像《劫持者说》中充斥着类似如下的句段："曾被一只树枭压断的楝树残枝现在位于风动石的一侧，茅草掩盖了它。""那片油菜地和甘蔗林已经收割干净，犁好的田准备过冬，一条转悠的狗蹲伏在油菜地里，望着甘蔗地里的蔗根，蔗根上遗留着有力的刀痕。村口的风动石在夕阳中发红，一个赶猪的小孩站在那里歇脚，他张开嘴巴，打了个呵欠。"就如南帆所概括的："无论是一处风景、一件物体或者一个人，北村往往不厌其烦地说明方位、先后秩序、几何形状、轮廓、光线和阴影、声响、气味、物的触感等等。他的描写尽可能避开情绪化形容词，竭力使语言纯净、透明、精确、有力，从而使表象显得坚实而富有质感。"[②]

北村将视觉和物象晋升为叙事的基本结构元素除了带给小说"表象主义"的倾向之外，还在某种程度上契合了格里耶电影与小说互渗的实践。李以建就发现："在景象的运用上，北村似乎极力在回避一般的小说艺术语言，更多地吸收了电影艺术语言。"[③] 以《披甲者说》的开头为例：

清康熙十五年阴历九月初七，黄昏。秋风吹断了光秃

① 北村：《北村致格非的信》，《文学角》1989 年第 2 期。
② 南帆：《先锋的皈依——论北村的小说》，《当代作家评论》1995 年第 4 期。
③ 李以建：《北村小说解读》，《文艺争鸣》1992 年第 3 期。

秃的榆树枝条。福宁镇总兵吴万福策马上了狐山，在他的身后，副总兵黄大来的战袍被风吹成一团，仿佛很遥远。然而军营更远。看不见中军的牛皮大帐和风中的帅旗，马队营地有几个士兵在修理被风毁坏的木栅栏。

黄大来的坐骑顶着风打转，马蹄像烫着似的在坡地上腾起和回落。它敲响了宁静的山谷。在他吃力地跟上吴万福的一些时光里，吴万福的坐骑已越走越远，这匹千里嘶风马眼下的姿势形同一条找食的狗，马头低垂几乎像在啃吃青草，马鞍上的骑手双手抵着马背，单薄的身体向后倾斜，仿佛被风吹倒或者几乎落马，昂起的头和直挺的下巴上的胡须，注视着苍穹上的一朵云。在黄大来的视线里这是一匹下山的马，而实际的情形是：吴万福身披绿缎斗篷。手执银鞭，策马上山。

（北村《披甲者说》）

这两段有点类似电影的分镜脚本，时间、地点和人物明确，镜头关系也很明确，从吴万福策马上山的远景到黄大来跟随的中景，再到其容貌的近景，从全知视点到黄大来主观视点的转换也比较清楚。通过将小说与电影叙事边界的融混，北村以物象和视点的联络代替了情节和意义的联络，类似蒙太奇一样景物和场面的并置在后文中层出不穷，并不断以将时间空间化的方式破除线性时间的迷信。

再如下面这一段：

黄大来是在一个太阳天进入睡意的，当时林稿房正在进餐，他细致地吃尽了一把未熟的芹菜，嘴里发出菜刀切断根茎的声音。黄大来惊讶地注视着林稿房干瘦的手把最后一支芹菜秆塞进嘴里，然后从案几上取下名册，开始誊抄，黄大来在一块石砚上磨墨，当他磨到一半的时候，说：我要睡了。他扔掉弄断了的墨条，一眼就看见了雕着龙凤的楠木床，蹒跚的步履使他碰翻了床柜上的茶洗。林稿房看着他吃力地抓住了帐钩，以一种很不舒服的姿态倒在床上。黄大来在合眼之前，看见林稿房把毛笔扔在砚台上，手指塞进嘴里，剔除了齿间的一根菜丝，然后向床边走来，袍子比他的身形更大，仿佛被风吹过来的，砚台上的墨汁因此风干。林稿房仔细地看了一眼砚台，手持断墨在里面徒劳地磨了一圈，扔下墨条，向床边走来，他步履蹒跚地走到床边，为黄大来放下了蚊帐。

（北村《披甲者说》）

　　这里各种细碎的描写不同于现实主义作家笔下的细节，在现实主义作家那里，细节具有一种"特此性"和提炼性，它吸引读者把注意力集中在与细节有关的具体情境中，以呈现人物的所思，帮助读者把握小说的情感和主旨，类似关联心脏的神经末梢。可联系《披甲者说》的上下文来看，这个段落中，像"未熟的芹菜""嘴里菜刀切断根茎的声音""剔除齿间的菜丝"等仅具有叙事的功能，并不额外负载什么与意义相关的信息，它们的穿插对于想急于了解情节走向的读者而言其实是冗余和干扰。不过，倘若我们把上述这些描述转换为画面的话，北村显然提供了相当饱满的场面调度。

　　值得注意的还有，北村的这些小说都运用视角共存的叙事，并频繁地进行视角转换，这大约也与格里耶的启发有关。热奈特在他的《叙事话语·新叙事话语》中区分了三种叙事的聚焦：第一种是传统叙事作品代表的无聚焦或零聚焦叙事，叙事者所知是大于人物的；第二种是叙事者所知等于人物的内聚焦叙事，又可分为三类，固定式、不定式和多重式；第三种是外聚焦，在这种情形下，叙述者所知比人物还要少。热奈特进而指出，格里耶的《嫉妒》这类小说尝试使用内聚焦，却又不涉聚焦者的内心活动，造成视觉聚焦的空前突出。[①]

北村的"××者说"系列也是如此，视角的转换构成了小说直接的叙事动力。还是以《披甲者说》为例，小说频繁出现"在法仁看来……""在黄大来看来……""在黄大来的视线里……""吴万福的眼里……"等字眼，叙事视点在四个主要人物福宁镇总兵吴万福、副总兵黄大来、林稿房和寺庙住持法仁间转来转去，小说采用内聚焦叙事，每一人既是凝视者，同时也是被别人凝视的客体，而且每个人对他人隐秘的意识动机都不是靠心理描写而是依赖视觉暗示出来，似乎"每一道墙壁，或者家中的每一件家具，都表现为住在那里的人物的一种重影，而且还屈从于相同的命运，相同的定数"[②]。

格里耶对北村的另一影响体现于他对时间和小说叙事时态的特别理解。在给格非的信中，北村说道："到底是历史由现在构成还是现在存在于历史之中，这里一定有一种选择。我选择前者，所以我只相信瞬间是唯一真实的，我全部使用现在进行时态，因为作者、叙述者、叙述对象和读者在文本中具有一种时间，也是说他们都只能经历这种时间，而不会大于这种时间。这种时间可能没有明确的中心，因此也无所谓起始以及结束。有中心，这结构可能就废了。"[③] 这段话基本是对格里耶北大讲稿中相关观点的一种反向复述，格里耶说自己的《窥视者》是唯一用"历史过去时"写的小说，而其他小说"都是用现在时或复合过去时写成的。历史过去时是真实的时态，就是说这种时态表达了无可争议的事情。而现在时和复合过去时是变化的、不稳定的、不确定的语法关系，它好像随

---

① 热拉尔·热奈特：《叙事话语·新叙事话语》，中国社会科学出版社 1990 年，第 129–130 页。

② 阿兰·罗伯-格里耶：《今日叙事中的时间与描述》，见《快照集·为了一种新小说》，湖南美术出版社 2001 年版，第 216 页。

③ 北村：《北村致格非的信》，《文学角》1989 年第 2 期。

时会固定下来，但很快又变化了，消失了。现在时和复合过去时，或不确定的过去时中的瞬间实际上是和确指的过去或历史过去时中的永久性完全对立的。"①

事实上，在现代主义的文学大潮中，对确证的、线性的时间的质询与拷问几乎是普遍性的，这与现代性这一观念对时间的理解本身有关，按伊夫·瓦岱的说法，现代性首先与一种新的时间意识相对应，"区分作者和作品现代性的东西不仅仅是哲学或意识形态方面的观点，而首先是感知时间，尤其是感知现时的不同方式"②。伊夫·瓦岱把十九世纪文学如巴尔扎克和左拉等人的时间观称为"累积式时间类型"，而现代性带来的是一种"空洞的时间类型"，"与波德莱尔要求艺术家们重视的那种现代性最相符的时间类型就是充实饱满的现时。……我们正是在没有连续性的瞬时（它本身是短暂易失的）中才能以最衷心、最直接的方式去捕捉现代性"③。米兰·昆德拉的观点与此不谋而合，他认为福楼拜是带来现代文学转向的关键人物，因为他把一种真正的"现时"带入小说，这是一种"本体论"的不同——"抓住具体的现在时间，是标志着福楼拜之后小说发展史的持续倾向之一"④。而马泰·卡林内斯库在他著名的《现代性的五副面孔》中也把现代小说时间观的变化视作重要的文化转变，"即从一种由来已久的永恒性美学转到一种瞬时性与内在性美学，前者基于对不变的、超验的美的理想的信念，后者的核心价值观是变化和新奇"⑤。

可见，承接格里耶的时间观而来的北村，对"瞬间"与"现时"的强调无意中便指向了现代性时间理解的核心，而且北村所言

---

① 阿兰·罗布－格里耶：《人和物的两种不同关系》，《国外文学》1987年第4期。

② 伊夫·瓦岱：《文学与现代性》，北京大学出版社2001年，第50页。

③ 伊夫·瓦岱：《文学与现代性》，北京大学出版社2001年，第80页。

④ 米兰·昆德拉：《被背叛的遗嘱》，上海译文出版社2003年，第136页。

⑤ 马泰·卡林内斯库：《现代性的五副面孔》，商务印书馆2002年，第9页。

还契合了叙事学对时间的思考，这也佐证出彼时的北村对创作是有着相当缜密的理论构想的。对于一篇小说而言，一般存在着三种时间，一个是小说家创作耗费的时间，一个是小说的故事所关涉的时间起止，也就是所谓"故事时间"，还有就是读者阅读小说所需的时间。以此为基础，热奈特引用电影符号学家麦茨的一段话，来指证时间对于叙事的意义："叙事是一组有两个时间的序列……：被讲述的事情的时间和叙事的时间（'所指'时间和'能指'时间）。这种双重性不仅使一切时间畸变成为可能，挑出叙事中的这些畸变是不足为奇的（主人公三年的生活用小说中的两句话或电影反复蒙太奇的几个镜头来概括等等）；更为根本的是，还要求我们确认叙事的功能之一是把一种时间兑换为另一种时间。"[1] 每个叙事作品据此都可以分为"本事时间"和"本文时间"，前者是指故事发生展开的时间，它是线性向前的，不可逆的；后者指的是作品"所构筑的'情节'时间，是叙事主体重新安排的时间"，它的特征在于它具有近乎无限的自由转换性，"它虽然源于'本事'时间，但它却可以自由地扩展或省略'本事'时间，而且可以回顾或展望'本事'时间之外的'往事'（譬如营构一种心理时间）和'未来'时间（一种不以本事时间为依托的'幻觉型'时间）"[2]。而北村以直陈式的"现在时"作为唯一的叙事时态，不但和他的先锋同道如格非、余华、孙甘露等一起破除了编年体式的线性时间逻辑那神圣的、唯一的合法性，而且他没有停留在伯格森那种心理时间的理解中，当他的伙伴们尝试用"本文"时间置换"本事"时间制造迷人的叙事时，他更进一步地认为，取消过去、现在、未来的惯性理解还不够，因为时间有延续性这一理解也是可疑的。当他将"作者、叙述者、叙述对象和读者"对时间的不同感知和体验收并为一种，

---

[1]　热拉尔·热奈特：《叙事话语·新叙事话语》，中国社会科学出版社1990年，第12页。

[2]　李显杰：《电影叙事学：理论和实例》，中国电影出版社2000年，第70页。

进而具体化为"瞬间"，物理时间的时间之矢与心理时间的时间之流都变得不再有意义，时间既失去了深度也失去了厚度，仿佛成为散布在每个叙事单元的均质的颗粒。

北村还谈到了"到底是历史由现在构成还是现在存在于历史之中"，如果我们稍作后见之明的延伸，还会发现这里隐含着一点新史学的立场，在海登·怀特"元史学"的观念框架里，历史不是确有其事的史实的发掘考证，而是叙事性的话语形式中的一种言辞结构，是被构造和叙事的文本。当历史文本化，与历史相依存的时间之意义也就消散了。

于是，我们再看《披甲者说》的开头——"*清康熙十五年阴历九月初七，黄昏。秋风吹断了光秃秃的榆树枝条。福宁镇总兵吴万福策马上了狐山，在他的身后，副总兵黄大来的战袍被风吹成一团，仿佛很遥远*"——就会知道，这里被着意标示出的时间其实是北村的一个反讽或玩笑，因为，这个时间并不像它指示的节点那种清楚，而且毫无意义，小说讲的这个混乱的关于孤独的拟古故事，可放置在任何一个朝代，而倘若我们把总兵那些官职名号换个现代的说法，说它发生在当下也没什么不可以。与之相比，更值得关注的是小说中不厌其烦地出现的"现在"："现在他策马疾行""现在，黄大来像个不谙世事的马弁一样站在他的身边""比如现在，吴万福在一只木桩边立住了""现在他走上祭堂""现在林稿房打开木窗""现在这座建筑未成的生祠坍塌的消息使风水先生的预言得到证实""现在他身披布衣"……北村如此高频度甚至冒着冗余的风险将"现在"安插在小说各处，时刻提醒读者不要把这个发生在清朝的小说理解为追记，因为那又会带来时间的广延和纵深感，要随时记得故事的进程与我们的阅读有着绝对的同一性，就仿佛看电影一般，电影中的"每一刻都满足于自己，并且随时地抹却自身"，电影里的人物在放映前和放映结束后都是不存在的，"他们的存在只持续了电影放映的那段时间"①。

"现在，站在哪一块石头上，能望见故乡呢?"——这是《归乡者说》的开篇，"现在"从一开始就成为一个笼罩性的词汇。死刑犯刘义临刑前努力以各种华丽的想象完成一次对故乡的抵达，这会让人联想起博尔赫斯《秘密的奇迹》中那个试图以文学的构思让时间阻滞的犹太剧作家亚罗米尔·赫拉迪克，在被德国行刑队杀害之前的两分钟，文学的执念让他额外收获了一年的时光。在博尔赫斯的这个短篇中，现实层面，频繁的时间点提醒我们剧作家被枪决的时刻即将来临，而在由文学构想的意识层面，"物质世界被凝固了"，剧作家可以自由地秘密地在时间的范畴里营造无形的迷宫。《归乡者说》中的时间也是如此，它已经从因果律中逃逸出来，不同于《秘密的奇迹》的是，《归乡者说》有更多对"瞬间"的强调，而且这些不断叠加的瞬间也不具备布列松意义上的"决定性"；似乎每个瞬间都差不多，没有哪个比其他更突出，也没有哪个对刘义来说更意味深长，连他念兹在兹的故乡也一样。每一个瞬间都不指向某个特别的目的，也无法连缀成清晰可辨的链条，其意义就在它的"此在"。

北村用"现在"的"即景"代替了时间的延展和顺序，这种实践所达至的重要效果便是叙事的空间化。无数碎片的叠加与"共涌"，使所有瞬间并置在一个时间平面上，时空一体中的时间秩序被瓦解，空间感就被格外凸显出来，因为空间无论多么复杂，它不会占用时间的厚度，而只会让时间延宕下来，这反过来再次加强了本已被刻意推到前台的物的书写，于是"物象纷呈"② ——"在这样的原则面前，人们有理由相信，人和事物将被清洗掉他们系统的浪漫主义，而达到卢卡契所向往的那种状态，最后仅仅成为他们本

---

① 阿兰·罗伯-格里耶:《快照集·为了一种新小说》，湖南美术出版社2001年，第222页。

② 陈晓明:《北村的迷津》，《当代作家评论》1992年第1期。

来的样子。现实将不再不停地位于他处，而就在此处和现在，毫无任何的暧昧。世界不再在一个隐藏的意义中找到它的证明，不管它是什么样的意义，世界的存在将只体现在它具体的、坚实的、物质的在场中；在我们所见的一切（我们凭借我们的感官所发现的一切）之外，从此再也没有任何东西。"①

四

在"××者说"系列中，1991年刊出的《聒噪者说》是发表最迟的一篇，也是给外界和北村本人带来困扰最大的一篇：朱必圣认为它是"以死亡为话语中心"②的小说，谢有顺称之为"中国当代最奇怪的小说"③，朱大可说它是把"迷津尽其所能地推向极端"的作品；而陈晓明敏锐地注意到，除了迷津之外，小说还在追问"是什么遮盖了我们洞悉终极真相"；北村自己则在一年后写给担任小说责编的《收获》杂志编辑程永新的信中说："我对你编发的《聒噪者说》痛恨至极，现在我不知道当时怎么会弄出那种东西。"④ 大概，因为这篇小说带着他自己也不愿看到的近乎过火的"魔方品格"⑤吧。站在今天来看，我们偏向于以为，这是一篇某种意义上让北村以"陷落"的方式获得拯救的小说。

与"××者说"系列时间大约重合，北村还发表了几篇创作谈，包括《神格的获得与终极价值》《失语和发声》《小说：故事的

---

① 阿兰·罗伯－格里耶：《快照集·为了一种新小说》，湖南美术出版社2001年，第105页。

② 朱必圣：《由怀疑到信仰——北村的重担和他的小说》，《当代作家评论》1995年第4期。

③ 谢有顺：《救赎时代——北村与先锋小说》，《文艺评论》1994年第2期。

④ 程永新编著：《一个人的文学史》（上），上海文艺出版社2018年，第167页。

⑤ 北村、王欣：《关于汉语言文学的对话》，《文学自由谈》1989年第4期。

贫困》《地域文化与人类精神及其他》，以及与王欣的对话《关于汉语言文学的对话》等。就这些创作谈来看，北村对自己近乎偏执的实验以及正在进行中的整个先锋文学进程都有不少疑惑，他一方面是一个有着自觉的关于小说形式美学思考的探索者，一方面又对这个探索的意义和先锋文学的未来产生了怀疑：比如，在对话中，他先是对格非和自己的写作做出解释，且不乏自矜，但最后的落脚点却在对"技术层面"的警惕，指明"不与生存相联系的创作是虚伪的"；在《神格的获得与终极价值》的开头，他认为其时中国整个小说的创作都存在"精神疲软"的现象，"从八五年到八九年，重归本体的小说创作在各种各样的技术尝试和形式探索中走了过场，最后停留在一片精神空谷之中"，因此，他呼唤写作者要具有"准确有力的人格力量和对生命及存在做终极体验的形而上的魅力"；在《失语和发声》中，他提供了一个微妙的发现，"真正可怕的不是语言和表达，而是失语。唯一能做的是对精神所指称的某个新事物发声用质朴粗粝的声音加以批改并渴望亲见奇迹"——要注意，这里的"失语"，恰恰与"聒噪"的姿态构成一种背反。显然，他自己同期的小说创作并没有疗愈他的"负重"，反而加重了他与现实、与精神追求的紧张关系，而《聒噪者说》更是几乎将他逼进了写作的绝境之中。

何谓"聒噪"？无休无止的饶舌还是话语虚妄的狂欢？北村理解的"聒噪"，不止于此，他日后回顾道："当我觉得无话可说的时候，说话方式就成了说话的内容，这就是聒噪。同时，我一边用小说的方式聒噪，一边又与朱大可一起研究文化神学，试图为我聒噪找到一个背景和立场。显然，在我写作'者说'系列小说时期，我是想在语言中居住下来，以至在小说操作上充斥着浓厚的后现代主义式的法则。我所体验到的一切，在写作中我却无法深入，语言成了无法逾越的障碍。因此，我在写作中试图建立的任何深度，都被语言自娱消解干净。"① 据朱大可说，"聒噪"这个词是北村从他的论文中摘取的，最初北村也许只是被这个词与"逃亡""劫持""归乡"不同的陌生感所吸引，但是它一旦被纳入这个"者说"的系列，便迅速引爆它强大的指涉力，并点明了北村此时置身于悖论的情境，就像鲁迅说的"当我沉默的时候，我觉得充实；我将开口，同时也感到空虚"，"聒噪者的话语方法构成了小说的外在语式，而聒噪者所面对的聒噪世界则转换成了小说的内在母题"②。小说以一个侦破命案的情节建立整体的结构，但无休止的话语行将淹没一切，警探的任务是搞清楚死亡事件的确定性，但这个确定性却引诱他步入一个又一个喑哑的迷津之中。小说分为三个部分，分别命名为"案件""聒噪"和"死亡"，在"案件"与"死亡"之间，"聒噪"是一个链接，也是将链接的两段迷津化的一种策动力量。

"聒噪"从小说的第一句话就开始了："更多的时候，远处的事物会比发生在近旁的事情更清楚。作为一个警探，我除了留心案情的线索之外，现场更使我上瘾。"这句话的自相矛盾显而易见，这个身份是警探的叙事者既相信远方比近处更清楚，又对案发现场的"近"上瘾。这意味着接下来在他絮絮叨叨的言语中，我们将无从分辨真假远近。比如，他先是宣布神学教授朱茂新的死讯，随即又告诉读者他并没有死。伴随这个过程的是：各种各样的档案材料和卷宗，它们被阅读被珍视又被烧掉；错版的《哑语手册》和模糊的《神学概论》形成奇怪的镜像关系，似乎宣示又似乎在封存那些至关重要的信息；谋杀与自杀，总是不明燃起的大火与永远让人忘记可以灭火的深水河……要解释清楚其间的复杂与缠绕，几乎是徒劳的。还有，这个小说充满了"可能……或者……应该是……这样看来……换一种说法……"，它们把所有的叙述都虚拟化地悬置起来。"空无的疑谜，停止的时间，拒绝意义的符号，细微细节的巨幅增

① 北村：《今时代神圣启示的来临》，《作家》1996 年第 1 期。
② 朱大可：《无边的聒噪》，《当代作家评论》1992 年第 1 期。

大，封闭于自身中的叙述，我们处在一种平面的和中断的宇宙中，在其中，任何东西都复归于它自身。凝止性、重复性、绝对显然性的宇宙，它引诱着探险者，也让探险者丧胆……"① 这是格里耶在评价法国作家雷蒙·鲁塞尔的作品时说的一段话，每一句都相当贴合《聒噪者说》。所以当我们看到小说的最后一句话——"谁来记录这个事实的真相"——时，会有分明的解脱感，连隐含的叙事者和作者本人都无力承担记录真相的那个位格，遑论我们呢？因此，我们需要记住北村在小说结尾的这个发问，"谁"的位置在呼唤一个伟大的担承者！

关于这篇小说，北村后来还补充道："《聒噪者说》中我曾写过这样一个细节：神学教授写完'神说有了光，于是就有了光'这句话后，当他再写到'我'这个字的时候，手突然颤抖起来。这就是我当时的真实心态：当我确立一个终极标准后，立刻就面临我无法定位的尴尬，因为我与终极间的关系没有亲和性。这其实是那一时期我的基本矛盾：我持守了一种后现代式的消解方式，又想在写作中伸张一种现代主义的梦想。"也是在这个阶段，北村说他的眼前出现了"博尔赫斯的阔大身影"，"在我找不到其他生存基础的时候，博尔赫斯的迷津暂时托住了我，使我内心的切肤之痛得到了缓冲"。

为什么是博尔赫斯？在北村看来，"博尔赫斯的全部价值在于创造了一种结构，又不会使阅读者停留在对结构的知性求解上，而是自然地提升到对形而上境界的迷恋。"② 困扰他日久的形式与终极意义的关联问题似乎终于找到了一个疏解的办法。《迷缘》与《孔成的生活》的写作即是他自渡的努力，两部小说大约写于同一时期，一本虚拟的《霍童地方志》和一个叫孔成的人，在两个小说中

① 阿兰·罗伯-格里耶著：《快照集·为了一种新小说》，湖南美术出版社2001年，第155页。
② 北村：《今时代神圣启示的来临》，《作家》1996年第1期。

建立起似有似无的互文关系。

《迷缘》发表于《花城》1991年第6期，北村在这个小说中尝试用博尔赫斯惯用的方法来搭建一个叙事的"迷津"，同时也大玩"后设"叙述的技巧。学者慕容因为在一本戏曲典籍中发现一个叫霍童的地名被频频提及而踏上寻访之路，慕容在霍童遭遇淫雨、大雪和瘟疫。更麻烦的是，因为沉浸在一出名为《迷缘》的地方戏中，慕容在霍童与戏班的戏子香草邂逅，这场生活里的邂逅与戏中人物孙枝和杏娘的遭遇，混成了一团，我们渐渐分不清"孙枝是一个活人还是一个角色"，分不清慕容是一个传说还是一段记述，也分不清霍童、樟坂、杜村是否是一个地方。也因此，小说虽然设计了一个"进入霍童—霍童—走出霍童"的三段论结构，但霍童其实成为一个没有出路的迷宫，被霍童所吸附的孙枝、慕容、杏娘等人到达霍童时，会发现他们的此行其实没有必要。不过，《迷缘》虽然一开始摆出要在"幻想和学术"中展开回忆的叙事姿态，而且不断用杜撰的《霍童地方志》制造各种貌似信实的佐证，但其实它并不具备博尔赫斯小说中那种以知识、书籍、历史和掌故为材料和基础的玄想气质，博尔赫斯的小说通常指向的是"宇宙和人类生存的一种幻想图示"[1]，他的分叉叙事包含着一种强大的生成性，可以无穷地萌蘖、分化，那种强大的超越性和智慧并不让人悲观，虽然他讲述的可能是一个死亡和悲伤的故事。《迷缘》里，慕容和孙枝都死去了，虽然北村以后设的笔墨说"可以设想他们全部死去或全部活着，这其实是一回事"，但这个小说的底色无疑还是生命的颓败，而非智性的欣悦。

稍晚发表的《孔成的生活》（《小说家》1992年第1期）与《聒噪者说》类似，其叙述动机源自叙述者"前往霍童收集有关孔成死亡的材料"。小说分四个部分，其小标题分别是："迷恋""迷宫"

---

[1] 吴晓东：《从卡夫卡到昆德拉：20世纪的小说和小说家》，生活·读书·新知三联书店2003年，第195页。

"迷津"与"迷信",此外,小说中出现了一个乐手唱了首名为《迷途》的歌,这些"迷"字头的词汇过于刻意地宣告了小说将围绕孔成的死亡构造一团叙事的乱麻,但总体来说,《孔成的生活》要比《迷缘》好读很多,这源自两点:其一,北村开始尊重"人",围绕孔成的调查虽总也被地震、雨水和其他各种莫名其妙的支线打散,但是孔成还是倔强地站在了小说前面,并执拗地展示让人震颤的人格力量。不要忘了,在此前的"××者说"中,那些逃亡、归乡、披甲和聒噪的人其实都是罗兰·巴特所谓的"视觉反思的支撑物",他们和泛滥的物像一样,已经摆脱了深在的使命感和生命感,也缺乏一种"心理的必要性",就像让·伊夫·塔蒂埃评价格里耶的写作时说的那样,其特点就是"将世界非人化,将人物变得物化,并且放弃了一切隐喻的深度"①。孔成不是,他是一个学建筑的诗人,因为用诗的语言写了一篇建筑学的论文而失去优秀毕业生的名誉,成为校园里的奇人另类,他的梦想是搭建一个"无法建筑的国",他固执地抵抗朋友将霍童变成一个旅游区的规划。他渴望生活在别处,又受制于"沉重的肉身":"我总是想过另一种生活,孔成的生活,我要在我建筑的房子里度过一生,可是我的身体太重,它就像一件不合体的衣服一样披在我身上。"孔成从一个建筑师到一个诗人再到一个病人和罪人的人生沦落轨迹,也正是他不断向着属灵的精神的绝境挺进的历程。

其二,北村开始尊重故事。张旭东曾有一个判断,他认为先锋文学的几位积极实践者,包括余华、格非和苏童"一面保持着鲜明的'可写性',一面固守着讲故事的承诺",这提醒我们今天反观先锋大潮,在强调他们拆解故事、以叙事置换故事的同时,也应注意"故事"是如何转化并参与先锋文学的叙事拼图的。比如,余华的《古典爱情》《鲜血梅花》和《河边的错误》通常被解读为是以戏仿

---

① 克洛德·托马塞著:《新小说·新电影》,天津人民出版社 2003 年,第 18 页。

类型文学的方式来进行的反类型的实践，但这三个小说其实都依赖故事才得以成立，余华反的不是故事，而是故事与读者默契的言和方式；苏童的《妻妾成群》等的故事性更是一目了然。由此再来看北村，他之所以被同行认为是"真正的先锋派"，原因之一大概就在他是对小说的故事性放逐得最彻底的一个，在我们前面做细读分析的小说中，除了《谐振》的线索稍微清晰，能够提炼出一个有头尾的故事外，其他小说都无法从传统的故事和情节的维度获得相对妥帖的理解，"者说"系列尤其如此。更有反差意味的是，"者说"系列其实也是用类型文学的元素搭建起来的，但北村并非用余华那种"戏仿"的路数——"逃亡"与"追捕"、"死亡"与"刑侦"，这些被博尔赫斯称之为"美德"的侦探小说最倚重的元素，也是最能够拯救杂乱无章的小说"秩序"的①，但在北村这里却恰恰反过来，它们成为理解故事的障眼法，读者越是抱有解疑和破案的心态，小说就显得越混乱。他在给格非的通信中，曾很明确地说："必须选择一种形式来消解故事，它在某种程度上取消了故事的定型指意，使它尽可能成为表象，真正的语言在于表象和表象秩序，这才是作家想说和能说的话。"②《孔成的生活》不一样，虽然孔成的杀人和自杀，还有后来唐松的自杀，依然缺乏切实确凿的动机，其真伪同样不能遽然判断，但是一个为精神世界所困的与时代脱轨的青年诗人的溃败史还是相对完整地呈现了出来。小说的结构有点像电影《公民凯恩》，唐松、董云、雷角、王弟这些与孔成生活有交集的人都向叙事者讲述了孔成人生的一些片段，彼此的记忆虽有歧异，对孔成的与现实格格不入的关系的描述则基本是一致的，他的在劫难逃也是被普遍承认的，而不像"者说"系列那样，各种声音的喧哗只是聒噪，并不能指向意义和真相。

---

① 博尔赫斯：《侦探小说》，《博尔赫斯全集》第六卷，浙江文艺出版社 1999 年，第 46 页。

② 北村：《北村致格非的信》，《文学角》1989 年第 2 期。

还要注意的是，在接下来很长一段时间里，孔成和他"水土不服"的人生，他所面临的巨大的良心危机，会在北村笔下不断出现。而孔成写下的那些无比虚无又渴望超越其上的诗句："我走过漫长的驿路／向着另一片山坡／从白骨的梯阶接近／谣曲啊／你弥漫又弥漫／天空的胸膛常流的血……"也提醒我们，小说家的北村之外，还有一个诗人的北村正暗暗被激活，在精神的重压之下酝酿着沉郁的形而上的诗情。综上而言，《孔成的生活》在北村的创作中有着重要的界碑意义——人的末路是否就是神的起头？

关于先锋文学在 1990 年代的"终结"或转向，文学史家已经给出了很多解释。洪子诚在他的《中国当代文学史》中认为先锋小说以形式和叙事技巧为突击方向的倾向，局限性日渐暴露，"而不可避免地走向形式的疲惫"，所以作为群体的先锋写作很快分化，其创作的潮流性特征也就此式微。[①]张清华认为，除了形式变革的意义耗尽而带来的审美疲劳之外，还有如下三方面的原因：一是"启蒙主义受挫"和 1990 年代商业大潮无远弗届的裹挟力，二是"进化论神话的崩毁和相对主义的价值困境"，三是"一个总体的'后现代'假象在上述背景上的出现给当代文化带来的深刻误导"[②]。孟繁华指出先锋文学的终结还有重要的外在因素，一个是全球化审美趣味的流行，一个是"各种'文化带菌者'——多发性制造时尚前卫的冲击"[③]。谢有顺、南帆和洪治纲则不约而同从"精神的先锋"角度对从形式变革中回撤的先锋小说家的创作予以新的同情之理解。[④]

---

① 洪子诚：《中国当代文学史》，北京大学出版社 1999 年，第 339 页。

② 张清华：《先锋的终结与幻化——关于近三十年文学演变的一个视角》，《文艺研究》2016 年第 4 期。

③ 孟繁华：《九十年代：先锋文学的终结》，《文艺研究》2000 年第 6 期。

④ 参见谢有顺：《历史时代的终结：回到当代——论先锋小说的转型》，《当代作家评论》1994 年第 2 期；洪治纲：《先锋精神的还原与重铸——兼论九十年代先锋文学存在的必要性》，《小说评论》1996 年第 2 期；南帆《先锋作家的命运》，《中国对外服务》1996 年第 2 期。

对于局内人的北村而言，不期然经历的这场文学蜕变，在他心灵上刻下深深的印痕，他提供了一份自己转变的证词，也在时代转换的大潮中留下一个属己的、不能被化约的注脚："在我的内心深处已经厌倦了后现代主义那种将一切都平面化的写作方式，甚至有一种想回到现代主义梦想里的愿望，可我找不到回去的路。价值在我的眼目中进一步变乱，我觉得自己的生存到处都出了问题，连我过去视之为超越的爱情也开始出现危机，我成了一个病人，痛苦却无法出声。我清晰地感到，自己手上所做的一切，毫无实际意义，它解决不了我的任何生存难题。我仿佛面临着与我小说主人公孔成一样的遭遇。"他一度停止写作，转而去做电视剧，但这种转嫁不能真正解除他的痛苦，他甚至走在自杀的边缘，觉得在山海关卧轨的海子那一刻是幸福的。他发出了自己生命中的天问："当肉体的需要满足之后，他想追求一种思想的快乐，如听音乐、看小说、写作等，可是，当思想的需要也得到满足之后，为何人还有一个更内在的需要？这需要究竟是什么才能满足它呢？"[1]

---

[1] 北村：《今时代神圣启示的来临》，《作家》1996年第1期。

第二章 "神圣启示的来临"

一

必须再次转述那个意义非凡的时刻：

1992 年 3 月 10 日晚上 8 时，我蒙神的带领，进入了厦门一个破旧的小阁楼，在那个地方，我见到了一些人，一些活在上界的人。神拣选了我。我在听了不到二十分钟福音后就归入主耶稣基督。三年后的今天我可以见证说，他是宇宙间惟一真活的神，他就是道路、真理和生命。[①]

1992 年 3 月的一个夜晚，我被两个信主的朋友带到一个干净的阁楼上，那里有一个安详的老人在等着我们。他对我说，电不通进去，电灯就不会亮，人心里若没有光，他全身就黑暗。这几句简单的话带着能力，征服了我，我接受了耶稣作我的救主。在他们的祷告声中，我从心里涌起一股安慰，并从深处感到，我过去所寻找的那个至大者在灵里与我亲近了。从阁楼上下来的时候，我感到天地都更新了，我在街上跳起来欢呼，重生的生命使我告别了一

---

① 北村：《我与文学的冲突》，《当代作家评论》1995 年第 4 期。

切的旧造，脱下了一切缠累，我的灵魂到家了。①

北村在不同的文章中两次回顾这个于他而言无比重要的时间节点，它们彼此印证，成为确据。他的好友朱必圣作为见证者，也帮北村记录了这个事件：

> 当时我就坐在他的身边，听同样的故事，这个故事我从小听起，并且铭刻于心。说的就是神救世人的故事，"神爱世人，甚至将他的独生子赐给他们，叫一切信他的，不至灭亡，反得永生"。面前的一位信神老者，神情安详，轻声细述了这个故事。听者北村仿佛自己已经置身于界外，四周没了世界，这阁楼和身边的四壁仿佛突然不存在了，加在身上和心中的一把把锁自然开启。他知道"信他"这是一道特殊的门，经由这个门，自己就是完全一个"新人"。老者问他信不信的时候。北村不假思索地回答："我信！"就是这简单和决然的"我信！"仿佛一下就打通了他与神的联系，打通了精神世界与永恒世界的通途。②

对北村而言，这几乎是一个必然遭遇的时刻，就像克尔凯戈尔指出的那样，当一个人"最终意识到一切以现成性为前提的努力都毫无意义，并因而完全彻底地要依凭于那在自身关联中建立他的力量而成为自身的话，他就会或才会从绝望中解脱出来，获得真正的信仰"③。因此，有论者认为，北村个人的皈依也是"发生在共和国文学里的一个重要的精神事件"，北村可能是他那个时代中"唯一的一位自称信仰基督教的作家"④。如果考虑到中华人民共和国

---

① 北村：《今时代神圣启示的来临》，《作家》1996年第1期。

② 朱必圣：《周渔的眼泪——北村与文学之命》，《厦门文学》2004年第3期。

③ 参见张祥龙：《从现象学到孔夫子》（增订版），商务印书馆2011年，第161页。

④ 王本朝：《北村与基督教文化》，《涪陵师专学报》2001年第1期。

建立以来，宗教信仰的弱化和相对普遍的无神语境，这个判断基本是准确的。此外，还有两点值得注意：其一，北村所用的"神拣选了我"这个表述，这其实是对《圣经·约翰福音》中耶稣所言的"不是你们拣选了我，是我拣选了你们"的借用。其二，北村描述自己皈依的这个时刻，无论语言还是过程，都很像《圣经》中的伟大使徒保罗的经历：

> 我将到大马士革，正走的时候，约在晌午，忽然从天上发大光，四面照着我。我就仆倒在地，听见有声音对我说："扫罗，扫罗，你为什么逼迫我？"我回答说："主啊，你是谁？"他说："我就是你所逼迫的拿撒勒人耶稣。"与我同行的人看见了那光，却没有听明那位对我说话的声音。我说："主啊，我当作什么？"主说："起来！进大马士革去，在那里，要将所派你作的一切事告诉你。"①

此后的北村，进入自己写作的第二个爆发期。1993 年，他在《花城》发表了长篇小说《施洗的河》后又推出单行本，在《收获》发表了《张生的婚姻》，在《钟山》发表了《消失的人类》和《伤逝》等名作。接下来的三年，他又陆续发表了《情况》《孙权的故事》《玛卓的爱情》《最后的艺术家》《运动》《破伤风》《水土不服》《还乡》《消灭》《强暴》等，小说集《玛卓的爱情》入选了长江文艺出版社的"跨世纪文丛"，显示了强劲的创作势头。张艺谋为筹拍《武则天》，约请几位小说家写同题小说，他也在获邀之列，而且较快地就将小说发表出来。《施洗的河》发表后，1993 年 6 月，《花城》杂志在北京组织了一场"当代中国先锋小说的命运及其未来"的讨论会，专门研讨北村和吕新的作品，余华、张颐武、蒋原伦、

---

① 《圣经·使徒行传》22:6-10 中文和合本，中国基督教三自爱国运动委员会、中国基督教协会出版发行，以下凡引《圣经》原文皆出自此版本，不另注出。

陈骏涛、金惠敏、赵毅衡、潘凯雄、王必胜、戴清等批评家和评论刊物的主持者参与。1994 年 9 月，福建省文联理论研究室、福建社科院文学研究所和福建师大当代文艺创作美学研究所联合举办的"北村小说作品讨论会"在福州召开，孙绍振、南帆、王光明、颜纯钧、魏世英、俞兆平、朱水涌、陈仲义、朱必圣、谢有顺、王干等二十余位批评家和学者出席，会议讨论热烈，但一致认为，这个一度失语的年轻人再度回来时，已然迅速成为文坛的一个"现象"。

　　1993—1995 年也正是"人文精神"大讨论从酝酿到发酵的时期，在这场深刻影响了九十年代和二十一世纪整体文学进程的大讨论中，"采取何种方式参与现实文化实践，站在什么样的文化立场上发言，成了知识分子首先要解决的问题"①。1980 年代知识分子借新时期的时代语境和"新启蒙"所释放的政治激情，在进入 1990 年代之后已经溃散，迅速膨胀的市场经济成为新的社会生活中心，理想的意义体系在加速边缘化，让所有置身其间的思索者都进退维谷。讨论的发起人之一王晓明曾回忆说："我总觉得，人之所以为人，就因为他不但要活得舒适，更想活得心安，在手脚并用去满足物质欲望的同时，他还要寻找一种精神性的价值，在那上面安妥自己的灵魂，这就是通常所讲的'信仰'……最近一年多，不断有读者来信问我你为什么要参加人文精神大讨论？我回答说，因为我觉得自己丧失了信仰，我在精神上没有根。"②王彬彬则是"大讨论"中较早关注"宗教精神"和"人文精神"关联的一位，在与王干、费振钟、吴炫等人的对谈中，他敏锐地提出："人类历史上，对人类社会、对尘世、对人自身最坚决、最深刻、最彻底的批判与否定，往往是来自宗教精神。人文精神不一定就体现为宗教精神，人文价值不一定就体现为宗教价值，这在中国尤其不可能。但这二者

---

① 洪子诚：《中国当代文学史》，北京大学出版社 1999 年，第 386—387 页。
② 王晓明：《太阳消失之后——谈当前中国文化人的认同困境》，《文汇报》1995 年 8 月 27 日。

之间绝对是有联系的。人文精神如果理解为批判性与否定性，那么人文学者、知识分子则必然站在现实的对立面上，而若站在现实对立面上，则必然要有一个价值立脚点。这立脚点不能是世俗的、经验的，它必须具有神圣和超验的性质，而这只能是一种具有宗教性的东西。"基于这种理解，他进而指出，否定和批判尘世的力量，必须来自"天国的尺度"！① 这些声音与北村所经历的何其类似！可见，北村的精神之变既是个体性的，也投射着时代的整体征候，甚至可以说，他对"终极价值"的追求和持续性的拷问，就像这场"人文精神"讨论风暴的早汛。虽然他本人并不在这场讨论的风暴眼中，但是他的信仰方式、小说创作都显示了他对"人文精神"的特别思考。

在某种惯性的思维中，信仰和宗教的超验性、对神格的倚赖似乎恰与人文是对立的，作为近代人文主义滥觞的文艺复兴，其主旨之一不就是从神本走向人本吗？这种二元对立的简化思维忽略了宗教信仰作为马克思所言的形而顶的"包罗万象的纲领"对人类精神的意义。也是在 1993 年，为纪念 1893 年在美国芝加哥首次尝试建立全球性信仰对话的世界宗教大会召开一百周年，全球各地的宗教界人士在芝加哥举行了世界宗教议会，并在基督教界的倡议下发布了《走向全球伦理宣言》，《宣言》提出了全人类都应当遵循的一项基本要求：每个人都应受到符合人性的对待，并以耶稣"你们愿意人怎样待你们，你们也要怎样待人"和孔子的"己所不欲，勿施于人"作为支持。该《宣言》的发起者之一、德国神学家孔汉思在《中国宗教与基督教》中谈及包括中国民间宗教在内的宗教的意义时，说要看到"宗教现象后面的是人的基本需求：需要保护和帮助，抚慰和鼓励，对人的存在及其世界的解释"，"宗教现象建立在

---

① 吴炫、王干、王彬彬、费振钟：《人文精神寻思录之三——我们需要怎样的人文精神？》，《读书》1994 年第 6 期。

人的存在的深层"①，也正是从宗教信仰的人文性来谈的。

世界—中国—北村，围绕信仰的中心，这三者在1993年形成了一个连接，北村的思考也理应纳入到这个大的连接框架里。这一阶段北村发表了大量创作谈，如《神圣启示与良知的写作》《爱能遮掩许多的罪》《信仰问答》《活着与写作》《我与文学的冲突》《赦免》《彰显》等，他多次谈到"良心"，认为"作家首先要成为这个时代良心的代表"。作为伦理学的一个重要范畴，良心在通常意义上指的是关于善的道德意识，是个人道德自由意识的表现，是人自我裁决的判断力，它说明了个人有能力实行道德自我控制，独立地给自己规定道德职责，要求自己履行职责并对之进行自我评价。简言之，良心是个人对自己应负的社会责任的一种认识。不过对于以文学为志业的作家而言，良心又不止意味着人的本质的独立方面，它更该是具有本体论意义的人的精神本质的完整性。因此，北村对良心的理解不止于道德层面的"分享艰难"，而是更高的东西，他说过："让日常生活的难处从小说中出去：电灯不亮就去请个电工得了，缺钱就去赚钱，豆腐太贵另找一家试试看。把小说打扫干净，因为有更重要的东西要进去。……叫人活的乃是灵，肉体是无益的。"② 这里的指向很明确，从1980年代末蔓延到1990年代的新写实小说是其时文坛的风潮，也吸引了不少先锋同行去尝试，但北村却对这种认同琐屑和卑下的写作观念予以果断拒绝，俯下身段代替底层沉默的大多数发声当然是作家良知的体现，但这还不意味着拥有自由的良心。对于1990年代正在悄然兴起的"个人化写作"和"欲望写作"，北村同样抱持拒绝态度："当今中国文坛却充满了只有感觉而没有感动的作品，连外在遭遇的命运的感动都消失了，而那些能让人在良心深处产生巨大震撼的作品几乎荡然无存……放

---

① 秦家懿、孔汉思：《中国宗教与基督教》，生活·读书·新知三联书店1997年，第40页。

② 北村：《爱能遮掩许多的罪》，《钟山》1993年第6期。

弃人格的唯一结果就是产生动物的感受，苍白的文字，里面似乎什么都有，动人的故事，优美的语言，缥缈的文风，唯独没有心灵的质量，这就是它不会让人感动的原因。我把它称为无耻的文学。"①一句话，他关注的不是现实的痛痒，而是存在的终究，他要像一些伟大的信仰者那样画出人"存在的图"。总而言之，北村理解的良心接近别尔嘉耶夫所谓的"最困难的伦理学问题"——"也许，最困难的伦理学问题是：为了自己良心的纯洁性和自由，为了在自己的理解和判断中，在自己的评价和行为中自由地面对上帝，应该如何同其所属的确定团体的压抑人的舆论做斗争？"②这大约可以解释为什么北村如此高调地向文坛宣布自己的皈依，他以信仰的加持为自己的写作找到了一个支撑，也与现当代文学史上其他有宗教情怀的写作者有了明显的区分。

事实上，基督教自传入中国，对文学的影响是持续的，尤其现代以来，鲁迅、周作人、老舍、曹禺、冰心、许地山、张资平、苏雪林、林语堂、徐讦等都曾以各自的方式回应着《圣经》和基督教文化，其中有的早年还有受洗的经历；新时期后，王蒙、礼平、海子、西川、史铁生等作家的一些创作也受到了基督教的影响，体现出较为鲜明的宗教情怀。北村的不同在于他对信仰者身份的强调，这个身份赋予他的文学使命，不再是"情怀"一词可以涵纳的。

在北村皈依之后一系列的创作谈和小说中，他给读者呈现的"基督徒作家"的面目是这样的：首先，他得是一名基督徒，真正相信和接受了耶稣的救赎，并努力效法基督、传扬福音。其次，他的创作必须体现信仰之光下对人生的反思、对心灵的安慰；其目的就是引人思考生命的真义，将人带到信仰的面前。因此，他努力在宗教、信仰和文学这三者中实现一种自洽，但又不期然地陷入一种新的矛盾中。比如，对于自己皈依后的写作，他一面表示，"我对

① 北村：《信仰问答》，《天涯》1996年第3期。
② 别尔嘉耶夫：《论人的使命》，学林出版社2000年，第255页。

这些作品没什么好说，我只是在用一个基督徒的目光打量这个堕落的世界而已"，"当我信主后，对文学之于我从一个神圣的追求突然下降为混饭吃的营生感到无比震惊，但我实在无法重新确立对它的信心"[①]；一面又声称"我必须为自己选择了作家的职业负起道德责任"[②]，这个责任就是"对苦难的揭示"，"圣经说'在世间有苦难'，所以我不明白小说除了发现这种人类的悲剧之外还能干什么"[③]。

该怎么解释北村虔敬的信仰所引发的"冲突"呢？笔者以为，可以借鉴二十世纪另一位伟大的基督徒文学家 T.S. 艾略特对宗教和文学的理解来加以诠释。

1927 年 6 月 29 日，艾略特在英国中部的科茨沃尔兹的芬斯托克教堂，正式受洗皈依基督教，他加入的是英国国教最保守的教派——高派教会，此前的他一直是为时代所瞩目的、特立独行的前卫诗人，是《荒原》的作者、整个现代主义诗歌的引领者，皈依之后的他，多了一重"保守"和"古典"的身份。这之后，艾略特留下了很多关于宗教与文学之辩证关系的文字，比如 1933 年的《现代教育和古典文学》、1934 年的《信奉异教神祇：现代异端邪说入门》、1935 年的《宗教和文学》、1939 年的《基督教社会的概念》等。艾略特认为，文学的"伟大价值"不能仅仅用文学的单一标准来测定，但是又提醒世人，"我们必须记住测定一种读物是否是文学，只能用文学标准来进行"。从这个前提出发，艾略特反对以"宗教文学"的名义取消文学标准的理解，他认为"把圣经当作文学"、当作"英文散文最高贵的不朽作品"是一种谬见。在他看来，那些"真诚地渴望促进宗教事业的人们所写的文学作品"不过是一种"宣传文学"，甚至"不在我们严肃考虑宗教和文学之间关系之列"，

---

① 北村：《我与文学的冲突》，《当代作家评论》1995 年第 4 期。

② 北村：《缅怀艺术》，《艺术世界》1992 年第 6 期。

③ 林舟：《苦难的书写与意义的探询—对北村的书面访谈》，《花城》1996 年第 6 期。

而他所要求的文学"是一种不自觉地、无意识地表现基督教思想情感的文学，而不是一种故意地和挑战地为基督教辩护的文学"。自笛福时代以降，文学经历的是一个逐渐世俗化、去宗教化的过程，以小说来看，便经历了从"把当时人们的信仰看作理所当然的事"，到"对信仰表示怀疑"，再到把信仰当成"过了时的东西"这样三个阶段，总体上不断向世俗妥协，向读者的趣味妥协，向"纯粹为快感"的写作妥协，其结果便是"使人们堕落"。为了对抗这种"世俗主义的败坏"，艾略特认为对待文学就不能以过于自由和开明的态度，"对于所有的基督徒来说，他们义不容辞地有责任自觉地坚持文学批评的某些标准和尺度"，也即在世俗化的文学标准之外还须信守一个神学的标准[1]——"对比起人类道德伦理体系的朝三暮四，以永恒上帝为中心的神学体系及神学的标准相对恒常，宗教的神性尺度更具有稳定性和永恒性。所以宗教的尺度更能够判断一部文学作品是否具有超越时代局限的恒久的价值，而显得尤其重要。"[2] 总而言之，艾略特关注的并不是"宗教文学"这个概念或范畴是否成立，而是"宗教和一切文学的关系应该怎么样"，因此，他才会说"宗教诗歌"是一种"次要诗歌"，因为如果只是题材是关乎宗教的，而没有容含那个时代的"感情强度"，这样的作品不是成功的作品。[3] 保罗·蒂里希的《文化神学》有类似的表达："宗教是人类精神生活所有机能的基础，它居于人类精神的深层。深层的意思是，宗教指向人类精神生活中终极的，无限的，无条件的一面。宗教，就这个词的最广泛和最根本的意义而言，是指一种终极的眷顾。在人类精神的所有创造机能中，终极眷顾都表现得非常显

---

[1] T.S. 艾略特：《宗教和文学》，《艾略特文学论文集》，百花洲文艺出版社 1997 年，第 238–251 页。

[2] 林季杉：《T.S. 艾略特论"文学与宗教"》，《西南民族大学学报》2008 年第 7 期。

[3] T.S. 艾略特：《宗教和文学》，《艾略特文学论文集》，百花洲文艺出版社 1997 年，第 241 页。

著。……不能在终极的严肃意义上拒斥宗教，因为终极的严肃，或者终极眷顾的那种状态，其本身就是宗教。宗教是人类精神生活的要旨、基础和深层。人类精神的宗教方面正是就此而言。"①

在北村关于宗教的表述中，也隐含着这层意思，他声明自己是基督徒，但希望外界把关注的中心放在他对信仰和救赎的思考上，而不是戴着有色眼镜围绕他的教徒身份打转。就像过于看重宗教身份，看重那些复杂的敬拜仪式，会忽略信仰的生命感觉，忽略掉"终极的眷顾"，这是舍本逐末，也是北村不认可的。他把一味认同世俗理解的文学称为"无耻的文学"，说明他自己的文学判断有一个跃乎文学之上的高标。只是刚刚完成皈依的北村，对于如何修复文学和信仰的脱节，还在探索中，二者的平衡需要一个过程。他说过，"你不是做神的抄写员，就是当魔鬼的秘书，没有第三个地位"②，但如何当好这个抄写员是另一码事。他谦逊又带着疑惑，认为自己的文字与自己的信仰相比算不得什么，却没有料到他这一写作观念在整个1990年代文学中都有重要的范本意义，因为他在进行素材的转化时，恰恰呈现了时代"最大的感情强度"，用南帆的话来说便是，我们可以通过他的作品"谈论一个时代"③。而且很快，北村自己也恢复了对文学的信心，他渐渐明白，"一个写作者并不是因为明白了为什么写作才写作，而是写作让他明白了为什么"④。

二

在《施洗的河》的后记中，北村说："我回头检阅我的作品，

---

① 保罗·蒂里希《文化神学》，中国社会科学出版社1992年，第7-8页。
② 北村：《爱能遮掩许多的罪》，《钟山》1993年第6期。
③ 南帆：《先锋的皈依——论北村的小说》，《当代作家评论》1995年第4期。
④ 参见北村博客 http://blog.sina.com.cn/s/blog_488efcbb010002a0.html

惊奇地发现每一部小说的主人公竟然无一例外地死去，没有一个漏网。这个局面立刻使我面无人色。"但事实是，北村并未就此收手，去仁慈地改变他笔下主人公的命运，他依然写到了大量死亡，甚至更为残酷：《玛卓的爱情》里玛卓跳下火车而死，刘仁被汽车撞死；《水土不服》中康生三次跳楼，终于自杀得逞；《伤逝》里李冬烟跳楼，超尘割腕；《孙权的故事》里孙权失手扼死了朋友，自己被判极刑；《还乡》中诗人宋代自杀；《强暴》中刘敦煌仓皇中被车撞死……即使那些没有死去的人，也都深处在罪恶或困厄的"没有意义的"泥淖中，难以自拔。

先看刘浪。北村在他的第一部长篇《施洗的河》中，刻画了刘浪这个乖戾的暴君。刘浪生于霍童，他的父亲是一个暴躁的富家子弟，他是被父亲强暴的佃农的女儿所生的孩子。从小就有异禀的刘浪，对世界的爱意一点一点被父亲的暴力摧毁，父亲告诉刘浪："你不要相信任何人，只能相信金条和枪。对你来说，这两样东西就是你爹。"刘浪从樟坂的医学院毕业后没有走行医的路子，而是子承父业成为一个更加残暴、乖戾的黑道商人，让樟坂成为如同索多玛和蛾摩拉一般的罪恶之城。他无缘无故射杀无辜的女人，击毙心爱的猎犬，让弟弟亡命于自己喽啰的枪口之下，变态般地逼迫手下人在火车疾驰的铁轨上饱受惊吓……而且这些恶念并非工于心计的布置，只不过是顷刻间的念头。刘浪可以凭靠他的暴力和狡黠获取一切，金钱、女人还有名利，以及逾越规则和伦理之上的罪恶的刺激性，他先后迷上女人、气功、大麻和帮派的争斗，但所有这些都无法让他获得实在的生命感，当他对一切都倦怠之后，惊愕地发现，自己原来站在一片无主无根的荒原之上。他曾住在坟墓，过穴居的生活；后又尝试自杀，未获成功；他买了一条小船，沿河漂泊，不知要去往哪里。在小船上，刘浪回顾半生：他本想当一名医生，和心爱的女子结婚生子，过平静的生活，可不料却一步步堕落进黑暗的深渊。于是，他发出了这样的质问：

为什么不在一出娘胎就让我死？为什么我的生日不变成黑夜？为什么我的苦没人知道？为什么我身边的人都要离开我死去？为什么我呼喊没人答应？为什么要接我到世上又不给我气呼吸让我窒息？为什么我不想活又死不了？为什么让我想活又不给我路？为什么给我钱财又要让我饥饿？为什么给我房屋又不让我安居？为什么给我眼睛又要给我黑夜？为什么不干脆弄瞎我的眼？为什么给我嘴巴想吃好吃的东西？为什么给我长耳想听好听的？为什么又让我食之无味，听来无声？为什么给我身体又不让我放纵？为什么给我地上的人又要我过天上的日子？为什么给我头脑又给我一个取死的身体？为什么给我短寿的一生又让我不足？我只不过是一粒沙子，我只不过是一堆粪便，我只不过是一阵风，为什么要我挑这么重的担子？为什么要我接受比河沙更多的苦，为什么不让我的口闭上，为什么不放过我？我本来就是个无用的人，我本来就是短寿的人，为什么要我思想更远的事？我宁愿死，为什么又不让我死？我已经受不了了，我的身体变成了肉渣，我的骨头变成了碎末，我活着还有什么意思呢？我作恶太多，你要计算到我的身上吗？又为什么不让我死呢？不让我死我又从哪里得到安慰呢？你为我预备了坟墓吗？可是它在哪里呢？为什么我看到的我都不相信呢，看不见的又不给我呢，我的日子为什么不结束呢？

（北村《施洗的河》）

　　这一连串绝望的质问，包容了刘浪对尘世、对他人、对自己彻底的否认，也包容着所有人们习焉不察的生活细节中所关联的存在本质，大段的排比回荡着人类无数次向天发问的回声。这个孤僻、变态、冷漠的孤独者在一个溃败的时代里，不得不承负巨大的虚无，并被"无意义"消耗着生命。

与恶贯满盈的刘浪相比，《消失的人类》里的孔丘是一个时代的楷模，在所有的方面，他都是刘浪的另一极。从世俗的眼光来看，他几乎获得了一切，有着高达三亿元的巨额财富，有省政协委员的头衔，有一个贤惠淑贞的妻子，还有什么不满足的呢？按道德的眼光来看，他也毫无挑剔，他商业的成功来自于守法经营，没有任何越轨的地方，这甚至让他的竞争对手都感到不解和钦佩；对于主动要献身给他的漂亮姑娘麦冬，他能理智地拒绝；他也并未因为暴富就为富不仁，对于乡下来的穷哥们儿依旧礼待有加——所有人都说他是一个"好人"，可他却甘愿自匿于喧嚷的人群，消失于尘世了。这个刘浪的反向镜像，在精神的问题上和刘浪一样，他感觉到自己的心灵被掏空了，生命力在萎缩。

从孔丘与麦冬、刘克平、土土等人的对话中，我们可以知道，他一直醉心于自己从底层奋斗直至功成名就的过程，正如他的部下所说："我发觉孔老板好像一直生活在过去的时代里。"孔丘尤其留恋贫贱的充满辛酸和耻辱回忆的少年时代，因为那时他虽然在物质上极度贫乏，但情绪饱满，努力摆脱贫贱泥淖的愿望，构成了强大的精神支撑，这个信念促使他一路开拓，取得成功，但物质丰盈的同时也意味着精神灾难的开始。尽管他不厌其烦地找人倾诉，讲述自我奋斗的经历，并借此修复他已经坍塌的精神支柱，但这无济于事。在巨大的成就感前，他已无法再体验由贫入富过程的艰辛与喜悦，回忆注定是枉然的。于是，孔丘开始寻找新的精神支持。多年来，他穿过城市与乡村，政治与爱情，但却始终无法为自己找到存在的确当理由，与少年时物质贫乏但精神充盈的日子相比，成年后的物质充盈而精神匮乏，更让人难以忍受。当孔丘在与秀英最后的晚餐中，有点莫名其妙地问"吃饭时这样上牙碰下牙，有啥意思呢"时，其实就已经在宣告他的消失是必然的了。

再看看《孙权的故事》里的孙权，他没有刘浪和孔丘那样显赫的名声，这个有着诗人梦想的年轻人，没有孔成那样的执拗，要去搭建无法建成的国，他和几个伙伴儿做生意被骗，然后就堕入一种无聊和闲散中。他觉得生活始终"有一种虚脱的感觉，遥望将来不知如何延续漫长的时光——这种感觉最恐怖。周围的一切没什么意思了，变得荒唐和滑稽"。一次酒后，他失手杀死了欺骗他的朋友，但却拒绝律师相助，心灵空无地等待死刑的判决，显露出他对生活全身的麻木以及罪之本身的漠视。在监狱中，孙权连出狱的渴望都丧失了，他觉得比肉身监狱更可怕的是灵魂的监狱。

有着同样命运的还有很多人，张生、康生、玛卓、刘仁……他们无法与庸人为伍，不愿沉醉在毫无精神质量的生活之中，却发现自己的生活已经被实利化和感官化，他们找不到一种可靠的力量使他们摆脱对现实的依附。北村也记录下城市的庸常和琐屑，像与鲁迅小说同题的《伤逝》，主人公超尘的生活正陷入"一地鸡毛"的"烦恼人生"：丈夫除了打球、下棋和敷衍工作，别无追求；父母吵了一辈子架，过着同床异梦的生活；姐姐为二十美元就可以出卖肉体，贴补困窘的日子；姐夫只会酗酒、吸毒、殴打妻子；单位里鸡飞狗跳，同事们彼此设防，为米面粮油斤斤算计，为各种八卦交头接耳；多年后又出现在超尘身边的旧情人李东烟给了超尘一点超脱生活秩序的盼望，可不料想对方早已经堕落为一个谎言连篇的骗子。沉滞又庸碌的生活如一堵堵厚墙，让超尘觉得"世俗的生活已经被悬空了"，也许别人并不觉得这样的日子有什么特别，他们已经被平庸收编，成为庸常秩序的一部分，可超尘却在无数的瞬间洞察虚空的真相，比如"糟糕就糟糕在，她并不想吃饭，却要去淘米"。北村绝不像一些新写实作家那样，允许他的人物认同形而下的"冷也好热也好活着就好"。在北村的安置之下，他们终究要面对那个无可逃避的问题——"为什么活着？"北村说："由于地位的失去，由于中心的匮乏，所以在《施洗的河》中我不得不描写了一种没有意义的生活，在这种没有意义的危机中，人像活物一样各从其类，唯独无法很好地像个人。我之所以写一种没有意义的生活，唯一的目的是为了通过对匮乏的揭露从无意义中显出意义来，从而弄清楚我们匮乏的到底是什么，我们的盼望在哪里。"① 那么该怎么重新赋予生命和生活与意义呢？

阿多诺有一句话："在我们的世界中，总有一些东西，对于它们，艺术是一种救赎。在是什么和什么是真的之间，在生活的安排与人性之间，总是存在着矛盾。"在他的理解中，审美和艺术不仅是其"否定的辩证法"过程的中心角色，而且是人的救赎之道。因为社会生活的诸要素不得不服从于商品经济的等价交换之类的他律和异己的原则统计，所以处于不可救药的堕落中，而艺术作品是对"必然性的乌托邦的建构"，"它们把这些现象置于某个自由塑造的、非强制的整体的处境中，借此把它们从其残缺的日常状态中拯救出来"。从这个理解出发，阿多诺有如下观点："必须颠倒现实主义美学的摹本理论，在某种升华的（理想的、高尚的）意义上，现实应该去模仿艺术作品，而不是艺术作品应该去模仿现实。"理查德·沃林就此评价道，阿多诺的主张从本质上而言有正确的一面："艺术作品处于与事实之给定世界相对应的某种持续论战张力的状态中，真正的艺术作品生来就是乌托邦的，因为它们既揭示了目前现实的贫乏和无聊，又试图为通往某个遥遥无期的将来指明一条道路。"②

像阿多诺一样，北村尝试给出的答案选项中也有艺术，从《诗人慕容》到《孔成的生活》再到这一阶段的《水土不服》《玛卓的爱情》《孙权的故事》《情况》《还乡》《最后的艺术家》《消灭》等，北村小说主人公的身份很多都是诗人、作家或艺术家。然而北村却严酷地证明了艺术的脆弱，在生存苦难的重荷下，艺术的光辉根本无法穿透现实黑暗的帷幕，那些获得艺术滋养的人尝试像阿多诺说

---

① 北村：《我的大腿窝被摸了一下》，《花城》1993 年第 3 期。

② 参见理查德·沃林：《文化批评的观念》，商务印书馆 2000 年，第 121–129 页。

的那样，让现实去模仿艺术，却根本无法从中找回激情和存在的意义。

《水土不服》中的康生是北村塑造的艺术家中最纯洁的一位，通读完这篇小说，我们不难感觉北村对这个人物的偏爱，甚至可以从中看到他本人的影子，在给程永新的信中，北村说："这一篇写幻想人格，我想探讨一下良知在这个时代的限度，如果真有一个限度，那只能出现幻想人格，即乌托邦，我觉得这个问题太重要了，奇怪的是竟没人理会它。"[①] 康生的眼里容不下任何瑕疵，世俗的势力让他难以忍受，他纯粹的艺术理想，在商业气息极浓的社会注定不合时宜，他一直引用着荷尔德林那句"诗意地栖居"并沉溺其中——"我是为诗活着的，就是为美活着的，也为爱活着"。当妻子张敏不小心把他心爱的一丛小菊花剪掉了，他无比痛苦，"我想不到你竟下得了手，这么美的东西你都敢砍，而对它一点感觉都没有！"两人恋爱时，在海边相拥，"康生身体微微一颤，突然流下泪来。你怎么啦？我问。没什么。他说，太美了，美到一个地步，几乎叫人离开了善了。"小说的题目直白地呈现了康生与时代水土不服的状态，从高楼之上摇身而坠成为一具血淋淋的尸体，几乎成为它命题的结局，在象征的意义上，这同样是神圣的艺术在伧俗的时代必然的败局。

《情况》里的作家飘萍与康生类似，他也在对"诗意地栖居"渴望而不得的焦灼中陷入困境，他在给梦如的信中说："我突然变得无事可干，但真正悠闲的日子是不复存在的，我必须得干，至于这件事是否有意义我则不在乎。"可是，无意义的"干"只会加重他如"飘萍"一般的无根感，让自己陷入恶性循环中，最终变为一个只能躺在床上如"一摊死肉"一样的废人。

神圣的艺术在时代中如此悲壮又如此无力，那么颓败的艺术在

---

① 程永新编著：《一个人的文学史》（上），上海文艺出版社 2018 年，第 167 页。

这个充满荒谬的时代中又会怎么样呢？《最后的艺术家》中的杜林依靠个人神奇的音乐天赋闯入了音乐学院，毕业之后留校任教，并且赢得了一个女孩的纯真爱情。然而杜林很快加入了崎下村艺术家的行列，在那里，画家养猪，把猪尾巴蘸上颜料乱涂乱抹，诗人用四角号码字典的组合写诗，音乐家拿琴背敲击琴弓制造噪音。这种哗众取宠的艺术，不过是内心空虚的证明，"在审美的光照下，生命欠然及其连带的邪恶、纵情、浑浊都得到肯定……邪恶和无耻理直气壮徜徉于世"[1]，只是这颓败的艺术依然无法拯救世纪末严重的精神危机：杜林疯了，柴进死了，谢安逃离了。

　　类似的还有《还乡》，在这个依稀让人想起《归乡者说》的小说中，北村以诗人宋代从巴黎到杜村的还乡行迹为线索，不断在他的所忆和所见，在"昔我往矣"与"今我来思"间制造张力，一点一点写出荡漾一个时代的诗情的消逝。他见证了伙伴对诗歌的忠贞，也目睹了他们日后把书法宣纸埋进巴黎城郊的地下、收集全球女性月经带，以在西方搏出位的荒诞。小说中，神圣与颓丧、严肃与虚无、空间与时间、乌托邦与荒原形成多重的对位，又构成不断引发诗人内心撕扯的两极。走投无路的宋代选择自杀，遗言中说道："我走遍大地，你们知道我需要多大的地方吗？就我的墓穴那么大。"北村曾多次谈到过海子之死给他的震动："海子自杀的事件粉碎了我的全部幻想。我听到这个消息时，仿佛看到了山海关血肉四溅的辉煌景象，我第一次感到，死对于我有一种奇怪的诱惑力。海子的诗唤起了我心中同样的悲痛，过去的理想在八十年代末全部失落了。舒婷的爱没了，顾城的真诚没了，誓言成了废话，理想成了乌托邦，诗人之死使我更加深切地感到，人类一切的美好理想都是有限的，它缺乏一种足够大的力量，能稳定住我们这个飘泊了数千年之久的灵魂。"[2]稍微对中国当代诗坛有关注的读者，都不难看

---

①　刘小枫：《拯救与逍遥》，上海三联书店 2001 年，第 35 页。

②　北村：《今时代神圣启示的来临》，《作家》，1996 年第 1 期。

出，小说中的宋代和海娃，很大程度上是以顾城和海子为原型的，诗人的自杀既暴露了内在的诗学危机，也直指精神的危机。

在《消失的人类》中，孔丘曾表示出对于彭山药的隐逸画家身份的羡慕，他对彭山药说："我很羡慕你这种活法，画个画儿，写个字儿，既省心又舒服是吗？"可彭山药的回答却让孔丘无言以对："当我画它时是不论价的，糟糕就糟糕，在我卖它的时候是论价的。"因为"无奈我生了一副吃喝拉撒的臭皮囊"。这个回答表明所谓的隐逸也只是一种姿态，在现实中艺术不可能脱离环境尤其是商业环境独立成长，也不可摆脱会受到世俗玷染。

至此所有的艺术行为，无论神圣的、颓败的还是隐逸的，都已被证明其脆弱性所在，阿多诺给出的答案，在北村这里是行不通的。何况，不必谈他的小说，北村自己人生的轨迹不也如此吗？在《我与文学的冲突》中，他有这样的表述："诗所寻找的是美和安息，也许诗人们已经找到了美，但他们没有找到安息，我可以从无数作家的自杀中找到证据，来说明这一种失败。美和安息之间是否存在无法调和的矛盾？以至于诗人在这种紧张关系中感到无法忍受。就一般的情形，诗人在最后的时刻会对美作出颓废的反应，如果说颓废还可以称之为一种美的话，那么到了川端康成晚年写出以玩弄少女为题材的作品时，我们是否还可以称之为美呢？诗人们存在地上的价值到底在哪里？他们果真用自己的作品证明了自己吗？"[1]

在证明了审美的虚妄的同时，北村还戳穿了爱情的神话。他一面把爱情的纯正与圣洁描写到一个极致，一面用一次次的爱情衰败残忍表明人类失爱的困境。

《玛卓的爱情》里，玛卓和刘仁相爱了，而且爱得如痴如醉。有三年的时间，刘仁每天给玛卓写一封信，几乎无法忍受片刻的分离。在他们相拥的一瞬间，彼此以为找到了人生幸福的密码，只是

---

[1]　北村：《我与文学的冲突》，《当代作家评论》1995 年第 4 期。

在结婚之后他们才意识到，他们不知道如何去爱，就像两个"爱情的堂吉诃德"。当刘仁带着一千多封情书，走了一整夜的路找到她之后，她觉得这就是爱情的全部了，在决定接受刘仁的爱时，她说："我真不愿意自己只是被感动的。"可事实上他们的爱情就是建筑在感动的基础之上，而且是一种想象的感动。于是，麻烦来了，就像 E·贝克尔在论及情侣的热恋状态时说过的那样："因为情侣是现世的事物，无论我们怎样把情侣理想化和偶像化，他们仍然不可避免地反映这尘世的腐朽和缺憾。反过来，由于情侣是我们理想的价值标准，这种缺憾就转而落到我们自己的头上。如果你的情侣是你的一切，那么，他们身上的任何缺点都会变成对你的致命威胁。"[1] 婚后的玛卓拒绝工作，也几乎拒绝了生活，她总是怀疑刘仁不再爱她，因为刘仁无意瞥了一眼异性而被她反复追问，这种偏执的对爱的证明的索取，让刘仁丧失了表达爱的能力，他们的婚姻生活变得举步维艰。刘仁甚至想象玛卓瘫痪了，这样他就可以用无微不至的照料来代替现实中面对妻子不知所措的情境：

> 你要是个瘫痪病人，我真是会死心塌地地爱你了，为你翻身、喂饭、端屎端尿都愿意，多好啊，傍晚的时候，我用木质轮椅推你到草地那边散步，河边的风吹过来，空气中仿佛有丝弦的声音，路人都羡慕地看着我们，你脸虽然很苍白，但永远荡漾着笑容，你对我说，刘仁，我真爱你。我对你说，玛卓，我更爱你……

可是玛卓和刘仁的爱情不但与实际的生活不相关联，也与爱和需要无关，它更像是玛卓给自己的一个乌托邦，所以他们在尘俗生活得越久，精神上的疏离和紧张就越强烈，用刘仁的话来说便

---

① E.贝克尔：《拒斥死亡》，华夏出版社 2000 年，第 192 页。

是，"糟糕就糟糕在，我们太聪明了，我们盼望生活像天使，可实际上它像垃圾"。在同期其他的小说中也是如此，比如《张生的婚姻》《伤逝》《水土不服》《强暴》，落入情网的人所展示的也只是爱情的行为，而没有爱的本质，他们都不知道怎么能让诗意和理想的爱"变现"：小柳怀念郊外树林长凳上张生倾听她哭泣、温暖抚慰她的场景；张九模在雨中等待超尘；康生在新婚之夜给妻子的定情信物是当年两人确立爱情时，他手里的一块饼；刘敦煌和陈美娴都留恋二人依偎在一把纸伞下散步的旧时光……这些场面几乎铭刻在主人公的心头，难以抹去，可一种恋爱的行为是无法永远重复的，只靠这些行为而没有本质支撑的爱情，在漫长岁月的销蚀下就成为一种负担，甚至灾难。在存在的意义得到确立之前，爱情只是一个虚构，尤其是爱受到世俗欲念的引诱之后，情感成了情欲，誓言成了谎言。北村说："我想如果这世上有真爱，那一定不会有眼泪的，也不会死人。但非常遗憾，人没有爱，因为爱是具有完全性和永恒性的，所以爱是神的专利。人只有残缺的情感，这就是离开神性之后的人性的缺陷。人既没有爱的内容，也缺乏爱的能力。"[1]

《玛卓的爱情》里，当玛卓、刘仁死后，小说在最后这样写道："我的天哪，我们不会生活，你看生活被我们弄成这个样子，我们像走迷的羊，都走在自己的路上，我巴望尽快离开经历这条黑暗的河流，一定有一个安慰者，来安慰我们，他要来教我们生活，陪我们生活。……我恐惧地望着黑暗的潮水，看来靠我们自己是无法靠岸了，一切都是徒劳。"

"'生活'这一个词基督经常提及，他明确提到他来到这个世界上，我们就有了生活，并使我们的生活充实。在他看来，人们缺乏成功地应付生活的能力，即人们无力应付压在他们身上的所有需要、负担和任务，也无力运用他们自己身上所固有的才能。基督认

---

[1] 北村：《活着与写作》，《大家》1995年第1期。

为，如果没有他来到世间把神的奥秘告诉人们，人们过去不可能，将来也不可能，只靠自己的力量解决人类完美人生的问题，因为人如果不知道神的奥秘，人的生活中就必定充满着紧张与不安。不知神意的人们意识不到生活的充实源泉，不知道他们的生命活力该用向何方。"[1] 这是詹姆士·里德在《基督的人生观》中告诉人们的话，在基督神学看来，人类无法拯救自己，这有助于我们了解北村小说中的人物苦苦挣扎却得不到解脱的原因。

在展示了爱情与艺术的败亡之后，北村以他皈依的身份，亮出了自己的救赎之道。

在《孙权的故事》中，当孙权万念俱灰，等待死亡时，同监的一位基督徒刘弟兄虔诚的信仰和达观的态度，深深感化了孙权，他在刘弟兄宣谕的教义和纯洁的圣歌中皈依了上帝。刘弟兄对孙权说："万事都有定时，神会安排得恰到好处，不是你要他而是他来找你，如果你不出这事儿，恐怕谁也不会被你认识的。"绝望者一旦接受那圣大者的旨意作为他的生存基础，救赎后的幸福景象就出现在他的眼前。孙权擦去眼泪时，觉得监狱的墙仿佛倒了，连同铁窗的栏杆都抹上了温柔美好的色彩，烦恼通通消失，重获的是永恒的内在。《施洗的河》中的刘浪在绝望的歧途上，向神圣的终极发出凄厉的呼告之后，北村让神的福音降临到他，得救顷刻之间发生，刘浪几乎毫无准备地被纳入了主的怀抱，他仿佛变了一个人，而污浊不堪的樟坂与霍童迅速恢复了可爱可亲的一面。《张生的婚姻》里，张生祷告完毕站起来，看见一切都更新了，连阳台上的花也被赋予生命充满温暖。更重要的是上帝帮助不信的人重新建立了爱的秩序：刘浪的眼泪为一个仇人而流，张生平静地拨通了小柳的电话，孙权也为原本的情敌进行诚挚的祷告，他们印证了，"只有通过我们自己的行动传达并释放出上帝的爱，上帝才能在这个世界

---

① 　詹姆士·里德:《基督的人生观》，生活·读书·新知三联书店 1998 年，第 3 页。

上成为一种生动的存在"①。

通读北村这个时期的小说，可以看到，在他的视域中人物仅有两个类型，要么是"魔鬼的秘书"，要么是"神的抄写员"，前者在劫难逃，后者得到救赎。如果我们再仔细分析一下，就会惊异地发现：得救的往往是刘浪、孙权为代表的有罪之身，难逃劫数的却是孔丘、超尘、玛卓、刘仁、康生这些良善之辈。为什么上帝的救赎会对大恶之徒青眼有加，却对善良的人们视而不见？是巧合还是另有原因？

三

"人心里相信，就可以称义；口里承认，就可以得救"，《罗马书》中的这句话经常被人们简单理解为只要心里信，口里承认，就能获得救赎，这种理解"就如朋霍费尔所说的，把基督在十字架上的恩典变成了一个廉价的恩典"，这其实是对"因信称义"的极大误解。北村对此的理解是，人类所有的苦难都是"信心危机"带来的："我们只有承认人的失败，接受一个至大者作新的起头，别无他路可走。圣经《使徒行传》说，天上地下没有赐下别的名，我们可以靠着得救。只有在这个名里得着信心，然后才能用信心的方式来企及那个神圣的目标。"②《圣经》有一段类似的表述："所以凡有血气的，没有一个因行律法能在神面前称义，因为律法本是叫人知罪。……既是这样，哪里能夸口呢？没有可夸的了。用何法没有的呢？是用立功之法吗？不是，乃用信主之法。"③这个信主之法，就是指用信心相信和接受基督的救赎，从而脱离罪与死的困境，进入

---

① 詹姆士·里德：《基督的人生观》，生活·读书·新知三联书店1998年，第171页。

② 北村：《今时代神圣启示的来临》，《作家》，1996年第1期。

③ 《圣经·罗马书》3:20、27。

爱之天国。

在基督信仰的框架中，得救是因为"知罪"，领悟到自己生活的失败和自度的虚妄。这就牵扯出《圣经》中"罪"的概念。罪，在《圣经》里的希腊原文为αμαρτία，意为"射不中的"。神在造人时本是遵照自己圣洁、公义、慈爱、信实的形象来设计的，当人因为自己的堕落而使他身上神的荣耀受到亏损时，就是犯了罪，此即《新约·罗马书》所说"世人都犯了罪，亏缺了神的荣耀"[①]。亚当偷吃了伊甸园的禁果，"离弃了义的源头"，"丧失起初的福分"，这是人类第一次发生罪，而"自从罪的权势占据亚当的心之后，这权势的范围就遍及全人类，并且控制着每一个人的心"[②]，因此，所谓的原罪是指"人类本性中遗传的堕落和破坏，其扩充到灵魂的各部分"，可见，基督教所定义的罪，除了指在行为上违背公义的规则之外，更重要的是人内心的污秽或对神的失敬，人类本性的各部分都被原罪"极大地败坏毒害和扭曲"，"这邪恶在人心里是永无止境的，而且继续不断地结出新果子"[③]。因为原罪，人类其实丧失了自由选择的能力，注定要做罪的奴仆。而北村这一时期的创作谈，也大量论及"罪"的话题，基本是对《圣经》之原罪观念的解释，比如："无论男女，只要是人，他们都是有罪的……"[④] 又如，"我们必须正视人的罪恶及其在文化中的后果"[⑤]。北村笔下种种人间失格，无论情感匮乏、灵魂的蔽抑，还是肉体的狂欢与迷茫，看起来是自己走投无路，其实都是被罪所辖制的体现，正所谓"服在虚空之下，不是自己愿意"[⑥]。

---

① 《圣经·罗马书》3:23。

② 约翰·加尔文：《基督教要义》（上册），生活·读书·新知三联书店 2010 年，第 231 页。

③ 约翰·加尔文：《基督教要义》（上册），生活·读书·新知三联书店 2010 年，第 226−227 页。

④ 林舟：《苦难的书写与意义的探询》，《花城》1996 年第 6 期。

⑤ 北村：《今时代神圣启示的来临》，《作家》，1996 年第 1 期。

⑥ 《圣经·罗马书》8:20。

《施洗的河》是北村皈依后发表的第一部长篇，小说开篇前有一句引言——"天国近了，你们应当悔改！"这是施洗约翰在旷野中喊出的一句话，而"悔改"也成为北村给不义的人生亮出的唯一出路。"悔改"的希伯来语中有转向、归信之意，希腊语的意思是改变心思，与"罪"之"射不中的"的意义参看，意思就更明白了，人要从错误的方向转回到神的荣耀这个正确的目标上来。"信所结出的果子首先是悔改。悔改意味着人生的一个根本转向，其中既有这个人对自己的痛苦与绝望，也有从上帝所赐信心中来的圣灵的安慰"，因此，"基督徒的生活是一个以悔改为起点的生活，是一种'悔改的生活'"[1]。"悔改"在《圣经》中出现的频度很高，如《新约·使徒行传》："彼得说：'你们各人要悔改，奉耶稣基督的名受洗，叫你们的罪得赦，就必领受所赐的圣灵。'"[2] 加尔文在《基督教要义》中对"悔改"的解释是："悔改就是我们的生命真正地归向神，这归向出于对神纯洁、真诚的畏惧；悔改也包含治死自己的肉体和旧人，以及圣灵所赐的新生。"[3] 这个解释包含了两个要点：一是"归向神"，悔改不是外在行为的转变，而是魂的敬虔，是涤除内心污秽之后的归附。二是必须要离弃以前与生俱来的本性这个"治死"的艰难，才可能成为一个"新人"。因此，基督教视野中的"悔改"与人们在道德维度上常用的"忏悔"意识的"忏悔"并不是一个层面的概念。

　　由背负原罪，到诚挚忏悔，再到借着信心重生，人完成了由"罪人"到"新人"的信仰之变。也正是在这个意义上，加拿大著名的文学批评家诺思洛普·弗莱认为《圣经》是一部被"包含在 U 形故事"中的"神圣喜剧"，"在《创世纪》之初，人类失去生命之

---

① 约翰·加尔文著、孙毅编选：《基督徒的生活》，生活·读书·新知三联书店 2011 年，第 2 页。

② 《圣经·使徒行传》2:38。

③ 约翰·加尔文：《基督教要义》（中册），生活·读书·新知三联书店 2010 年，第 585 页。

树和生命之水，到《启示录》结尾处又重新获得它们。在首尾之间是以色列的故事。以色列先后在异教王国埃及、非利士、巴比伦、叙利亚、罗马的权力面前没落，而每一次的没落之后都有一次短暂的复兴，重获相对的独立。在上述历史记述之外，还有一个相同的U形故事记叙。这就是《约伯记》中讲的灾祸与恢复，还有耶稣讲道中的回头浪子的故事"[1]。从"失乐园"到"复乐园"，这就是典型的喜剧形态的U形叙事结构，而倒置的U是"悲剧的典型形态"：它上升达到命运或环境的拐点，然后向下直落堕入昏暗的结局。而北村这段时期的小说，恰恰也分成U形与倒U形两个序列。

像《施洗的河》，刘浪由恶浪滔天而蒙神拯救，是最符合U形叙事的。小说对原罪的探讨显而易见，从刘浪出生，罪就开始在他生命中滋长，以至使他无法自拔。传道人后来给刘浪讲过一段话：

> 你有一个罪，它缠累你使你不得释放，叫你的灵死亡，叫你的心思背叛，叫你的身体犯罪，罪在你必死的身上做王，使你们顺从身子的私欲，你作恶不算什么，世人都有犯罪，是罪性不是罪行，只要有机会，人都要犯罪。

当刘浪意识到正是这种罪性折磨和纠缠他，让他生不如死，而且无法靠任何自行的方式去摆脱时，他向主发出祷告：

> 主呵！我相信你！我的眼泪向你流，我的身体被你击溃，我的心思被你破碎，我去死的人被你救赎，我竟活在黑暗中，如此亏缺你的荣耀，羞辱你的名！主呵，我向你悔改，我的感动像大风，我的悔恨像大海，对着世界我闭口，对着你我张开，我要你进来。

---

[1] 诺思洛普·弗莱：《伟大的代码——圣经与文学》，北京大学出版社1998年，第220页。

被主搭救的刘浪经过"自我否定",走向脱胎换骨的重生之途,就像《圣经》里说的那样:"恶人若回头离开所做的一切罪恶,谨守我一切的律例,行正直与合理的事,他必定存活,不至死亡。"①小说以"施洗的河"为名,一来指涉刘浪的"皈依",与《圣经》中耶稣受施洗者约翰之洗的情节对应;二来对河水的描写也构成了一条从幽暗到光明的暗线。刘浪最初开始自己罪恶的人生时,小说写他爬上樟坂的河岸,看到的景象是这样的:"他从肮脏的水藻和泡沫中爬上长满苔藓的青石板时,刺骨的凉风几乎把他吹倒了。……啐掉嘴里的脏水,茫然四顾……"而刘浪信主之后,再看那条肮脏的河水:"田野的布局和普通的树木以及司空见惯的流水,都在眼中改变了模样,体现了一种早已存在的和谐。"他把福音传给马大,让马大也归主后,发现河水在阳光的照射下,又不一样了:"刘浪第一次发现河水是如此清晰,它透澈得如同人本来有的面貌,让光进入水里,呈现出河里洁白的鹅卵石。"从这个角度而言,这本充满了暴力、杀伐和污秽的长篇小说其本质也是一出"神圣喜剧"。

与刘浪相对的是超尘、玛卓和康生,这些缪斯的子民在诗和爱的荣光里收获过短暂的幸福,并以为可以永远如此,但迅速溃败的生活戳穿了诗意的假面并带来急转直下的堕落。在这种典型的倒U故事里,北村有意以纯真之人的凋零唤起世人对何为"罪性"的认知。这也就可以解释之前我们的疑问了。具体可从两个方面来说:

其一,刘浪和孙权的罪是双重的,既体现于现实律法的层面,也体现于失义的精神沉沦。而玛卓、康生、张敏、超尘等人在现实律法层面上不但不是罪人,反而更接近圣人,陶醉在诗歌世界中的他们单纯又天真,不曾有过任何为害他人和世界的念头,虽然他们

---

① 《圣经·以西结书》18:21。

在感知到噬心的精神之困后也出现了道德的瑕疵，比如《水土不服》中，张敏和大学好友苏林发生了性关系，无法接受这一切的康生自己也在酒醉后与小芳上了床。然而，问题恰恰就出在这里，因为他们在世俗和审美意义上的良善，当他们陷入生存之困时，只会从私人情感的爱和诗歌的美这两个层面上打转，找不到真正的超越之门。没有信仰的读者也不会觉得他们有罪，反而会为他们走投无路的遭际一掬同情之泪。康生曾告诉张敏："你知道什么叫爱情吗？爱情就是天堂，我可以死在他怀里而一点都不恐慌，不害怕也不绝望，这就是爱情。"当张敏说这岂不成了宗教时，康生说："就是宗教，你就是我的神，离了你我就活不下去。"从基督教的立场来看，康生的这个表白显然离经叛道，他既没有认识清楚自己，也没有认识神，而且自己代替了神去思考和判断，是所谓的"心盲"之人。《圣经·诗篇》中说："以别神代替耶和华的，他们的愁苦必加增。"[1]康生等人日后持续下坠的轨迹证明果然如此。北村把这些伦理意义上的好人一个个逼到绝境，就是想提醒读者，困在尘世的界限内，越"好"的人其"罪性"就越会被忽视，其"好"下去的人生惨剧结局也越显得悲哀和反讽。他在《赦免》中曾打过一个这样的比方："如同一个父亲有两个儿子，一个常犯诸罪却认他的父亲，另一个不犯罪却不认他的父亲，我们说这后一个还是犯罪的，而且比先前的更大，因为他虽然没犯行为的罪，却犯了性质的罪。"康生他们的罪即类似于后一个儿子，他们身上的罪甚至比刘浪还要大。

其二，《圣经》中告诉世人，生命的约本来也不是传给所有人的，而拣选信者是上帝永恒的作为。"因为他预先所知道的人，就预先定下效法他儿子的模样，使他儿子在许多弟兄中作长子。预先所定下的人又召他们来；所召来的人又称他们为义；所称为义的人

---

[1] 《圣经·诗篇》16:4。

又叫他们得荣耀。"① "我们讲的，乃是从前所隐藏、上帝奥秘的智慧，就是上帝在万世以前预定使我们得荣耀的。"② "预定"的希腊原文是 προ-οριζω，指的是"预先以界限划开"，在《圣经》中有"预先选出""预先决定"等意思。事实上，"预定论"本来也是基督教义中最具争议之一，有神学论者称之为"纯正的教义"，也被宗教史学家谓之"错乱的迷宫"。加尔文是信奉"预定论"的，并且把它解释为"二重预定"。在他看来，预定论是"为神自己决定各人一生将如何的永恒预旨"，"因神不是以同样的目的创造万人，他预定一些人得永生，且预定其他的人永远灭亡"③。"弃绝"是拣选的反面，也是"神的旨意"的体现。在这点上，北村大概是认同加尔文立场的，他多次强调过自己就是被拣选的人，并非他选择了信仰，而是主选择了他。在他看来，"没有神作他们的安息"的人④，必将沉沦于良心的冲突。那些爱与美的信奉者，把爱和美看作神，甚至高于神，无法看到爱和美之上的"更高的存在"，他们甚至临到死亡还都在"人的骄傲"——在基督教看来，"在人与他人的关系中，自己下意识地表现出的、无法克服的问题就是骄傲"⑤，陷于傲慢而不自知，所以反而成了被神弃绝的人。

1995 年，北村在《大家》杂志发表了中篇《消灭》，这篇小说不像《玛卓的爱情》《水土不服》等那么有影响，但正好可以作为北村理解救赎与拣选的个案来看取。小说主人公程天麻是一个少年成名的作家，身上有北村早年的影子，比如他上高中时续写的《我的叔叔于勒》在国家级的文学刊物上发表，这是北村自己高中时的

---

① 《圣经·罗马书》8:29。

② 《圣经·哥林多前书》2:7。

③ 约翰·加尔文：《基督教要义》（中册），生活·读书·新知三联书店 2010 年，第930 页。

④ 北村：《今时代神圣启示的来临》，《作家》，1996 年第 1 期。

⑤ 参见约翰·加尔文著、孙毅编选：《基督徒的生活》，生活·读书·新知三联书店2011 年，第 8 页。

经历。程天麻一直陶醉在自己伟大的文学梦想中，和康生、玛卓类似，他不懂得世俗生活的意义，更糟糕的是，他比康生、玛卓还要自恋，对妻子和朋友都缺乏发自心底的爱意。他痛恨庸众，只相信自己和自己的文学，他咒骂粗鄙的肉身，满口"终极价值"和"人类忧患"，在生活面前却衰颓到如一摊烂泥。后来，程天麻发现自己患了癌症，他文学上的自信在疾病和死亡面前溃不成军，甚至不得不依赖弱小的情人小玉作为精神的支撑。可就在这种境况下，程天麻仍然固执地保留"人的骄傲"，当基督徒杨福音来向他传福音时，程天麻以"绝望的人总想找安慰，我还没有到那个程度""我不需要怜悯"来拒绝。他说自己不怕死，但其实早已因为恐惧而崩溃号啕。程天麻在前妻马羚、文学圈的朋友乃至医生面前竭力维持着坚强的假象，无论杨福音的话怎样扎心，他都拒绝接受，既不愿意承认自己是一个罪人，也不愿意承认自己是一个无力自救的弱者。在崩溃的边缘，他也像刘浪一样发出了自己的质问："我怀着一种蝼蚁般的心情，注视着城内的灯火，想，若没有一个盼望，这么多人挤在这大地上活着干什么？难道仅仅为了果腹吗？终有一天我们的肚腹腐烂，我们岂不是要绝望了吗？哦，若是没有一个盼望，人类活在这世上是多么的不近情理呵！"《圣经·约翰福音》说："凡活着信我的人必永远不死。你信这话吗？"[1] 程天麻不信，他回避了救赎的光芒，只能被弃绝并沉入黑暗。

U 形故事与倒 U 形故事的并置，预定了北村这一时期笔下的人物只有得救与沉沦，或者说，"永义"与"永刑"两种命运，就像南帆所论："过渡于两者之间的众多人物往往为北村忽略不计。对于北村的神学主题说来，两种类型的人物的结局可以将问题解释得更为明确；然而，他的代价是放弃中间人物所体现的矛盾心理和灵魂挣扎——而这恰恰显示了人性的深度。此外，另一些意味深长的

---

[1] 《圣经·约翰福音》11:26。

主题很难纳入北村的视域，进入小说。显而易见，主题的明朗和简单的人物类型限制了叙事话语的丰富。"[1] 确实如此，从我们前面胪列的作品和情节来看，北村这些小说讲来讲去其实不过讲了一个故事的两面，人物的性格也是高度雷同的。此外，北村这一时期大量采用第一人称叙事，但有时会打破限知的视点而进入人物的内心，偶尔使用第三人称时也多是内聚焦式的，这种不太合情理的叙述方大概是受到了《圣经》的启发。《圣经》中的《路加福音》和《使徒行传》均为路加所做，在经文开头，路加采用了第一人称，"这些事我既从起头都详细考察了，就定意要按着次序写给你，使你知道所学之道都是确实的"[2]，但在接下来的行文中，路加对耶稣的生平和使徒的工作的讲述却类似全知的叙述，并不时插入议论，"耶稣设一个比喻，是要人常常祷告，不可灰心"[3]。这种由于《圣经》启示文学性质而产生的独特叙述方式被北村大量借用，也不免给人重复之感。还有，小说的语言巨大改变，"《施洗的河》终止了的语言游戏，回到了拙朴的话语风格之中，叙事话语不再闪烁着诡谲的面目，语言本身的激烈骚动隐没了，所有的词语，都开始尊奉常规的语义。"[4] 后来陆续的几篇也是如此，那些缠绕的长句子，用"也许""或许""如果"等词构造的虚设的障眼法，统统不见了。一个以叙事的繁复和考究著称的探索者，彻底改弦易辙，那么，这到底是"北村的得意还是北村的亏欠"呢？

在其时批评界围绕北村转向的讨论中，大多数的批评家在认同和看重北村信仰写作意义的同时，也对这种模式化的处理提出了质疑，他们尤其无法接受的是人物性格和命运的突转。比如，在《花城》杂志 1993 年夏天组织的讨论会上，对先锋时期的北村颇为看重

---

① 南帆：《先锋的皈依——论北村的小说》，《当代作家评论》1995 年第 4 期。

② 《圣经·路加福音》1:3-4。

③ 《圣经·路加福音》18:1。

④ 北村：《施洗的河》，花城出版社 2016 年版，第 308 页。

的陈晓明也表达了这样的困惑甚至是"忧虑"，他认为因为将神性推崇到极致，带来的后果就是"文本最终产生了某种解构的力量，让人感到作者面对生存的态度的颠倒，即神性错位、人永远无法面对自己"①。同样，1994 年 9 月，在福建省文联文艺理论研究室、福建社科院文学研究所与福建师大文艺创作美学研究所三家联合召开的北村小说作品的讨论会上，与会的学者和批评家也不约而同地围绕这一点展开。对于北村个人的皈依，以及把神的意志加入到小说中都表示同情之理解，但不能理解的是他为何近乎放任地让小说成为观念的演绎。孙绍振如此反问："人物行为的突发性很强，其原因是什么？传统人物要死要疯，应该自己要死，而不是作者要他死，而北村作品相反。突发是允许的，但需要有一个感染读者的过程。另外，北村小说的人物太单纯，突发性要震撼人，人物心理可以写得丰富多元，而不是单面，类型化的。"王干则把《施洗的河》等做总结为借传道者宣谕的福音称为"太史公曰"。俞兆平认为，这种处理体现了此时北村的"牧师情结"，故"视文学为工具，急于观念传示"②。

北村对此的回答是：艺术在本质上是"渎神"的，不能因为一个先锋作家的名誉而扭曲自己的信念。后来他又补充道："在长篇《施洗的河》，中篇《张生的婚姻》《孙权的故事》里，主人公行走到末了，我都为他们出示了一个得救的结局，因着我拒绝在过程中进行神学转换，许多人为这个突变的事实感到匪夷所思。其实，信仰是不在逻辑里面、推理之中的，正如我们呼吸、生气不要经过逻辑推理一样，他是灵里的故事，是个奥秘。"③今天我们回看会发

① 戴清整理：《当代中国先锋小说的命运及其未来——吕新、北村等先锋派作家作品研讨会综述》，《小说评论》1993 年第 10 期。

② 参见修彬：《先锋的迁移——北村小说作品讨论会综述》，《福建文学》1995 年第 1 期。

③ 北村：《今时代神圣启示的来临》，《作家》1996 年第 1 期。

现，质疑与回答的双方其实并不在一个层面上对话。借用前文所引艾略特的观点，对一部具有信仰性质的作品的评价包括"神学"和"文学"两个维度，二者应该是有机的统一，但在这里二者是分离的，发出质问的人是站在文学和审美的立场，认为北村用过强的信仰意识替代了人物的情感逻辑和事实逻辑，他的声音遮盖了众声喧哗，让千变万化的生活成为反复呈现得救或背弃的寓言。而回应的北村并不是从文学的角度看待这种处理的，他早就说过，对此时自己文学成就的高低并不关心，而是急于向世人分享依靠恩典的应许而重获信心的确据，那是"圣灵在信徒心中启示的真道"。因为批评者没有信仰的经验，所以无从理解这种真道带来的神迹。不过，控辩双方的讨论对于北村的创作而言还是相当有意义的，并在他新世纪前后的创作中有着直接的体现。

四

夏志清在《中国现代小说史》中有一个著名的判断："现代中国文学之肤浅，归根究底说来，实由于对原罪之说活着阐释罪恶的其他宗教论说，不感兴趣，无意认识。当罪恶被视为可完全依赖人类的努力与决心来克服的时候，我们就无法体验到悲剧的境界了。"[1] 北村在《神圣启示与良知的写作》中几乎表达了同样的意思，他说："生命的体验沦落为对自然的体验，人就成了体验的出发点，于是，终极关怀自然下降为道德关怀。所以，中国文化中一直存在道德关怀，甚至实践为'道德救国论'，对民族存亡危机的思考代替人类关怀成为最高的精神事物，生命体验成了道德感和民族情感的体验。"[2] 的确，中国文化是一种伦理型文化，如柳诒徵所

---

① 夏志清：《中国现代小说史》，复旦大学出版社 2005 年，第 322 页。
② 北村：《今时代神圣启示的来临》，《作家》1996 年第 1 期。

言"西方立国以宗教,震旦立国以人伦",伦理不仅是中国文化体系的核心,更是文化的特性,甚至是文化本身,由它所滋养的泛道德主义的倾向浸染着社会诸多方面,以致形成了一种唯道德主义的认知心理和评价定势。所谓"感时忧国"等现代文学精神,其背后都与以伦理为中心的思维定势有关。而且由于受范于每个时代的主流意识形态,在启蒙或革命的使命大旗之下,文学一向"对那些应该被文学充分重视的、超越阶段性历史话语赋予文学的认识和形式规范的深层人类生存内容,缺乏必要的开掘和表现"[①]。

经常有评论家将中国近现代的文学与俄罗斯文学比较,认为中国文学鲜见有达到陀斯妥耶夫斯基和托尔斯泰那样精神高度的作品。比如刘再复和林岗就认为:"也许正是中国文化缺乏叩问灵魂的资源,因此,和拥有宗教背景的西方文学(特别是俄罗斯文学)相比,中国数千年的文学便显示出一个根本的空缺:缺少灵魂论辩的维度。"[②]俄罗斯文学执拗地反复书写善与恶纠缠的伦理悖论,即人类的善的产生是与堕落相关的,而在罪恶和堕落的世界里善永远也不能在纯粹的状态中发挥作用。陀斯妥耶夫斯基认为,道德的悲剧在于道德意识不能战胜残忍、贪婪、嫉妒和恐惧,因为所有这些情绪状态都具有假借善而显现的能力。善人在自己的善中经常是残忍的、贪婪的、嫉妒的、因惊恐而颤抖的。他的伟大之处在于他没有把良心出让给历史理性,而是坚持良心的自由,为道德判断的本真性和原初性保留下最珍贵的凭据。说到底,这也是因为俄罗斯的宗教信仰精神赋予了俄罗斯文学这样的精神高度,就像别尔嘉耶夫说的那样,对俄罗斯文化来说,宗教问题具有决定意义。陀思妥耶夫斯基也说过:"俄罗斯民族全部处于正教和正教的思想之中。此外在他们的内心和手中别无所有——当然也不需要别的,因为正教

---

① 孔范今:《一个通往文学新世纪不可逾越的话题》,见《走出历史的峡谷》,山东文艺出版社 1997 年,第 255 页。

② 刘再复、林岗:《罪与文学》,中信出版社 2011 年,第 4 页。

就是一切。……谁不懂得正教，谁就无论何时、无论如何也无法懂得人民。"他还说自己一生都在被有关"上帝"的思想"折磨"，可正是这种"折磨"才赋予对道德与人的超越性的理解。而北村在写了《施洗的河》《张生的婚姻》《玛卓的爱情》之后，说："我这时才读懂陀思妥耶夫斯基在《卡拉马佐夫兄弟》中的挣扎和篇末的盼望。"① 因此，北村的这些小说在结尾的处理、人物命运、情节的设置上看似简化和雷同，但不能否认他在世俗的道德层面之外所引入的终极与信仰话题的超越性，他对"意义匮乏"和生存深层困境的追问，其价值要放在上述的框架中才更能显现。

1990 年代"人文精神大讨论"爆发的背景之一是伴随社会的急遽转型出现了价值真空，1980 年代的新启蒙所允诺的理性的盛世没有到来，连启蒙本身也走向了破产。伦理学家麦金太尔认为，启蒙者谋划的那种不具备任何社会规定性和必然社会身份的自我，乃是导致当代道德问题最深刻的根源所在。他甚至把维护客观的非个人的道德判断标准在近现代的逐步丧失称为一种"大灾变"，他不无讥讽地说，启蒙思想家自信地把中世纪称为"黑暗时代"，但由于他们对自身处境的不自知，在大的时代转变期中，启蒙者们实际是作为"盲人"来欢庆他们的视力的。他如此质问道："道德行为者从传统道德的外在权威中解放出来的代价是，新的自律行为者可以不受外在神的律法、自然目的论或等级制度的权威约束来表达自己的主张，但问题在于，其他人为什么应该听从他的意见呢？"他认为当代人深陷一种"情感主义"的道德迷思中，在这种"情感主义"的统摄之下，对任何普遍原则的表白实质乃是对个人意志偏好的表述，因为"为一种客观道德提供一种合理论证的任何企图事实上都已失败"。② 以《自我的根源》闻名的查尔斯·泰勒也持类似的观点，他认为启蒙与市场带来了神性的"祛魅"，在传统社会中由

① 　北村：《我与文学的冲突》，《当代作家评论》1995 年第 4 期。
② 　麦金太尔：《德性之后》，中国社会科学出版社 1995 年，第 87、26 页。

礼圣或礼神带给自我的约束全部转向了个体的自觉，意义发生的机制改变了，它"不再存在于外边，而是只有当事物唤起了我们的某种反应时，这些东西才有意义。因此意义完全是内在的"。由于意义由外而内，这样"'本真性自我'实际上势必变得模糊不清，人类以其情感投射为主，没有什么是普遍的，自我可以任意赋予对他而言有意义的东西，这也就造成了现代性的隐忧。泰勒在《现代性的隐忧》一文指出了第一个隐忧：'意义的丧失'"①。因此，在人文主义精神大讨论中，坚持人文立场的一方一面反思启蒙带来的工具理性和泛商品化的偏失，反思道德自律的有效性，一面也在试图重建道德的"他律"，以恢复人们的敬畏。就像泰勒说的："完满性或超越性对于生命而言仍是重要的。作为意义的追求者，我们不能放弃追求某种更为深刻或更为吸引我们的东西，这些东西都是以一种超越于我们的方式而存在，而这些超越于我们自身的东西，上帝或宗教就意味着这样一种超越。"②

前文已论，在这场"大讨论"中，王彬彬从批评界的立场较早提醒人们注意"宗教精神"与"人文精神"的关联，他进而以张承志为例，指出张承志"真诚而正义"的声音是其时最具批判与否定性力量的声音，因为他"已找到一种宗教尺度，一种超验价值"③。北村并未深度介入这场大讨论，但作为其时几乎唯一公开自己基督信仰选择的小说家，他和信奉哲合忍耶的张承志顺理成章地被视为是"宗教写作"的代表。不过，北村与张承志对"宗教尺度"和"超验价值"都有各自不同的理解。

作为1980年代卓有影响的知青作家，张承志的皈依也是新时期一桩重要的文学事件。在"人文精神大讨论"中，他凭借《以笔为

① 参见曾庆豹：《论世俗时代与宗教现代性——查尔斯·泰勒的论点》，《基督教文化学刊》2018年第1期。
② 同上。
③ 吴炫、王干、王彬彬、费振钟：《人文精神寻思录之三——我们需要怎样的人文精神？》，《读书》1994年第6期。

旗》《清洁的精神》等文，与张炜一起并称"二张"，二人不但是抵抗世俗化商业写作最坚定的旗手，也一直被视为是当代文坛道德理想主义的代表。张承志把自己走向西海固、了解哲合忍耶教派的来龙去脉并写作《心灵史》的经历视为一种"前定"，这种机缘让他写下一系列以哲合忍耶的信众为素材的作品，也因此被很多人指认是宗教作家，但张承志本人在当时其实是极力否认这个标签的，后来他特意写下《在中国信仰》一文为自己声辩："我依然要大声说：我不仅不是圣职者，而且不是宗教学者，甚至我也不做宗教文学的作家。"张承志理解的信仰很大层面是以道德理想为底的对委琐生活和颓丧社会风气的拒绝，以及对底层民众受难的牵记与忧患。他说："在中国的信仰者，无论门坎的异同，他们那随时意识着的、准备着的牺牲，是真实的。与拜金主义的风俗相对，他们充满情感的生存，是真实的。在世纪末的惶惶中，他们用持久的坚持，为贫血的中国文化提供的参照，是真实的。尽管存在着种种复杂性，说他们是高尚的人，是真实的。"①

张承志一面认为中国文化的问题在于信仰缺失，在他看来，中国文化"从古代起，渐渐发达成熟为一种能与一切宗教文化匹敌的文明。它广大精深，丰富美好，但是它偏重着世俗的精神。它培育着一种绝对的拜物论，以及彻底的实用主义。"②另一方面，他又谈到伊斯兰信仰与汉文化的精神的某种相通："汉文明海洋中的中国回族，以它的决绝、坚忍，树立了一种难能可贵的信仰精神。它同时也是中华和东方文明的一部分。他们在坚持信仰和宗教仪礼的过程中，也同时坚持了中国文化中的知耻、禁忌、信义、忠诚等观念。中国回族的心灵追求，与汉文明中那部分健康的精神价值之间，从来没有本质的区别。"③可见，在张承志的信仰框架中，有很鲜明

---

① 张承志：《以笔为旗》，中国社会科学出版社1999年，第11页。
② 张承志：《以笔为旗》，中国社会科学出版社1991年，第10-11页。
③ 张承志：《鞍与笔》，北京师范大学出版社1998年，第181页。

的现实文化关怀成分。有学者就此指出，他的精神追求"与其说是宗教的，不如说是道德的；与其说是彼岸的，不如说是此岸的"[1]。总之，张承志标榜的信仰的本质并非"超验价值"。而在他所倡导的哲合忍耶的牺牲精神中，还带有很强的民粹色彩，他特别强调自己"在民间"和与"穷人"一起的站位，虽然也偶有对人民的批判，但整体上他认为，"鲜活的民众生活中藏着正确的解释"，穷人不但有坚韧的信仰，还天然具有清洁、血性和善良的德性。贫富成为信仰的标准，这也正是陶东风和邓晓芒等质疑其为"伪宗教写作"的原因。[2]

北村同样也不标榜教徒身份，而强调基督的信仰赋予自己生命的圆满和超越的指向。他理解的信仰是什么呢？是和自己的一种"生命关系"，是关于宇宙意义、关于终极的理解，是"信入一种生命"，它"托住万有"，不需要科学和经验的支撑[3]，就像加尔文的解释，认识神包括信靠和敬畏，"敬虔的人不会为自己臆造任何一种神，而是仰望独一无二的真神，他也不会按自己的愿望来描述这位神，而是满心相信神自己的启示"[4]。在他看来，太多的作家把文学视为宗教，却又苦于无法给困难的人生指出一条明路，因为"多数的作家都是没有信仰的人"。曾有论者以为，北村将宗教与信仰二分是对自己异质性写作观念的一种策略性的保护，这种看法全然忽视了北村对信仰深入的理解和表述。

理解北村信仰的关键词是"生命感"。在另一篇文章中，北村说："宗教与神学是人最高的智慧结晶，是人性的夸张、魂的扩大，在它们里面没有灵，没有生命，没有启示。我在写作中有意地避免

①　杨春时：《现代性与中国的诗性浪漫主义》，《求是学刊》2009年第1期。
②　参见邓晓芒《从寻根到漂泊：世纪之交的中国文学与文化》，羊城晚报出版社2003年；陶东风《破镜与碎影》，云南人民出版社2001年。
③　北村：《信仰问答》，《天涯》1996年第3期。
④　约翰·加尔文：《基督教要义》（上册），生活·读书·新知三联书店2010年，第9页。

这个泥淖。"他还说："真正的信仰还是反对神学的，一旦神成了一门学问，是可怕的。我在刘小枫的《拯救与逍遥》一书所出示的神学主张里，看到神学是思想乌托邦的延伸，它与海德格尔的学问同出一源，都是操用理性与推理的方式。在神学里无法建立起任何盼望性，因为《圣经》里说：'凡到神面前来的人，必须信有神。'刘小枫绕过了信心的本质，神便在他笔下成了一个体系，刘小枫最终逃不出海德格尔的网罗。"他用了两个词来说明信仰与神学的不同，前者是"灵生命"，后者是"魂心思"，他说很多基督徒的失败是因为从前者退到了后者。[1]

"灵生命"与"魂生命"又如何区分呢？北村说："在希腊文里面，'生命'一词有三种不同的指代，一是本生命，二是魂生命，三是灵生命。我遍览一切的宗教与神学，都是在魂生命里头。魂生命是人向神独立的源头，是人堕落性情的居所，带有绝望的性质，只有灵生命是永生神的殿。"[2] 这里说得还是有些玄妙。如果从词源学上考察，《圣经》中表述"灵"与"魂"的主要有两组词，第一组是《旧约》希伯来语中的 nepe（又作 nephesh 或 neshema）和《新约》希腊文中的 psychē，它们在中文版《圣经》中常常被译为"魂"，但有时也被用来指代生命完整的个体、"自我"或内在的情感。第二组是《旧约》希伯来语中的 ruah 和《新约》希腊文中的 pneuma，中文版《圣经》通常将它们译作"灵"。ruah 是一个多义词，除了"灵"之外，还表示风或气息，《旧约》中，"它的基本含义是使人或动物得以存活的'生气'"；pneuma 的含义更加复杂，它"可以表示有限的物质生命的基础"，"还可以表示永恒的精神生命的基础"，有时还指代上帝"圣灵"的位格。有释经者认为，"人要想过上圣洁的生活，就不能只顺从物质性的'魂'，而应该顺从可

---

① 北村：《今时代神圣启示的来临》，《作家》1996 年第 1 期。

② 同上。

以使自己获得永生的‘灵’"。① 在北村看来，宗教是为了满足人崇拜的欲望而构筑的"魂"的系统，它与基于神圣启示的信仰不是一码事；宗教还需要复杂的敬拜仪式，而那些夸张的仪式化的东西并"没有任何生命的感觉"作为支撑。

因此，对于道德自律之上的"他律"到底该如何构建，北村有自己的思考。除了在《施洗的河》等作中指出根本的救赎之路，他也对国人心理惯性中非出于信仰的"偶像崇拜"以及纯粹功利的目的的信赖给予了批判。因为价值出现真空，人们需要有一个意义和精神的指导来补位，以聚敛人心的空茫，而这恰恰给各种邪说恶行提供了空间。北村告诫世人，他律要出于圣灵的引导和个人敬谨的操练，绝非"迷信"的虚妄。小说《还乡》和《破伤风》都体现了北村这方面的思考。

《还乡》中，如巫如鬼的三叔公不但是一家之主，还是全村人的"爹"，他擅长画符索命，把原本平静的杜村搅扰得阴风四起，村民们不但不以为意还觉得这样"很好"。有村民这样告诉回乡的宋代："是人嘛，总得弄个东西拜一拜，有东西拜一拜就行。"在村民愚忠的助推下，杜村掀起一场疯狂的造神运动，三叔公就这样成了全村人心中至高无上的"神"，不肯就范的诗人海娃，反而成为村民眼中的疯子。在三叔公授意下，村民们先残忍地阉割了海娃，把他变成不男不女的怪物，又逼他喝下纸符灰调和的污水。《破伤风》讲述的是一位近于妖的九十九岁的老村长患破伤风而死的故事，和三叔公一样，在河山寨，老村长是一家人的爹，也是全村人心中至高无上的长者，他有权利宠幸全村每一户人家的女人，而那女人的丈夫不但不阻止，反而觉得是荣耀，要等他走了，才敢回家。后来干脆有人帮他值班看守，等他走了就打更敲锣，"大家一听就知道，事已经成了"。村里家家户户供奉的神像都是以老村长

---

① 参见徐弢:《圣经灵魂观念词源学辨析》,《宗教学研究》2009 年第 3 期。

为原型的。当老村长因伤口溃烂不得不躺在床上时,仍余威犹在,有一位后生用"他"来称呼老村长时,竟有人暴跳如雷。只是,全村人没想到这一小块伤口竟会使他们如神一般的村长卧床不起甚至昏迷不醒。好不容易等来了医生,却发现他早已死了两天,不敢相信的村民们提着板斧将医生团团围住。

两篇小说的反讽和隐喻显而易见,那就是民间的神棍如何以神的名义操控村民,尤其《破伤风》还用"事已经成了"这种"仿《圣经》体"的表述来直指村长借神来亵渎神的淫威,两篇小说既隐含对"文革"等既往历史的批判,也有对现时的预警。在《信仰问答》中,北村说得更为明确,"哪里有神的经纬哪里就有撒旦的混乱,撒旦的真正目的还不在于唆使人去作恶,乃是让人离弃真神(纯正的信仰)去敬拜偶像,从而代替神的位置","命相热是撒旦的混乱在末世的一个主要手段:让人把命运托付给偶然而不是真理",他甚至激进地否定了中国所有的民间信仰和气功等。紧接着在同一篇文章中,他做出了这样的表态:"宗教对历史发展和公共生活中没有任何作用,它总是与真正的生命相对立,人从真正的信仰中堕落下来就进入宗教……我对宗教没有兴趣,但我是一个基督徒,我有永远而神圣的生命住在我里面。"[①] 北村在这里对宗教和信仰近乎刻意的区分,以及他对"信仰之思"的生命含义的思考是值得关注的。

加尔文在批判经院神学家时说,他们用手帕蒙住基督,把信徒带到没有尽头的迷宫,并反问道:"难道全然无知的人只要顺服教会,就算是有信心吗?信心乃建立在知识上,而不是建立在无知上……人不会因接受教会的教条,或因将寻求和认识神的责任交给教会而得救。救恩反而是唯借基督成就的和好,认识到神我们慈悲的父,并知道神使基督成为我的公义、圣洁以及生命,我们是借知

---

① 北村:《信仰问答》,《天涯》1996 年第 3 期。

识而不是借交出我的情感才得以进天国。"① 在此基础上，加尔文区分了"假敬虔"和"真信心"。北村的"灵生命"与"魂生命"的区分与之非常相类。

北村以"灵生命"的方式将自己引向形而上的超越之路，不禁让我们想起他在皈依之前的《神格的获得与终极价值》一文中所谈到的："神格的获得，便是所在文本中实现对形而下的彻底逃亡。这是文学作品超越人文层次进入它的核心——对人类精神原痛苦的感悟——的基本手段，亦是优秀作品获得永恒魅力的根本动因。"② 在信仰的意义上，北村多次强调自己是被主拣选的那一个；在文学的意义上，这大概也是"前定"的必然吧。

---

① 约翰·加尔文著、孙毅编选：《基督徒的生活》，生活·读书·新知三联书店2011年，第17页。

② 北村：《神格的获得与终极价值》，《文学自由谈》1990年第2期。

第三章 "灵命的长进"

一

　　1999 年，北村在《大家》杂志发表了小说《周渔的喊叫》，他说这个小说来自于对蒸汽火车的注视："某日我在一个隧道口突然看到一列使用旧式蒸汽机头牵引的火车从我身边呼啸而过，我被完全震骇。蒸汽火车遥指消逝的爱情，和我一直思考的爱情故事相关。但如果没有火车，我便不会动笔。就在那一刹那，一个陈旧的词'两地分居'涌上来，从蒸汽火车到两地分居（指精神上的分居：爱情与现实的脱节）使我的构思终于栖落在一个有魅力的故事上，就是《周渔的喊叫》。"

　　这个小说与《玛卓的爱情》《水土不服》等一脉相承，延续了对执拗的爱情之溃败的书写，它直指"某种爱情的虚幻性和局限性，以及它的绝望本质"[1]，当然，爱只是一个切入口，北村关注的焦点还是物欲横流时代人们精神出路何在的问题。像他之前的小说一样，周渔和陈清这对爱情楷模超脱于物欲之上的情感仍然失败了。不过，熟悉北村的读者也能在小说中读到一些不一样的东西，不但是因为周渔和陈清的人生在纯爱之外还缠绕着更复杂的面相，

---

① 北村：《周渔的喊叫·序》，中国社会科学出版社 2001 年。

还因为小说将"终极意义"隐而不彰的内置方式，北村没有借人物之口做过于清晰的宣谕。小说发表后，被广泛转载，入选了多个年度选本。不过，这个小说也引来个别批评家的质疑，李建军就认为小说把人物置于一种"设计出来的简单而残忍的冲突情境中，并依赖这种冲突情境推进小说的情节发展"，认为北村"极力渲染、强化性暴力对人物的内心生活的冲击，乐于叙写由于这种冲击导致的人物心理扭曲和人格畸形"，"从他的夸张的、不近情理的叙述中，找不到有意义的主题，看不到'宗教主义'的圣洁情感"。北村确实抱着将"追寻真爱的意念推向极致"的思路来结撰小说，但被批评者认为找不到主题的"意义"，这其中的错位耐人寻味。在后来的一篇文章中，北村说："随着信仰道路的艰难挺进，我发现人性空前的复杂性在超越性力量介入时，会呈现同样复杂的过程和难度，就是说一个作家如果以手写我心的话，他必须首先在自己的信仰道路上有一种个人史，才能描述人性在圣化过程中的所有难度，而信心又不因此被摧垮。"① 他郑重地将《周渔的喊叫》视为"信仰道路艰难挺进期"的代表作。

也许因为其题材、人物和特别的叙事方式，《周渔的喊叫》发表后，引起影视圈的关注，北京电影学院和西安电影制片厂都问询过他版权的问题。2000 年 5 月，北村又接到了著名导演孙周的电话，孙周表示了对将《周渔的喊叫》改编成电影的浓厚兴趣。不久之后，孙周和助手赶赴福州与北村细谈，双方重点探讨了爱情在现代社会的真实景象，以及爱情的限度、深度和难度等话题，确定了合作的框架，由北村自己担任编剧着手剧本的写作。这并不是北村第一次"触电"，前文说过，早在 1993 年，张艺谋筹备拍摄《武则天》，便曾邀请包括北村在内的六位实力派小说家分头撰写，他还为此和张艺谋在北京见过面。1996 年，姜文买下了小说《强暴》的

---

① 北村：《文学的"假死"与"复活"》，《厦门文学》2010 年第 7 期。

版权，但受限于各种原因，并未投拍。不过，真正让北村领教到影视厉害的还是这次付诸实践的《周渔的喊叫》，改编带给北村生活的巨大改变可能是他始料未及的。

《周渔的火车》的剧本，北村前后写了四稿，他交给孙周后，孙周又找其他剧作家修订，孙周本人最后又完善了十几稿，最后的定稿相比小说原作发生了很大的变化。电影在 2002 年拍竣，改名为《周渔的火车》，并于 2003 年 2 月 14 日情人节公映，因为投资方的宣发，再加上参演的巩俐、梁家辉和孙红雷等当红影星的市场号召力，围绕电影展开的聚讼纷纭的讨论迅速酿成当时一桩热点性的文化事件，北村也由此被广大读者熟知。在接受媒体采访时，他坦言自己是这部影片的"第一个受益者"，作家出版社将他不同时期的八个中短篇以《周渔的火车》的书名合集出版，封面还采用了电影的演员照片和宣传语，首印三万册，销售一空。而此前 2001 年，北村曾以《周渔的喊叫》为名编选了一个小说集，由中国社会科学出版社出版，据说"连保底的三千册都没卖掉"[1]。不过，对于《周渔的火车》这部电影，北村在不同场合有着不同的评价：在作家出版社出版的《周渔的火车》的"序"中，他说"好像已经拍出了我想象的某种东西"；在和张煊的对谈中，他谈到与孙周在认同小说意义共识下的合作，"就我个人感受来说，我觉得与他合作是一段很值得回味的经历，他能把你带入很纯的艺术情境中，对于一个艺术家来说，能在其中漫游一番，那是一种幸福"[2]；在《文学的"假死"与"复活"》中，北村则表示，电影改编"已经基本脱离小说的本义"；在另一篇《从"喊叫"到"火车"》的文章中，他说得更细："我和导演的讨论陷入了胶着：我们似乎在两根铁轨上奔

---

① 《张洁王朔北村影院碰面　小说改编成电影几多波折》，《京华时报》2002 年 10 月 15 日。

② 北村、张煊：《都市爱情神话解析——关于〈周渔的火车〉的对话》，《电影艺术》2003 年第 3 期。

驰。自始至终，我们都很尊重并很理解对方，以极度的认真的态度进行创作，不知为什么，我们总是处于鸡同鸭讲的状态。……我第一次看这部电影时，产生奇怪观感：这是另一个陌生作家的陌生作品。除了人物和故事基本框架是我作品中的之外，它完全是另一个东西。"①

北村对《周渔的火车》前后不一的评价，与世纪之交的大环境有关，也与他自己其时兼项编剧和小说创作的状态有关。1996年，他辞掉《福建文学》编辑部的职务，专职写作。2001年，北村从福州北上北京定居。选择北京，一是因为在他看来，北京是"观察变化中的现代中国最佳去处，对作家很好"；二是他接到不少写影视剧本的邀请，北京显然比远在东南一隅的福州更有地利之便。起先，他在京郊租房，2003年，他搬至艺术家云集的宋庄，自己围起一个小院，盖了几间房子，养了几条狗，院当中种了一棵黑枣树，这棵总是挂满果实的树给很多来访的朋友和记者留下深刻的印象。后来，他又搬到过延庆和八达岭，因为坚持要有一个独处的空间，保持观察者的客观和中立，避免被"圈子化"，所以"基本上是北京城多一环，我就搬一次家"②。北迁后的北村稿约不断，他参与的较为重要的影视创作有与张绍林导演合作的电视连续剧《台湾海峡》，与福建省外宣办、福建电影制片厂等合作的文献纪录片《施琅将军》，与姜凯阳导演合作的电视连续剧《如果还有明天》（根据他的长篇小说《我和上帝有个约会》改编），与邵警辉导演合作的历史题材连续剧《李白》等。

事实上，在1990年代，作家与影视的联姻是潮流性的现象。以1992年王朔发起成立"海马影视中心"为标志，影视强大的资本诱惑和传播力如飓风一般在接下来的数年席卷文坛，其时几乎所有的一线作家都有"触电"的经历。以《射天狼》和《绝望中诞

---

① 参见北村博客 http://blog.sina.com.cn/s/blog_488efcbb0100c9xm.html。

② 参见《北村：温暖这个"理想稀缺时代"》，《北京青年报》2006年7月3日。

生》而被读者熟知的军旅小说家朱苏进说："在影视圈做事，完全是一次被动的选择。最初是谢晋导演请我编写《鸦片战争》电影剧本，从此就开始被拖下水，到现在也没浮上岸来。就好比是雅鲁藏布江的水，你伸进一个手指，想浅尝辄止，没想到一下被吸进去一个手臂，你赶紧想把手臂拔出来，结果你已整个人掉进江水里。就这么一个裹挟力极大的处境。当然这里面是有原因的。一是我觉得中国影视很有可为。影视是很大众化的艺术形式，影响力奇大，其他任何艺术形式都无法与它比拟。如果有几个严肃作家进入这个圈子，应当是件好事。再一个原因就是物质利益丰厚，这点我从不讳言。"① 这番话道出了彼时作家面对影视话语霸权的共同心声。小说家全面介入影视创作，这不免给小说的艺术探索带来不确定的风险，尤其当小说沦为影视的寄生品，小说文体的复杂自然会被一种影像化、剧本化的倾向取代，就像有批评家担忧的那样："受影视趣味的影响，我们的小说家们的创作越来越重视故事的吸引力，作品的情节变得越来越曲折离奇，人物关系也变得越来越波诡云诡，倒是很少有作家着意地雕琢作品的语言，推敲叙述的意境与氛围，更谈不上表现人物的思想、感情、情绪和回忆的动态轨迹。"② 这个时期，出现了一种特殊的被称为"影视同期书"的小说出版物，说白了，就是剧本的衍生品。2002 年，作家出版社出版的北村的《台湾海峡》即属此列，此外出版方将《周渔的喊叫》改为《周渔的火车》再结集出版，虽然收录的并非剧本，但改名本身以及借用剧照的封面设计毫无疑问即是蹭电影热点的表现。

作为一个电影爱好者，北村对小说影像化的后果是心知肚明的，他在接受采访时承认："我非常喜欢电影，经常看碟片，所以

---

① 朱自奋：《影视编剧，我只是客串——作家朱苏进访谈》，《文汇读书周报》2003年5月2日。

② 黄发有：《挂小说的羊头，卖剧本的狗肉——影视时代的小说危机》，《文艺争鸣》2004年第1期。

我的小说中结构、语言、情节影像性的东西多一些，这可能也是导演觉得好改编的原因之一。"但他也坚持，文学不应该向市场妥协，作家也不可能玩弄市场，所以当有人指责，他借影视来进行商业投机时，他是愤怒的，他在很多采访中都重申了自己对写作的"心灵"和"精神层面"的关注立场，他告诫自己和同行："作家如果因为电影的吃喝而过度兴奋，会使创作背离良心规则，说严重点，最后自取灭亡"[①]。因此，从 1990 年代后期到新世纪初的几年间，在参与影视之外，他继续保持相对高产的小说创作，并迎来一个井喷期。这期间的重要作品有：1998 年，长篇小说《老木的琴》（《大家》1998 年第 3 期），中篇小说《东张的心情》（《花城》1998 年第 2 期），短篇《芦苇陈琳》（《山花》1998 年第 10 期）；1999 年，中篇小说《周渔的喊叫》（《大家》1999 年第 2 期）、《长征》（《收获》1999 年第 4 期），短篇小说《消息》（《山花》1999 年第 2 期）、《心中不悦》（《天涯》1999 年第 5 期）；2000 年，中篇小说《家族记忆》（《大家》2000 年第 1 期）、《公民凯恩》（《花城》2000 年第 2 期），短篇《被占领的卢西娜》《小兵》（《山花》2000 年第 2 期）、《淌水的东西》《病故事》（《青年文学》2000 年第 3 期）；2001 年，中篇《我的十种职业》（《花城》2001 年第 1 期）；1999—2005 年以单行本出版的长篇小说有《老木的琴》《愤怒》《玻璃》《望着你》《公路上的灵魂》《发烧》《另一种阳光》等，中短篇小说集除《周渔的喊叫》外，还有《长征》和《公民凯恩》等。

那么，该如何定义这个井喷期呢？有一种观点认为，以 2003 年为界，北村这一时期又可分为两段，前一段以《老木的琴》《长征》等作为代表，"描绘人在追求终极价值时的心灵过程和人性困难"；后一段的《愤怒》《玻璃》《望着你》等小长篇体现的则是"理想主义和正面价值"[②]。不过，在笔者看来，这两段的区分实际上并不

① 《北村：我不会针对市场写作》，《深圳晚报》2003 年 3 月 10 日。
② 北村、姜广平：《我基本背对着文坛写作》，《西湖》2012 年第 7 期。

明显，《愤怒》等作也完全符合"描绘人在追求终极价值时的心灵过程和人性困难"这样的描述，而《老木的琴》也分明洋溢着理想主义的光芒。笔者以为，前面所引北村自己谈到的"信仰道路的艰难挺进期"应该是一个更合适的概括，在书写了太多"无意义"的生活带来的晦暗和惨相之后，在拆解了爱情和艺术的虚妄之后，在如神迹一样展现了获得信靠的皈依者对自我之罪的救赎之后，北村开始更多思考信仰"天路"的艰辛和漫长，开始展现恒忍、爱与安慰的意义，开始像艾略特那样，尝试将文学的维度和信仰的维度合而为一，开始让笔下的人物像 J.C. 莱尔说的那样，去展现"灵命的长进"。

J.C. 莱尔是英国十九世纪杰出的福音派传道人，曾担任过利物浦第一主教，同时也是一名了不起的基督教作家，他在代表作《圣洁》的《引言》部分，提出一个疑问："归信者的圣洁唯独靠着信心，一点儿也不凭借个人的努力，如此的宣称，是否明智？"在莱尔看来，"因信称义"完全合乎圣训，但是"因信成圣"就不那么恰当了。在书中，莱尔进一步指出，"称义"和"成圣"二者同时发生，均来自上帝的恩典，也都是"基督在永约之中、为着他的百姓做成的救赎之功的一部分"，二者的不同也不少，具体体现于八点：

（1）称义是将基督的义算在一个人的身上。成圣则是使一个人有内心的义，虽然可能在程度上非常微小。

（2）我们的从称义而来的义不是我们自己的义，而是我们伟大的中保基督的完美的永义，是借着我们的信心归算给我们的。我们从成圣而来的义是我们自己的义，是给予的、内在的，是圣灵在我们里面做成的，尽管掺杂了许多的软弱和不完全。

（3）在称义上，我们的工作毫无位置，唯一需要的是在基督里单纯的信心。在成圣上，我们的努力非常重要，上帝要求我们打仗、警醒、祷告、竭尽全力、付上代价和竭力做工。

（4）称义是已经完全的、成就了的工作，一个人在信的那一刻就完完全全地称义了。相对而言，成圣是一件不完全的工作，直到进入天国之前，我们都不可能完全。

（5）称义不分程度，不需要长进：一个人在最初因信归入基督那一刻称义的程度，和他在永恒中称义的程度是一样的。成圣则是一件渐进的工作，只要一个人活着，就需要不断地长进和加增。

（6）称义是就我们人的位格而言的，是有关我们在上帝眼中的地位，是我们从罪咎中被拯救出来。成圣是就我们的性情而言的，是有关我们内心的道德更新。

（7）称义赋予我们进入天国的权利，使我们能够坦然无惧。成圣使我们与天国相称，并预备我们在那里时，得以享受它。

（8）称义是上帝对我们采取的行动，不容易被他人察觉到。成圣是上帝在我们里面的工作，它有外在的彰显，在人眼中是不能隐藏的。[①]

莱尔指出，了解了这种"称义"和"成圣"的区分，那么信仰者就应该在朝向圣洁的天路上努力，信仰者也会很自然地问自己这样的问题："我们在信仰中进步了吗？""我们有没有成长？"莱尔说："如果一个人只是星期天去做礼拜，信仰对他而言就好像是礼拜天的正装，一周穿一次，其他时间都摆在一边。"这种"挂名基督徒"很多，但是对"每一个真正关心自己灵魂，对灵性生活充满

---

① J.C. 莱尔：《圣洁》，生活·读书·新知三联书店 2013 年，第 37 页。

饥渴的人"而言，上述的问题是时时刻刻都在追问的，这时时刻刻的追问其实就是在省察和梳理"灵性的光景"，这就是"灵命的长进"①。

借用莱尔在《圣洁》中的启示来观照北村的写作，不难发现，处于创作井喷期的北村将信仰写作的重心从"归信"转移到"成圣"中来，转移到对信仰者内心的"义"和"道德更新"的传递上来，而他的创作本身也是自我"灵命长进"的路径，北村说："人若认自己的罪，便能获得认识真理的机会，人意志的转变带来相信，信心里具有文学中最需要的东西：盼望，这真实的盼望就是理想，文学于是重新获得歌唱的品质。在此，文学记录人在末世的忏悔，表达清晰的希望，歌唱一切真的、善的和美的事物，引发对神圣的热爱，指导心灵进入幸福的境界，一个安慰者。因此在此末世，它就是一种福音，或者说，福音将代替文学，或和文学融为一体了。"② 可见，相比于前一个阶段，此时的北村又在文学中找到了信心和力量，因为文学可以描绘"出现在希望中的感情"，为此他要做"真正的作家"歌颂理想、写爱的故事，向世人解释公正。③

二

如前所论，北村皈依后最初一段的小说创作如他自己所言，是其精神经历的投射，所以主题也大都围绕"相信耶稣得救赎、不信耶稣就沉沦"展开，在批评界看来，过于急切的布道话语强行地插入损害了小说的内质，减损了人物心灵的丰富，因为那些从圣书中化用而来的议论和评判对故事的干涉是明显的，并且显露出自身强

———————

① J.C.莱尔：《圣洁》，生活·读书·新知三联书店2013年，第104页。

② 北村：《失了味的盐》，《花城》1998年第2期。

③ 北村：《出现在希望中的感情》，《山花》1998年第10期。

大的派生性。虽然北村对出发点在勘探人生终极的意义，体现了一种超越性的视野，但小说所显示给读者的面目却有过强的理念先行的痕迹，而且提供了过于明晰的判断，就像米兰·昆德拉在《被背叛的遗嘱》中谈到的："将道德判断延期，这并非小说的不道德，而正是它的道德。这种道德与人类无法根除的行为相对立，这种行为便是：迫不及待地、不断地对所有人进行判断，先行判断并不求理解。这种随时准备进行判断的热忱态度，从小说的智慧的角度来看，是最可恨的傻，最害人的恶。小说家并不是绝对地反对道德判断的合法性，他只是把它逐出小说之外。……创造想象的田园，将道德判断在其间中止，乃是有巨大意义的功绩；只是在这里，想象的人们才能充分发展，也就是说不是根据预先存在的真理而设计的人，不是作为善与恶的范例，或作为相互对抗的客观规律的代表，而是作为自主的、建立在自己的道德之上的人。"[1] 北村虽然当时解释了神性的信仰本身即是超理性逻辑的存在，"我出示一个结果，这个结果就是对我自己真实的得救的描述，我非常有意地把这样一些东西加在我小说的后面"[2]，但对大多数非信仰者来说，他们并没有北村的经历，所以这种展示就会显得格外突兀甚至不可思议。于是，在信仰者看来感人至深的蒙恩见证，在广大非基督徒读者看来就成了人物性格突转的粗糙和敷衍，这造成了外界对北村作品理解的阻隔。作为一个天赋卓然、又具有真诚良知和反省能力的小说家，如何既坚持信仰和神学的立场，挽救文学的世俗化与灵性的堕落，又避免生硬和直白，这是北村首先要面对的问题。

他所给出的第一个尝试是，让信仰和对圣灵的爱成为一种潜话语，而不再以硬性说教的面孔出现。与此同时，他小说的素材也空前地宽阔起来，毕竟在艺术家和为爱而痴狂的诗人们之外，还有广

---

① 米兰·昆德拉：《被背叛的遗嘱》，上海人民出版社 1995 年，第 6 页。

② 郭素萍：《北村访谈录：写作是生命的流淌》，引自豆瓣网北村小组，网址 http://www.douban.com/group/topic/5874037/。

102

大众生，城市与乡土、精英与底层、历史题材和现实关切，这些很自然地便成为他选材的目标。比如，1998年发表的作品中，《东张的心情》是以"文革"武斗为背景的，《芦苇陈林》是以1990年代国企改革带来的下岗潮为背景的，长篇《老木的琴》则是以乡下人进城为背景的；1999—2000年发表的作品，《长征》《家族记忆》中追忆故乡、重考"革命"，《被占领的卢西娜》和《病故事》则提供了立场鲜明的底层关怀。

《老木的琴》中，老木是一个山里进城的农民，一个有"信"者，虽然他说不清支撑他信仰的是什么，但是他执拗地认为凭借自己的"信"，他给小木设计的人生大道终能达成，那就是儿子会成为一流的小提琴家。小说中，他不断对别人说："这全在一个信字，你信你就能考上""我不行，但我儿子行，我信这个""我信哪"。与他的"信"相配的是他的"木"，也即诚笃的做人原则，无论遭受什么生活的重厄，老木在这一点上从来未曾改变过，他向所有的人解释"木"就是呆笨，并且总是承认自己是一个"傻瓜"：他拒绝给组织考试的老师送礼，因为担心老师收礼之后，小木的入学就不纯粹了；他自己不舍吃穿，遇到街头的乞丐却总倾囊相助；他被选择返城的知青妻子抛弃，却不计前嫌地买礼物去陪伴前妻和新夫所生的患白血病的孩子；他被经理收留做监工，又不能忍受经理手下人在建筑材料标号上的弄虚作假……老木一生都不曾在意外界施于他的恶意和嘲讽，熟悉北村的读者在阅读这个小说的前半部分时，也许心里会隐然期待有一个拯救者指引善良的老木父子走出困境。然而他却染上了绝症，残酷的世界似乎对他的良善视而不见，决意要惩罚他到底。

在老木身上，读者不难发现艾·巴·辛格笔下的"傻瓜吉姆佩尔"的影子。而此时的北村，其创作确实受到辛格的影响。在稍后发表于《青年文学》的《十读》中，北村列举了他认为最值得反复阅读的十部作品，除了之前多次谈到过的《圣经》、托尔斯泰的《复活》、陀思妥耶夫斯基的《卡拉马佐夫兄弟》、卡夫卡的《变形记》、加缪的《鼠疫》之外，他特别提到了辛格的《傻瓜吉姆佩尔》，认为这个短篇是二十世纪文学史上"唯一描写英雄的小说"，"因为他相信一切应该相信的，背负一切应该背负的，忍受一切应该忍受的，最后他享受他的果实：快乐一切应该快乐的。他是英雄，因为他是良知的代表，忠诚的象征，英雄是具有神圣性的，吉姆佩尔身上就有这种神圣性，像忠诚、忍耐、爱、宽容，相信这些神圣要素都是简单的，所以人叫吉姆佩尔为傻瓜"[1]。北村从信仰的角度对吉姆佩尔的评价放在老木身上无疑也是适切的，他们都是宁愿"当一辈子的傻瓜也比做一小时的恶棍强"的那种人，也都在后半生收获了平和宁静的深思，获得信仰和爱的圆满。在辛格所使用的意第绪语中，"傻瓜"一词写法是"Tam"，有纯洁和淳朴之意，在犹太教更是意味着类似"上帝的天真、淳朴，全心全意的孩子"的那种精神境界。[2] 而北村用"木"这个汉字大概也出于同样动机，木有"木讷朴拙"之意，三国时魏人刘劭的《人物志》是一部辨析、品评人物的"甚微而玄"的专书，其第一章《九徵》说金木水火土各有德性，其中"温直而扰毅，木之德也"，"扰毅"即和顺坚毅之意——而老木不正是这时代这样一个稀有的人吗？

小木是和老木一样有信的孩子，不过北村在塑造这个人物时，采用了类似成长小说的框架，让他不断遭遇、感知、判断，在与各色人群交往的过程中数度迷失，最终又回到信仰之路。小木主要遭逢的人有：学校里教他学琴又猥亵女生的刘老师，被妹妹锁在家里又被逼迫卖身的疯女人，自幼被家庭离弃而对社会心生厌弃心理的经理，怀有惊人的艺术修养而内心颓败的小提琴家，还有快乐的爱唱歌的然而早夭的磨刀匠。小木在他们身上见识人性的高贵和卑

---

[1]　北村：《十读》，《青年文学》1999 年第 8 期。

[2]　参见傅晓微：《艾·巴·辛格创作思想及其对中国文坛的影响》，四川大学 2005 级博士论文，第 175 页。

污，也见识命运的神奇和无常，伴随这个过程的是他对父亲执拗期望的迎合、拒绝和颖悟。最终，他没有成为老木期望的第一名的演奏家，那把被老木当作命根的提琴也散入江湖。小木选择做了一名乡村教师，教孩子们拉琴，性格越来越像老木，信与爱的种子就这样撒播下去，代代传承。

在整部小说中，都没有出现"上帝""圣经""传道书"或"教士"之类的字眼，但这部小说对信仰和被信仰所涵养的高贵德性的张扬是毋庸置疑的，此前被北村强烈质疑的"爱情"和"艺术"也都因为被信仰之光照亮而重新焕发出意义的光泽。小说中多次出现的瞎子、乞丐等人物或者作为老木和小木信仰之路的见证者，或者作为试炼者出现，他们既担当叙事的功能，更承载起一种象喻功能，我们要注意，正是乞丐买走了小木的琴，让它和有关它的传说流布人间的。所以，从这个意义上讲，这部"上帝"话语消隐的小说，却塑造了老木和小木这对了不起的"牧人"父子，他们的出现让深陷于罪、苦难和无意义泥淖的人感知到了什么才是真正的具有"希望的感情"。

《东张的心情》里的东张也是个教琴的老师，在某种意义上，他和小木是一类人。《东张的心情》在北村的小说中显得有些特殊，首先素材是有关"文革"的故事。作为一名60后并深度参与先锋文学浪潮的小说家，北村此前的作品极少写"文革"，不论是作为童年经验还是历史反思。有论者认为，先锋文学总是回应着"时代的精神创伤与历史暴力"，主体的分裂就是"历史暴力造成的个人精神创伤体验的结果"[1]，虽然这些作家在"文革"中年纪尚小，但"文革"作为一种心理暗影在日后变成了他们致力追踪的精神创伤，像余华的《一九八六》就是很典型的作品。北村不同，他早期创作对"文革"有隐然的回应，但并不明显，他对阶级斗争之类的话语

---

[1] 杨小滨：《中国后现代：先锋小说中的精神创伤与反讽》，上海三联书店2013年，第51—52页。

兴趣也不大。《东张的心情》则转头写了"文革"前期"武斗"的暴力，东张与马金因为分属不同的阵营被裹挟进荒诞又无情的巷战中，两人因为马金弟弟马春的死而发生了意想不到的连结。不过，读完小说后，读者会发现，这个"文革"故事依旧与"文革"关系不大，"文革"只是提供了一个滥用暴力并造成恶性循环的背景，完全可以被别的暴力情境，比如战争去置换，北村关注的重心在于爱能在多大程度上消泯仇恨，去除掉让暴力滋生的土壤。因此，小说中的暴力与创伤虽然看似有一个具体的"归因"，但其实蕴含着存在意义上的更本质的理解。再者，小说写到对仇人的爱和宽恕，这也是北村其后创作将反复书写的一个主题。从"武斗"开始，东张就是被动的卷入者，在目睹了马春的死亡之后，他一个人去了狐山隐居。马春的哥哥马金认为是东张射杀了弟弟，尾随东张而来，意欲复仇。在狐山上，两个男人起初被敌对和仇恨笼罩，但在相处中，本来都有机会杀死对方的他们，被一种说不清的情感驱使着去换位理解，他们最终和解了。尤其是怀着复仇之火的马金，他在东张平静的神色中，也放下心理的重担。两人搭手把狐山变成了一座远离"革命"喧嚣的乐园，然而没有想到的是，为保护弟弟东张上山而来的东方却在情况不明的情况下打死了马金。

就情节而言，《东张的心情》和余华的名篇《现实一种》类似，后者也是讲述手足相残、暴力循环的故事。在《虚伪的作品》中，余华对暴力观做了这样的阐述："暴力因为其形式充满激情，它的力量源自于人内心的渴望，所以它使我心醉神迷。让奴隶们互相残杀，奴隶主坐在一旁观看的情景已被现代文明驱逐到历史中去了，可是那种形式总让我感到是一出现代主义的悲剧。人类文明的递进，让我们明白了这种野蛮的行为是如何威胁着我们的生存。……在暴力和混乱面前，文明只是一个口号，秩序成了装饰。"[1] 当然，

---

[1] 余华:《虚伪的作品》,《上海文论》1989 年第 5 期。

此时的余华也在《活着》和《许三观卖血记》等作中以"温情的受难"代替了暴力的刑罚。而北村对暴力叙事的返回，不止于"温情受难"，还要证明在暴力之上有更伟岸和慈悲的爱的力量。所以，相比于《老木的琴》,《东张的心情》穿插进的信仰元素多了不少，如教堂、十字架，马金和东张建设狐山的一段还反复出现以"七天"为期的描写，如"又过了七天，山顶上变了样，原先光秃秃的坡面好像盖上了一层绿绒绒的毯子"。不过，北村并没有把这信靠点实，东张和马金也没有像《施洗的河》里的刘浪那样受洗或入教，小说重点渲染的是东张在和马金的朝夕相处中，感受到情感滋养带给他空前的幸福和满足，所以连最后的死亡也是无所畏惧的。他们之间那闪着光芒的互信，乃是一种"宗教情感"的体现，是圣洁的爱，是对人性情感中希望、恐惧、愤怒和欲望这些情绪的超越，一切就如《哥林多前书》所说：爱是良善的源头，一切善行都由此流淌出来。

在1999年发表的中篇《长征》中，北村继续对"爱"的书写。小说中，吴清德在临终前自豪地对丈夫陶红说："你和我打了一辈子仗，你还是没有赢我，你知道为什么吗？……因为我掌握了一项秘密武器，那就是爱情。"这个小说在北村这一时期的创作中是叙事最讲究的一篇，它借一个寻访的由头展开，写出相当深刻的纵深，而且别具一种新历史主义的"祛魅"意味。小说双线交织，一条线是陶红个人的传奇革命史，写他如何从一个盐商收养的仆人成长为红军著名的将领；一条线是陶红、吴清风、吴清德错谬的情感史，交织着背叛、惩罚和忠贞。于是，"长征"既对应陶红带着吴清德和部下从闽西出发直到陕北的革命之旅，更指吴清风不计一切代价地对恋人的寻找之旅。而且，小说不断在历史和现实间摆荡，陶红三人围绕爱情偏执的占有，更映衬现实中小文和小秋等人爱的廉价和寒碜。同时，小说还在有限的篇幅里，写出了陶红因为情感失败而转嫁于儿子陶金，给陶金的一生所带来的伤害。因为怪罪吴清风抢走了自己心爱的女人，转投红军的陶红指挥部下以清算的名义攻入吴清风的庄院，把正在幽会的吴清德和吴清风脱光绑在一起游街示众，但是"吴清德一滴泪也没有流，似乎还有一种喜悦——甚至可说是狂喜出现在她脸上"，让所有围观的人都难以忘怀。在小说中，吴清德似乎天生就是为爱而生的人，不论是开始对陶红跨越主仆的疯狂之爱，还是后来遇到吴清风之后全情投入的爱，这爱超越历史、革命和男权的话语之上，成为支撑她生命的依赖。也因此，北村重构"长征"，其意并不在拆解或质疑革命的宏大叙事，虽然客观上起到这样的效果，但仍旧是思考超越性的爱对人生的意义。在一个访谈中，北村也坦陈，"我觉得爱情的本质完全可以超越时空，超越一切的障碍。爱应该具有永恒和无限的品质。譬如说《长征》里陶红的爱，其实已经完全不是爱了"，而吴清风的爱"超越世俗，超越人的身体，甚至超越时空"[1]。

那么，东张、吴清德他们理解并身体力行的爱，与玛卓、刘仁、康生等理解和感知的爱有什么不同呢？为什么在前者身上，无论是死亡还是晦暗的人生都不能熄灭他们对幸福的感知，而后者那么投入地寻找爱却总是被无妄与绝望击垮呢？这也许要从希腊语中两种不同的爱说起。事实上，基督神学中一直有"欲爱"与"圣爱"分离论与整合论的不同诠释框架。

在希腊语中，以美和自我欲望为驱动的 Eros（爱欲）是表示爱的词汇之一。在《会饮篇》中，柏拉图借宴会参与者之口表达了众多关于 Eros 的思想，论述了 Eros 包含的肉身与灵魂的辩证，并指出人应有从世俗到超越上升之路的不懈之追求。Agape 是希腊语中另一表示爱的涵义的词汇。公元前 260 年前后，"七十士译本"将《旧约》翻译成希腊语，译者选择了 Agape 来对应《旧约》中的"爱"，并赋予它独特涵义。这样的处理方式，也被《新约》的作者

---

① 北村、姜广平：《我基本背对着文坛写作》，《西湖》2012 年第 7 期。

继承下来，用 Agape 表达一切形式的上帝之爱。①

到了奥古斯丁那里，他也把爱分为"爱上帝"和"爱自己"两种，他认为爱就意味着对某一确定对象的欲求，每个人都渴望幸福，但是人类对幸福的追寻会因为爱的性质不同产生不同的爱的对象的秩序，"一种是属地之爱，从自爱一直延伸到轻视上帝；一种是属天之爱，从爱上帝一直延伸到轻视自我"。奥古斯丁化用柏拉图的思路，指出了由前者到后者的途径。与柏拉图不一样的是，奥古斯丁"并不排斥肉体的情感，因为情感的性质取决于意志的性质，而意志的性质只有在爱上帝的关系中才能是善的。人可以追求身体和灵魂的属世的事物或善，但是，要检验这些属世的善是公义还是邪恶必须在爱上帝的关系框架下才有可能，也就是说上帝的意志是判断属世的善的公义或邪恶与否的唯一的也是最高的标准"。②

分离论的代表人物之一是瑞典神学家虞格仁，他在《基督教爱观研究》一书中认为，Agape 和 Eros 是完全不同的两种爱。前者自上而下，是以神为出发点的爱，是"舍己"的；后者自下而上，是以自我为出发点的爱，是"爱己"的。他说："如果我们打算总结我们论过的一切爱的关系，结论一定是 Eros 与 Agape 在每一点上都是恰恰对立的。Eros 以爱己开端，倚重对于上帝的爱，而以之为自己需求的最终的满足。从另一方面讲，Eros 永远无法解释对于人的爱。可以说在 Eros 体系渗入基督教神学与 Agape 观念成立妥协之前，Eros 体系根本不欢迎对于人的爱。无论如何，Eros 永远认为对于人的爱是为了人里面的善而生的一种爱，因而它是灵魂上升的一阶。但是有一种爱在 Eros 中没有地位：那就是上帝本身的爱。Agape 恰相反。上帝本身的爱是一切爱的依据，一切爱的榜样；它含有无限制的自我施予，在人与人之间的爱里滋生不已；因为无代价而获得

---

① 王涛：《圣爱与欲爱——灵修传统中的天主教爱观》，香港中文大学天主教研究中心 2009 年，第 17 页。

② 王腾：《论奥古斯丁基督教道德哲学的"爱"》，《社科纵横》2013 年第 5 期。

的人，又将所得传递给他人的义务。爱上帝仍是 Agape 的体系，但其重要性和对于上帝的 Eros 之爱不同；对于上帝的 Agape 之爱，究竟没有自我中心的成分，与彻底清除自我相吻合。因之在 Agape 中也有一种爱无地容身：就是爱己。"[1]

以上述的讨论为参照，北村这一时期对爱的理解应该是 Agape 意义上的，而且他大致也持一种分离论的主张。2003 年，在东方出版社推出的"北村 2003 新爱情小说"整套书系每一本书里，都印着北村题写的这样一段话：

> 我想，爱应该是对一种对象的重要价值的确认。这种确认到一个程度，就称为爱。而且这种价值有惟一性，所以爱是专一的。因此爱是真理。
>
> 爱有不同的深度，那么爱到最深的才是爱，要爱到那么深，只有舍己，别无他途。因此爱是信仰。
>
> 爱肯定是不求回报的，但爱真的有回应。如果没有回应，不是我们给出的爱并不是爱，就是爱得不够深切，那人（耶稣）爱拉撒路爱得何等深切，拉撒路就要活过来。因此爱是复活。
>
> 爱得真，不但对方得安慰，自己也得安慰，真是奇妙的事。一个深爱着的人是大无畏的。看来人类的主要职业应该是爱，要一刻不停地爱，哪一刻停下来了，那种神圣的同在就要消失，爱里没有惧怕。因此爱是永生。[2]

显然，北村在这里所标举的"新爱情"之"爱"是融合了宗教情感的"信仰之爱"和"神圣之爱"，如《提摩太前书》中说："但命令的总归就是爱，这爱是从清洁的心和无亏的良心、无伪的信

① 虞格仁：《基督教爱观研究》，台湾道声出版社 2012 年，第 187 页。
② 北村：《望着你》，扉页，东方出版社 2003 年。

心生出来的。"作为圣爱的接受者，人类应该以上帝之爱作为塑造自己的模型，应该以兄弟之爱来对待"邻人"："亲爱的，我们应当彼此相爱，因为爱是从上帝那里来的。凡是爱人的，都是从上帝生的，并且认识上帝。不爱人的，就不认识上帝，因为上帝就是爱。"① 不过，北村也没有像虞格仁理解的那么绝对化，既然柏拉图在讨论 Eros 时指出欲爱有上升到灵的通道，他也想在常人的爱中发现纯粹，也许老木、东张、吴清德和吴清风的爱还称不上真正的"圣爱"，但是就像奥古斯丁讨论的那样，有绝对的"享用（fruor）"之爱，也有相对的"使用（utor）"之爱。在绝对的来自上帝的"享用"之爱照临之前，在相对的"使用"之爱中展现"爱邻人""爱仇人"的"舍己"，这种依凭爱的考验可以坚定人们信仰的路途。在《文学的"假死"与"复活"》中，北村正是这样解释的，他说自己的信仰道路正在接受试炼，《周渔的喊叫》显示周渔正在陷入和玛卓、超尘她们一样的精神困境中，"我意识到这种试炼几乎影响到我的信心，于是我创作了《望着你》这样纯爱小说来安慰自己"②。

《望着你》的前半段有着如《周渔的喊叫》《玛卓的爱情》和《水土不服》一样的情感进程，但下半段却不再以毁灭和破碎为终局。小说的主人公五环和维林在大学里相识相恋，并曾签订过一份约定要相爱一生的爱情契约。但毕业工作后，忙碌的生活使他们渐渐失去爱的感觉，终于有一天商议后和平分手。两个人都对这段留下美好记忆感情的无疾而终感到不解，却又无可奈何。分手后，两个人各自追索并努力去印证爱的本意。五环先后与一个富婆和一个年轻的护士结婚，但都持续很短；维林则先介入一段婚外情，又选择了一位聋哑人出嫁，结果却闹到要以离婚和自杀收场。在经历了尘世之爱的种种伤害后，他们又怀念起了彼此，并借着分别向昔日

① 《圣经·约翰一书》4:7。
② 北村：《文学的"假死"与"复活"》，《厦门文学》2010 年第 7 期。

共同开设的银行账户里存钱确知了对方的心意，最终复合相爱，开启浪漫甜蜜的爱情旅行。因为旅途中帮助了一位受伤的工人，引发了他们对慈善的热情，他们几乎把所有的积蓄都拿出来捐助给各种受困的人。然而，好景不长，维林被查出了肝癌，更要命的是，因为之前乐善好施散尽家财，现在他们无钱治病，却又找不到人愿意帮助他们。五环对这种境况感到了委屈，他在一棵树下，陷入遐思——

　　在寂静中我突然全身放松，我想，这大概就是死的感觉吧？怎么那么安静？我的眼中仿佛出现一个平静如镜的湖面。我呆了一会儿，泪水突然从我眼中夺眶而出。我想到了维林，我想到了爱情。我想，我不该这么绝望的，死如果是这样安静，其实并不可怕，而是一种解脱。为了去这样一个安静的地方，我为什么要这么烦恼？我也不要因维林要去这个安静的地方而害怕。我们大家都要去，所以我们不应该烦恼。我，我们，我们帮助过的人，大家都要去那个地方，我没有做让我羞耻的事，我怕什么？我没做错，维林也没做错，我们帮助人是对的。在那个地方，他们会感谢我。而现在的所有病的伤痛都会消失，生病的身体就是治好了也会消失，只有爱能留在那里。我的眼前渐渐明朗，我抱着树，清晰地感到自己在恢复知觉，一种奇异的荣耀感像衣服一样从天空徐徐落下，穿在我身上。

这"奇异的荣耀感"一定会让读者想起《施洗的河》中刘浪获拯救之后的焕然一新感，虽然北村只是点到为止，而且这荣耀也没有让五环和维林的现实境地变得更好，维林还病着，五环则意外地死于煤气中毒，但是这"荣耀"给了维林安慰，五环的葬礼也是他们的婚礼，证明了爱比死更有韧性。

北村说过："情感是除了信仰之外最接近宗教的东西。"① 所以，《长征》《望着你》，也包括《老木的琴》等"纯爱"作品本质上也还是一种信仰写作，那个终极的恩典虽没有出现，然而所有的读者都会在感动中醒悟，蒙恩之道方才是爱的正道。五环他们就像J.C.莱尔说的那样，不断在成长中增加谦卑，不断遵从节制与舍己，不断对他人怀着怜恤和慈爱之心，所以，他们都有属天的灵性②。

三

对于圣爱的书写，宽慰了北村在信仰之路上遭遇试炼时的困境，但几乎与此同时，他"又写了《玻璃》这样描绘个人在追求终极目标时所遇到的巨大困难的小说来否定《望着你》"③，这说明还有更大的困惑需要他面对和颖悟。这个困惑在《施洗的河》中其实已经展露，只是北村没有让刘浪持续追问，而在《玻璃》《公路上的灵魂》等作中，他逼迫笔下人物也逼迫自己去直面这个困惑。这个困惑，也正是"约伯的困惑"——"其严峻的挑战，乃是要求我们沉思，回答一个最根本的宗教、伦理和社会正义问题：好人为什么受苦？这道难题，千百年来不知有多少圣贤哲睿诠解，但永远在我称之为善良的人们的'信与忘'之间徘徊"④。

"乌斯地有一个人，名叫约伯；那人完全正直，敬畏神，远离恶事。"这个一心一意敬奉上帝的虔敬者引起撒旦的怀疑，以为他的敬奉并非出于"无故"，而是出于上帝对他的赐福。于是上帝要撒旦向他忠心耿耿的仆人约伯施加了"无缘无故"的灾祸患难。第

---

① 北村、姜广平：《我基本背对着文坛写作》，《西湖》2012年第7期。
② J.C.莱尔：《圣洁》，生活·读书·新知三联书店2013年，第45-48页。
③ 北村：《文学的"假死"与"复活"》，《厦门文学》2010年第7期。
④ 冯象：《信与忘：约伯福音及其他缀言》，《书城》2011年第12期。

一次试探，撒旦让约伯失去了家产、牲畜、仆人和儿女，约伯的反应是伏地而拜，并不以神为虚妄，他说："我赤身出于母胎，也必赤身归回。赏赐的是耶和华，收取的也是耶和华；耶和华的名是应当称颂的。"第二次试探，撒旦让约伯"从脚掌到头顶"长满毒疮，他的妻子看不下去说："你仍然持守你的纯正吗？你弃掉上帝，死了吧！"约伯依然不以口犯罪，他的回答是："难道我们从上帝手里得福，不也受祸吗？"三个朋友听说了约伯受了祸殃，前来陪伴他，在与友人的辩论中，约伯心中的天平终于倾斜了，他开始抱怨自己遭受不公，进而指证上帝"善恶无分"："恶人为何存活，享大寿数，势力强盛呢？他们眼见儿孙和他们一同坚立。他们的家宅平安无惧，神的杖也不加在他们身上。"而且，恶人并不像琐法说的那样只是"暂时"亨通，他们安然"度过荣华富贵的日子"且"平安进入阴间"，这说明恶人在世的时候根本没有遭到任何"应得的报应"。另一位友人以利法听到约伯的抱怨，斥责约伯有罪。约伯则更尖锐地控诉上帝在罪恶前隐身，受苦的人陷于无助，上帝却不听他们垂死的祈祷，"在多民的城内有人唉哼，受伤的人哀嚎；神却不理会那恶人的愚妄"。这个控辩的过程，包括约伯的困惑和友人的斥难，其焦点在于"义人为何受难"的命题，约伯于其中体现出较显明的善恶的报应观，如刘小枫所言，"德行业果观的应验问题"构成了整个《约伯记》的"基本'视域'或曰精神空间"[①]，因此，"义人受难"的命题存在的基础是"对上帝赏善罚恶之公义及其权能形象的预设，它更像是人对自身以及社会上不公义现象进行矫正的渴望"，所以，约伯在与友人的辩难中，直接表达了与上帝直接对话的意愿，而上帝如约"从旋风中"登场了。

上帝并没有直接回答约伯的提问，而是抛出了一连串的反问，这些反问关乎星辰、大海、雨雪冰霜、河马鳄鱼等宇宙天地自然的

---

① 刘小枫：《罪与欠》，华夏出版社 2009 年，第 153 页。

设计，并显示自己对这些事物发生和运作的神圣掌控。如识者所论，上帝规避约伯困惑问题的核心，是提醒他注意他未曾注意的世界，那个世俗之外更广大的世界，换言之，上帝用"谋划"世界的视角"来置换掉约伯那狭隘的伦理世界视角"①。约伯在亲见上帝之后，表示："我知道你万事都能做，你的旨意不能拦阻。谁用无知的言语使你的旨意隐藏呢？我所说的是我不明白的；这些事太奇妙是我不知道的。"在上帝的神示之前，被造物对正义的理解只能在伦理和福报的框架之中，约伯的质问说到底还是一个无线膨胀的人的自我的不平，上帝显身重新演化创世的后果，告诫被造物如何在大千世界、万物芸芸中合理定位。如《传道书》3:10—11所言："我见上帝叫世人受苦，使他们在其中受经炼。上帝创万物，各按其时成为美好，又将永恒安置在世人心里，然而上帝从始至终的作为，人不能参透。"然后上帝训斥了约伯的三个朋友，因为他们"议论我不如我的仆人约伯说的是"，同时悦纳了约伯，不但让他"从苦境转回"，并且加倍赐给他所丢失的。可是在某种意义上，这也意味着《约伯记》的结尾又回到了约伯一开始持守的民间立场上，毕竟他收获了福报。② 新的问题也随之而来，"约伯顺服上帝，是因为他能面对面地认证进而承纳他的主人，而不是因为神圣的回答已彻底解答了他的问题的答案而使他豁然顿悟"。如果说，约伯的三个朋友循规蹈矩的回答遭到上帝的否决，那么，是否意味着约伯离经叛道的质问等于被赋予合法性了呢？"甚至在约伯本人停止质问的时候是否也继续要求回答"③？这些问题始终未获一锤定音的解答，却是每个信徒都要面临的问题。

《施洗的河》中，刘浪遇到传道人后，面对他的指引，对他所

---

① 王晓华：《约伯的困惑与超越》，《基督宗教研究》2015年第1期。

② 《圣经·约伯记》。

③ 汉斯－罗伯特·尧斯、胡继华译：《约伯的问题及其遥远回答》，《上海文化》2013年第3期。

言的"救"将信将疑的时候，如此问道：

　　"那为什么他不救被日本人杀掉的中国人呢？他为什么那么残酷无情呢？你让神为此向我道歉，我就信他。"

　　主呵！传道人脸色全变了，他的嘴里只隐忍地吐出两个字：悖逆！

　　刘浪像木头一样被钉死在那里，他被自己的话吓得不知所措。他预感到这句话有一个极其严重的后果，这个后果现在像利刃一样切开了他的心，那里的血喷涌而出。

　　紧接着小说转向写刘浪的得救以及他对天的祷告，祷告中说："从前我风闻有你，今天我亲眼见你。"这几乎重复了约伯对上帝的话。传道人用"悖逆"的一声呵斥告诉刘浪，他是无权去责问上帝的，但未正面回应刘浪的疑问，是刘浪自己在呵斥中醒悟到上帝超越人间道德的厚爱对他的恩典。

　　处于"信仰道路艰难挺进期"的北村又一次绕回到这个问题上。

　　《玻璃》写了两个男人的友情。小说题目似乎在暗示读者，主人公李和达特是一对同性恋人，但北村其实无意在同性的话题上制造太多噱头。李和达特读大学时都是赫赫有名的诗人，他们性情迥异，却是须臾不离的好友。达特豪放粗犷，富有领袖气质；李则像《水土不服》的康生一样，敏感纤细，拥有非凡的艺术悟性，达特称他为"一个最后的坚守者，孤独的写作者，一个边缘人，一个思想者"。离开校园之后，李一仍其旧，达特则在被诗歌圈的混子欺骗后开始放浪形骸，他将对诗歌的爱维系在李身上："他在写诗，我在赚钱，可是我要说，我们是在做同一种工作，所以，我一边赚钱，一边保持和他的联系，我即使做了不好的事，也可以到他那里，一谈起诗歌，我的罪孽感就没有了，诗歌好像有一种神奇的清洗功能，他的房间也好像是一个卓有功效的心灵告诫地。"

在这些段落里，北村仿佛又回到了十年前，让达特把爱与诗当作对翻滚于红尘中的肉身唯二的拯救之道。但是，虽然达特把李和他的诗歌视为通向精神崇高的纽带，李却无法再从仓促的时代里找到诗歌理想的光芒。在友人的指导下，李开始敬信基督，而他信神后第一件事就是把自己过去的诗作全给烧了。达特对此无法理解，因为那些诗作是他们一起坚守理想的证词。但是李认为，自己过去以诗歌为生命，现在以信仰为生命，必须弃绝过去才可能有真正的自我更新。出于对李的信任，达特跟着他四处布道。在一次传道的途中，一场意外发生的车祸夺走了一个虔诚的信徒的生命，这个事情让达特难以接受，遂终止了追随李的旅行。失去了诗歌，又不能说服自己信神的达特，如囚徒一样深陷在实利主义的空气里，变得愈发孤独和乖戾，他连一个对话的人也没有。最让达特感到彻骨之冷的是，面对人间罪恶如小说中提到的"婴儿汤"事件，神公然缺席了。达特在绝望的崩溃中杀了李，而后自己被判处死刑。

《玻璃》并未像很多读者期待的那样，给达特和李提供一个得救的善终，但相比前作，小说里的死并没有带来巨大的虚无感，这与《玻璃》大量采用辩驳的叙事有关。北村曾在《十读》给读者推荐过陀思妥耶夫斯基的《卡拉马佐夫兄弟》和舍斯托夫的《在约伯的天平上》，他指出前者建造了人类精神的巨大宫殿，"卡拉马佐夫一家的每个人，包括佐西马长老等，凡书中出现者都担负一个角色，代表一种出路，陀氏探求每一种可能性，并在巨大的辩论和诘难中前进"；而舍斯托夫的不凡之处在于，他对思想的表述并不依赖叠床架屋的繁复体系，甚至没有基本的逻辑框架，但是他"找到一种类似《圣经》的简单语式，通常是辩诘式的'争战'语式"[1]。北村喜欢的苏格拉底、尼采、克尔凯戈尔等伟大哲学家都采用过类似方式，所以从《玻璃》开始，他也尝试把辩驳带入小说。

---

① 北村：《十读》，《青年文学》1999 年第 8 期。

对比《水土不服》等作，就可更明显地看出，在 1990 年代前期北村对超尘、康生这些人物是带着一种裁决态度的，基本没有争战和辩难，那些被世俗麻木了心灵的人要么不发声，即便发声也构不成与超尘他们真正的对话关系，而且这时的北村也无意倾听这些人的声音。《施洗的河》最后，刘浪虽然与唐松、传道人和马大分别对话，但其实只有一个基督的主声部。但是在《玻璃》中，北村不再做一个凌驾于小说人物之上的赋权者，达特和李，包括叙事者老六，还有达特的女友芊、陈春等，每个人的声音都获得了尊重，他们不是作者裁判的客体，而是直抒胸臆的主体——这正是陀思妥耶夫斯基的做法。而这也可以解释，为何北村此时的作品有那么多的对话。有论者认为，由于北村兼跨编剧，小说创作自然受到剧本的干扰，所以大面积地采用对话来推动小说的叙事进程，并认为这是一种偷懒。但其实并非如此，话语成为《玻璃》的描述对象，是因为"小说的说话人，或多或少总是个思想家；他的话语总是思想的载体。一种特别的小说语言，总意味着一种特别的观察世界的视角，希冀获得社会意义的视角"，北村想把"灵魂论辩的维度"带进中国的当代文学。《玻璃》的叙事语言非常简净，使用大量生活口语，尽可能剔除冗余的修饰成分，而围绕信仰展开的对话则带有思辨的深度，两者形成截然不同的文风，也给小说带来一种很强的叙事张力。就这点而言，《玻璃》其实相当符合巴赫金讨论陀思妥耶夫斯基诗学问题时提出的著名的"复调"理论，"事实上，陀思妥耶夫斯基材料中相互极难调和的成分，是分成为几个世界的，分属于几个充分平等的意识。这些成分不是全安排在一个人的视野之中，而是分置于几个完整的同等重要的视野之中：不是材料直接结合成为高层次的统一体，而是上述这些世界，这些意识，连同他们的视野，结合成为高层次的统一体"，这也就是"复调小说的统一体"。巴赫金指出，陀氏小说的人物之间、人物与作者之间具有平等的对话关系，即便陀氏所反对的人，也牢牢捍卫他言说的权利，

"陀思妥耶夫斯基恰似歌德的普罗米修斯，他创造出来的不是无声的奴隶（如宙斯的创造），而是自由的人；这自由的人能够同自己的创造者并肩而立，能够不同意创造者的意见，甚至能反抗他的意见"①。

《玻璃》中，达特和李、老六，李和老六、老六和芊等围绕诗歌、商业、罪与刑罚和诗歌展开过多番的辩论，辩论的核心是"该与不该""爱与不爱""信与不信"以及是否要顺服"权柄"。这些问题应该也是北村在归信之路中反复掂量思考的问题，它们都是约伯之问的回响。比如：在达特因流氓罪被判入狱时，李坚决不同意用钱买刑期，他的理由是，"要遵守法律的权柄"。达特就问他，要是这个法律本来就定错了呢？是不是也要遵守？李说法律如果错了，责任由定法律的人承担，人总得相信些东西，不能什么也不信。达特说，要是我们相信的东西不可靠，我们不是完了？当达特又开始陷入堕落的生活中时，老六说他可以做得隐蔽一些，达特的反问是：只要没人知道，就可以干？又进而问道："什么时候的悔改是可以蒙悦纳的，是不是我只能犯一次罪，还是可以犯多次？就算一次吧，那么我就会计算好，我准备堕落了，就一次，因为只有一次，这次的堕落要物超所值，我不能既堕落了又什么没捞着，这样太没有效率。"李信教之后也试图引导达特接受信仰，达特就提出了一个问题：既然神是万能的，为什么允许罪恶存在？李说，他不是允许罪恶存在，而是给人有自由意志。……在发生了信徒摔死的事件之后，达特质问李："全车的人，为什么车门打开时恰恰是他掉下去，他是基督徒，神应该保护他才对，怎么全车的人都没事，就他摔死。"李说：主要接他回去了，他的地上的工已经息了。"达特说："你这是什么逻辑？……任何事都可以解释，那还有什么可说的？"李沉默无语。

---

① 巴赫金著，白春仁、顾亚铃译：《陀思妥耶夫斯基诗学问题》，《巴赫金全集》第五卷，河北出版社1998年，第4页。

在《玻璃》中，神迹没有发生，李对灵的虔心把达特逼入了死胡同，他接受不了李的说法，又不满意理想灵光溃散无余的现实，这最终导致了悲剧的发生。为什么北村在皈依了十年之后，反而不像十年前安排罪人刘浪的得救那样，给李和达特一条路呢？北村在比较托尔斯泰的《复活》和陀思妥耶夫斯基的《卡拉马佐夫兄弟》时，谈过这样一个观点，两部巨作虽然都认可宗教救赎是终极的救赎，但达成这个信念的过程是不一致的，托尔斯泰"好像一个得胜的圣徒"，写了"一个已经解决了的故事"，而陀思妥耶夫斯基则是"一个挣扎的信徒"，写了"一个未获解决的故事"。[①]《玻璃》虽然借李和芊之问，向世人传递了灵和信的命意，但是小说本身还是"一个未获解决的故事"，达特所有的质问，李都有回应，但这并未打消达特的疑虑，也未打消所有没有宗教之信的读者的疑虑，它们相对忠诚地投下北村心灵之"挣扎"的投影。达特在小说中虽然表现出具有毁灭气质和强力意志的非理性个性，但在与李的辩难中却一直运用或坚持一种理性的自明法则，所以当李谈到意志的时候，他总以思想回应。

达特和李关于理智和意识的辩证，同样会让人想到陀思妥耶夫斯基。陀氏在《地下室手记》中说："你们瞧，先生们，理性是个好东西，这用不着争辩，但理性终究不过是理性，它只能满足人们的理智的能力，但意愿却是整个生活的表现。"[②] 舍斯托夫基于此提出了"双重视力"说：一般人具有的只是"第一视力"，即天然视力，它只能看取由理性所辩护的物质和世俗的世界；陀思妥耶夫斯基还具有另一重视力，因为"有新的眼睛"，所以"看到了别的东西"，它超越于"第一视力"之上，"它使我们摆脱可靠性"，"赋予我们克服称作自明东西可能的希望"[③]。在陀思妥耶夫斯基笔下，

① 北村：《十读》，《青年文学》1999 年第 8 期。
② 陀思妥耶夫斯基、臧仲伦译：《地下室手记》，译林出版社 2004 年，第 201 页。
③ 舍斯托夫著、董友等译：《在约伯的天平上》，生活·读书·新知三联书店 1989 年，第 26 页。

"到处可见'天然视力'和蒙上眼睛的天使赋予他的超天然视力之间联系不断的对质"，且第二视力没有因为其超越性就能轻易在与第一视力的较量中占得上风，陀氏在"两种视力"间反复考辩对质，显现了那个理性逻辑的顽固。[①] 北村也是这样，在《施洗的河》等前作中，他因为拒绝对刘浪等的获救做出解释，而受到批评界的指摘。在《玻璃》中，他借李和芊之口做出了解释，但又让达特不断质疑这些说法，最终让小说具有深刻的复义。

两年后，在长篇小说《公路上的灵魂》中，北村再一次把读者带进一个关乎信仰和意义的论辩场。

《公路上的灵魂》被认为是"中国第一部探讨冷战后全球范围战争性质变异的奥秘和人类灵魂争战的作品"[②]，不过出版后并未引起评论界和读者太多关注，北村自己也很少谈论这部小说，但在主旨架构上，它的意义却不可小觑。小说以中犹混血儿铁红口述实录的形式，通过三代人的恋爱和寻找，不但串联起中美和以色列三国半个多世纪的时代风云，更把对战争的反思作为表述的焦点推到了前台。铁红的母亲伊利亚是德国裔犹太人，二战时为躲避纳粹对犹太人的迫害与自幼青梅竹马的邻居阿尔伯特逃亡中国。在著名的滇缅公路上，伊利亚与中国人铁山相识并结婚。定居中国的伊利亚，先经历了抗战、内战、"土改"和"文革"，终因和铁山的信仰差异选择离婚。"文革"爆发的第二年，她带着女儿铁红回到建国的以色列，却不料卷入中东战争。伊利亚后来又嫁给早在中国就认识的美军飞行员马克，移居美国。铁红长大后回中国寻找生父，却在金三角的另一条公路上遭遇了和一个叫罕的青年刻骨铭心的爱情。罕的生父正是和伊利亚一起逃难到中国的阿尔伯特，当年伊利

① 舍斯托夫著、董友等译：《在约伯的天平上》，生活·读书·新知三联书店 1989 年，第 61 页。
② 陈佳冀：《信仰之路上的灵魂救赎——由北村的〈公路上的灵魂〉谈起》，《中国海洋大学学报》2011 年第 1 期。

亚选择铁山后，阿尔伯特与国民党军中的一位女军医张理蕙结婚，生下了罕。他的养父张成功是铁山的上司、国民党的一位团长，大陆解放后，他率部到金三角种植罂粟牟利，人称"鸦片司令"。因为一直深爱张理蕙而不得，遂出于嫉妒绑架了罕作为养子。铁红的爱将罕从毒品世界中唤醒，他为追求信仰而献出生命，这也彻底改变了铁红的人生。三十年后，铁红的儿子约翰因为"911"事件踏上了伊拉克战场，却对自己的信仰和参与的战争充满了疑惑。

从上述的梗概不难看出，就情节层面而言，小说交织着战争和爱情、忠贞和背叛，再加上飞虎队、土匪帮、金三角，这些元素的调配足以保证小说能成为一部规模宏大、引人入胜的传奇史诗，北村显然也具备这样的笔力。然而北村却避开了这样的路数，就像小说开头部分写到的，如果用人们耳熟能详的"爱恨情仇"这个词来理解这个复杂的故事，那就是对小说人物"最大的不敬"。小说中的每个人物都是北村精心设计的，他们有不同的信仰，所以围绕信仰会衍生各种讨论，形成"争战"。伊利亚和阿尔伯特是犹太人，犹太教的信徒，尤其阿尔伯特，终日把《旧约》带在身边，即便在战争严苛的环境下也恪守犹太教的教义，晚年丧子丧妻的他到了美国，在一个地窖中，苦读《塔木德》。另一位从小和伊利亚一起长大的街坊德国小伙卡尔是基督徒，后来却被希特勒的演讲鼓舞着近乎陶醉地去参军，战争让他截肢，半生潦倒，他却不认为希特勒有罪。铁山虽加入国民党，但却是虔诚的共产主义信仰者，他研读《资本论》到痴迷的地步；"内战"爆发后，他第一时间率部下向解放军投诚；在参与"土改"等运动时，他以坚定的革命意志履行党交给的工作；他无心仕途，转业后去党校任教，在与党校同事的交流中，展现忠诚的信仰，让其他人相形见绌；一直到暮年，他还是坚信共产主义的前景，认为革命的受挫是暂时的，只是个别执行者走了弯路。马克是信仰基督教的美国人，铁红的丈夫大卫是在美国的犹太人，他们的儿子约翰在伊拉克战场上遇到了信奉原教旨主义的穆斯林。在金三角的张成功一开始的信仰是罂粟，但后半生饱受意义的困扰，开始读铁山送给他的《资本论》，但最终沉陷于金钱之中。罕则继承了生父和养父的气质，一直寻找意义，直到铁红交给他一部《圣经》。

小说几段争辩都让人印象深刻。比如阿尔伯特和伊利亚帮着马克拉飞机时，马克和阿尔伯特便爆发了犹太教和基督教最核心的论争，马克认为把主耶稣钉上十字架的是犹太人，因为他们不相信弥赛亚就是耶稣。阿尔伯特却坚称是罗马人钉死耶稣的。马克说犹太人因为不信仰《新约》，所以才像羊群一样被击散。他声称自己信仰"纯粹的基督教"，这让阿尔伯特想起来在德国时德国人以"纯粹"为名对犹太人的屠杀。

又如，铁山试图劝阻张理蕙跟随阿尔伯特去以色列，理蕙表示自己已经信神了，这让醉心于新时代建设的铁山非常不解，他告诉理蕙："一个讲希伯来话的神，成为了一个中国女人的神，你就是把我关一万年禁闭我也想象不来这个道理……没有神，从来就没有什么救世主，一切都是你想象的。这神从来没有救过阿尔伯特，也没有救过伊利亚，没有救过你，否则阿尔伯特为什么要逃到中国来？是中国救了他，不是神！"

还有，约翰在伊拉克看到实施自杀式袭击的圣战者死前的镇定，甚至在执行任务前还帮助一个女人找回了包。他的疑问随之而来："从小我都被教育，真正的信仰能让人在死前对死亡毫不畏惧，反过来说就是，如果有哪一种信仰能超越死亡，它就是真信仰。那么，赛米是超越死亡的，因为我亲眼目睹，他真的视死如归，按上述推论，那么他信的是真信仰。有一个问题出现了，如果他信的是真信仰，那么我信的是什么呢？从小外祖父母和我的父亲母亲都教育我说，天地间只有惟一的真神，如果赛米信的是真神，那我信的是什么？即使我们信的都是，我凭什么要来这里为他们而战？我要给他们什么呢？"

约翰的困扰引来他父亲的不满，老马克决定召开一个基督徒会议，并把铁山和阿尔伯特这两个其他信仰者也请来列席，众人开始了一场大辩论，小说也由此进入高潮部分。马克是辩论的主导方，他让众人先读几页《圣经》，随后谈道：

> 在《创世纪》二章七节：神用地上的尘土造人，将生气吹到他的鼻孔里，他就成了有灵的活魂。这就是说，魂，这个包括人的心思、意志、情感的人格部分，是在神的灵和人的体相结合时才产生的，也就是说，人有三部分，一是灵，其中包括良心、直觉和交通。就是说，这是人里面专门和神来往的机关，灵和体相结合才有了魂，说明只有神的灵点醒人的灵之后，和体结合后产生的魂，即人的个格，才是有意义的人格。可是人堕落了，人堕落后最大的最重要的一个罪不是杀人放火，而是从灵堕落到魂里，即堕落到人的心思里，人最大的罪是心思向神独立，自己开始代替神思考。
>
> 人首先堕落的是魂，就是人自己开始独立思考，向神独立。这个独立的生命是坏的，是撒旦。……我们得救信主，是人的灵被点活，重新由神自己来分辨善恶。人开始恢复希望。但这只是人的得救，基督徒还要得胜，就是生命变化，这个过程是漫长的，是灵生命对付我们旧的魂生命，一直对付到我们的心思得救。你们看到了，人先从灵得救，然后是魂，就是心思得救，最后是身体得赎，配上一个荣耀的身体。

大卫认为马克此说否定了人的思想文化，太强调神是一切，如果神是一切，那么人堕落的"魂"也是上帝所造，该怎么解释？

马克说，魂有功能和生命，堕落的是魂的生命，而不是功能。

这就与约翰的困扰有关了，他解释道：

> 一个人视死如归，并不说明他的信仰是真实和正确的，就像中国的"文化大革命"。不怕死并不等于超越死，因为魂已经堕落，它不能辨别真正的善恶。即使你信仰一个宗教，你也不见得信入了真理。如果你的信仰是不对付你的魂生命的，你就比不信的人更可能错误，更固执地执行错误。因为你似乎站到了真理的立场上，有了一个更大的精神资源，但却因为你的魂——就是独立的生命，你的危害就更大，因为你更有迷惑性，你不犯那些小的错误，但你却犯大的罪恶，那个炸弹客在实施爆炸前会去为一个女人抢回皮包，可他却在做了一件好事后，马上实施了爆炸，这并不奇怪。他的爆炸炸死了好几个他自己的同胞，他也不在乎，却在乎一个女人的包，这是多么奇怪而有意味的事情？不，这不奇怪。一个没有信仰的人可能因为他残存的良知，不会也不敢做大的坏事，可是，一旦你信入宗教，你又不对付你的旧生命，你就不但会犯罪，而且可能犯比常人更大的罪恶，还更兴高采烈。

马克指出，不把灵和魂分开，任何宗教都没有实际的意义。对此，大卫表示，自己已经得到救赎了，所以他不在乎灵和魂的区分。马克认为，大卫是得救了，但还没有"得胜"，他说：

> 你的灵被点活了，你有了一个新生命和新地位，你的罪行已被赦免，但你还有罪性，这是无法赦免的，只能通过基督的得胜的能力来释放。这样，在你的里面就有了两个地位，一个是新造的人，一个是天然的旧人，前者是属灵的，后者是属魂的。你虽然是一个基督徒了，但并不

能说明你就已然成圣，不会有错误了。你回到魂生命的老我中，你就马上犯和不信的人一样的错误，不信的人说不定还知道什么是错，你却因为自以为掌握真理，反而不会认为自己有错。普通人做坏事还要悄悄地进行，因为他不管信不信上帝，都是他造的，都有良心的反应，但一个似乎掌握信仰的人，却因为落入魂和天然里，而有可能高举良心做坏事。所以，灵和魂一定要先分开，就是神和人先分开，人才能真正敬拜神，人才能真正辨析什么是神的旨意，什么只是人的血气，否则，这地上可能充满了人的宗教，却没有真理，充满了人的仪式，却没有信仰。把人和神先分开，人才能真正谦卑下来，大卫，这三十年，你没有学到一个最重要的功课：谦卑。

辩论中，北村依然尊重了其他的声音：铁山抛出"辩证法"，试图将马克说的这一切纳入到他习惯的马克思主义的分析框架中；阿尔伯特则觉得马克说得太玄妙了，不如谨遵戒律和教义，按部就班去做就好；约翰从中的体会是，出于良心做坏事比出于罪做坏事还可怕。不过，占据话语中心的马克最终说服了约翰，让他懂得"信是所望之事的实底，是未见之事的确据"，信就是信本身而不是其他。《约伯记》中，上帝对约伯的启示性也在于此，它是非逻辑的，用马克的话说就是，"人的无理是逻辑不通，神的无理却从信心创造出万有"。经过论证的信仰，因为被人的理性辖制，所以反而是悖谬的。

马克的声音显然代表了北村个人的立场，此前他即提出过对"灵生命"和"魂生命"之不同的思考。值得注意的是，这里对"得救"和"得胜"，以及"成圣"的强调，预示着北村小说"终极之境"的到来。也许读者会有疑问，既然马克是代表作者发声，为何不用他的独白来强调自己的站位，而一定要处理成对话呢？那是因为只有在对话中，才可能更大地完善、扩展和深化自己的观念，这也是复调小说的意义所在。在杂语喧哗中，作者的意识才会"获得积极的扩张，而扩张的方向不仅仅在于把握新的客体（各种类型的人物、性格、自然和社会现象），却首先在于与具有同等价值的他人意识产生一种特殊的、以往从未体验过的对话交际，在于通过对话交际积极地探索人们永无终结的内心奥秘"[1]。

因为要给这样的"大型对话"留够空间，所以北村在处理这个具有传奇色彩和时空跨度的小说时采取的是一种极简的、以点带面的方法，情节层面设计的内容很多，但展示的很少，只是少量的信息交代，以及对必要事件的连缀和叙述。巴赫金在谈论陀思妥耶夫斯基小说情节上的特点时，曾指出陀思妥耶夫斯基的小说并不回避惊险性，而且有时还会强调平凡生活中异常元素的加入，但是，在陀氏那里，惊险的情节是同深刻而尖锐的问题结合在一起的，是服从于思想的，人和人在不同寻常的情境发生冲突，其目的在于"考验思想和思想的人"，也就是"人身上的人"[2]。如小说中伊利亚被红胡子等悍匪劫掠，铁山、马克英雄救美，一个孤军深入，一个飞机支援，但小说却并不在如此惊险的情节上多费笔墨。又如，后半部分铁红为看望铁山，借道金三角，深入毒枭大本营，爱上毒枭养子，也是令人称奇的情结设置，但接下来读者就会发现，铁红和罕的爱情如何展开并不是作者关注的，让他们在一起是要两人就父辈与各自的信仰问题展开交流。总而言之，《公路上的灵魂》只留情节的梗概，却容纳了宽广的心灵世界。

---

[1] 巴赫金著，白春仁、顾亚铃译：《陀思妥耶夫斯基诗学问题》，《巴赫金全集》第五卷，河北出版社 1998 年，第 91 页。

[2] 巴赫金著，白春仁、顾亚铃译：《陀思妥耶夫斯基诗学问题》，《巴赫金全集》第五卷，河北出版社 1998 年，第 139 页。

四

　　巴赫金曾记录下陀思妥耶夫斯基一个重要的细节，在他创作历程的最后时刻，曾在记事本中这样理解他心目中的现实主义："在完全采用现实主义的条件下发现人身上的人……人们称我是心理学家，这是不对的，我只是最高意义上的现实主义者，也就是说，我描绘人类心灵的全部隐秘。"① 很多年后，在面对一个关于现实主义话题的提问时，北村说了同样意思的话："不是因为你写了酒吧，写了城市景象、城市人群，然后你就可以说你写出了当代城市的真实体验，并不是这样的。你要永远围绕人的状况、人的精神状况，写出你在当下现实里面是怎样的一种内心经验。"②

　　大概任何一个经受先锋文学淬炼的小说家都会面对现实主义的问题。现实主义与二十世纪的中国文学之间似乎有一种宿命的契合关系，面对严酷的时局和生命的危难，任何沉湎于性灵的自我陶醉和对艺术的潜心雕琢对于这个百年忧患的国度而言都不啻是一种罪过。好像只有那直面人生的、饱含血泪与泥泞的现实主义才恰如其分。故而现实主义在二十世纪的中国除了指一种特定的文学思潮、一种文学精神和创作手法之外，它还一度成为评价作品艺术价值的标尺，甚至是评价作家立场归属的标尺。1980 年代发生的先锋文学浪潮的转向，其背后的动因以及整个过程无论多么复杂，在很多后来的描述中都会有一条不约而同的表述，即强劲的现实主义回潮对现代主义艺术探索的压力。而且，"在 90 年代，对现代都市生活物化现实的表现，在文学创作中得到前所未有的展开。由于与现实社会的发展保持一定的同步关系，这些作品往往重新被'现实主义'

———————————
① 巴赫金著，白春仁、顾亚铃译：《陀思妥耶夫斯基诗学问题》，《巴赫金全集》第五卷，河北出版社 1998 年，第 79–80 页。
② 北村、姜广平：《我基本背对着文坛写作》，《西湖》2012 年第 7 期。

理论整合"。①

　　评论界在评价北村皈依之后的创作时也经常会使用"回归现实主义"这样的说法,一个明显的倾向是,除了日益凸显的信仰表述,他小说中保持与时代共振、取材现实生活素材的内容也多了起来。在他这个特殊的"信仰艰难挺进期",除了我们前面提到的作品外,像《公民凯恩》《芦苇陈林》《心中不悦》《病故事》《被占领的卢西娜》《发烧》《另一种阳光》等作的现实指向都是相当明确的,国企改革造成的下岗工人的失业困境,广告公司业务员外表光鲜、内里寒碜的生活,农民工被侮辱和被损害的打工经历,SARS疫情中的社会乱象,职业教育的师生之困,等等,都被他关注,并做了文学转化。再加上这一时期,他基本采用日常性的语言叙事,规避任何不必要的缠绕和修饰,一反自己先锋时代的繁复文风,好像也在给外界传递一种"现实主义"的审美感知。但是对现实生活的取材和开掘,并不意味着就自然进入现实主义的写作观念了,现实主义还包含着一个"现实"和"主义"如何自洽的根本问题。北村自己对此有一个清晰的认知,他说:"绝对不是写了当下的生活现象就是现实主义,或者说作品有当代性就是现实主义。"而且,他认为现实主义比现代主义、后现代主义都要艰难,因为对很多人来说,它是现成的逃路,可以轻松沿着这条路逃逸,但是这种"轻松"背后是作家态度和良知的淡漠,把浮皮潦草的观察和不曾深扎的经验等同于现实,又把这没有根基的"现实"说成是"现实主义"②。

　　北村这一时期不少小说都以底层群体为对象,也有不少对底层苦难经验的书写。事实上,底层写作在成为新世纪最为强劲的一股文学思潮之前,在新时期已经潜滋暗长,也是1990年代现实主义文学聚焦的书写向度之一,如一阵飓风袭过文坛的1996年"现实主义

---

① 洪子诚:《中国当代文学史》,北京大学出版社1999年,第391页。
② 北村、姜广平:《我基本背对着文坛写作》,《西湖》2012年第7期。

冲击波"的代表作，像《九月还乡》《学习微笑》《分享艰难》等就关注并表现了基层百姓生存的困窘和心灵煎熬，"这些作品中的人物，不仅生计成了问题，而且为了自己尤其是众多工友和乡邻的生计，不得不躬行一种为自己所不能认同的价值行为，从而不得不忍受由此造成的心灵自戕、人格自渎的深在心灵悲剧"[1]，其主旨与新世纪的底层书写并无二致。北村的几部小说在情节上也可纳入到这个框架下来讨论，不过，细读就会发现，北村对底层苦难的关注在人文主义的忧戚之上还别有所求，他没有止于"分享艰难"，而是在艰难中拷问罪、恐惧、良知和忏愧这些更根本的命题。于他而言，"苦难"既是一个现实情境，也是一个映射心灵的棱镜。

比如《被占领的卢西娜》，在情节上这个小说并未提供太多新意。为了寻找自己喜欢的男人，一直生活在偏僻山村里的卢西娜一个人跑到南方打工。她没有找到心上人，自己却患上白血病。走投无路之下，卢西娜只得靠出卖自己苟延残喘下去，但她第一次卖身就被一个农民工抢劫，这屈辱的经历也成为她心中无法抹去的污点，在生命的最后，她回顾自己一生，唯愿清白死去。所谓"男杀人女卖身"，有太多的底层写作把底层的苦难经验化约为出身贫贱的男人被迫行凶、女子被迫卖身求生的悲剧，这种情节固然可以借由杀人或卖淫的不道德和泅渡苦难的道德的背反张力营造一种特别悲情煽情的阅读效果，底层本有的多样化的道德构成和人性的丰富也一并被删削，苦难既是博取读者同情与眼球的素材，也成了人物走向反道德之路的一劳永逸的借口，事实上这大大缩减了底层写作立场本应具有的伦理表达的广度和深度。《被占领的卢西娜》多少也有这样的问题，卢西娜进城即被欺骗，心怀善意却遇人不淑，苦苦求生而染重疾，这些叠加其身的苦难更像是作家的预设，没有一种真正的切身之感。不过，当卢西娜像其他很多底层叙事的女性那

---

[1] 孔范今：《90年代现实主义的两次冲刺》，《时代文学》2000年第4期。

样被迫要走上出卖自己的自渎之路时，北村却在很短的篇幅里写出了这个弱女子灵魂的震颤。卢西娜只是出于要活命要吃口饭的卑微动机，但她无法原谅自己，她为此一次次地痛哭，哭泣自己失去了庄严、平静地死去的机会，未曾解决的罪的问题使卢西娜对日益迫近的死亡充满了恐惧。有一天，那个强暴了卢西娜的民工阿土又一次出现在她面前，他是来认错的，染上肺结核，让他觉得这是对自己罪恶的惩罚。虽然自己没有钱付给卢西娜，但阿土愿意留下照顾她，以此作为补偿。卢西娜也向阿土认错，认为自己勾引了阿土才导致阿土犯罪，然后带着"我认了罪，现在我的心彻底平安了，可以死了"的坦然而死。或许是为了契合《圣经》"你们要彼此认罪"①的规约，阿土和卢西娜认罪后得到的心灵宽慰让这个带有底层苦难叙事惯性的小说也变得不一样了，北村既没有让卢西娜因为求生本能，就放任她堕落，也没有在传统道德上对她指控，而是让她自己在心灵的挣扎里悔悟，当人怀着懊悔的心谦卑承认自己的罪时，她将因此开始了脱离罪的辖制。

《芦苇陈林》里的陈林所在的水泥厂遭遇经营危机，已经有不少工友下岗，朝不保夕的陈林始终处于一种恍惚的精神状态。在小说一开始，北村如"现实主义冲击波"的那些小说家一样，在沉滞压抑的气氛里展现了水泥厂日趋破败的现实：为买断工龄讨价还价的工人、依然视厂如命的老技师、集体浴池里关于退股的争论、有气无力的大烟囱。不过，接下来北村并没有把笔墨集中于陈林遭遇的物质困窘，而把重心放在他那种我无根的漂浮感上，相比于已经下岗的工友，陈林的境遇还算不错，但是他对上班越来越恐惧，每次横穿马路都仿佛一次险象环生的冒险，他生活了多年的城市突然以狰狞的面孔朝向他："犹豫不决使陈林永远只能滞留在马路的这一边，偶尔有几次他闯到路中央又不敢走了，疯狂的车流使他

---

① 《圣经·雅歌》5:16。

魂飞魄散。"陈林得了肺结核被送到医院就医，他疑心自己得了绝症，被一种神秘的力量蛊惑着，他逃出医院，朝向车流汹涌的马路跑去，最终殒命。很难说清，陈林之死是自杀还是事故，但正像小说的题目所暗示的，关键的不是陈林如何死去，而是一定会死去，因为他只不过是一根芦苇，一根脆弱的草茎。因此，"芦苇"一方面传递出一种被时代甩出轨道的脱序与虚无之感，小说以轻逸来写沉重，没有对苦难的铺排，却毫不减损面对现实的犀利，其内含的对底层苦难的探讨更深切地贴合了生命与生存感受的褶皱；另一方面，小说中出现了一个穿白西服的人，他曾帮助畏首畏尾的陈林过马路，在陈林奔向车流的瞬间也曾看到他的身影。"白西服"是陈林的想象，还是超验的存在，小说并未明示。《马太福音》说："压伤的芦苇，他不折断；将残的灯火，他不吹灭。"这句话道出上帝巨大的恩慈，不过，那如草茎一般的陈林是得救还是被折断呢？小说同样未予明示，这反而赋予小说更大的包容力，以及把生活经验提升为生存经验的可能性。

在塑造城市白领形象时，北村用了同样的方法。《公民凯恩》是他这一时期中篇的代表作。小说里的凯恩是一个广告公司的业务员，他衣食无忧，但梦想过更体面的生活。他有一个稳定的家庭，也受圈子习气的影响，有一个情人。在小说开始，他正准备装修房子，并计划买一辆汽车。然而接下来一系列的事情，让他的人生跌到了谷底。先是他的恩师金老师被查出得了绝症，这让凯恩很茫然，因为金老师是一个达观和善良的人，却身遭恶疾。凯恩与情人幽会，被情人丈夫撞见并被勒索，他无力支付勒索金，想买彩票转运却是一场空；情人丈夫报警，凯恩要被治安拘留，幸亏好友借钱相助；公司头目窃取了他的创意，他据理力争，却被扫地出门；妻子发现凯恩与人有染，要与他离婚；朋友催他还钱，他无奈之下去找情人，情人拒绝，他在近乎疯狂的情况下刺伤了情人；妻子后来选择原谅他，可他却觉得没法从头开始了，当"各种倒霉事就像一桌筵席一样摆在他面前",凯恩的生活节节败退,"那个有理想的正直的陈凯恩已经死了"!小说中的凯恩不是一个坏人,虽然他生活不检点,私会情人,被朋友撺掇出入声色场所,他爱慕虚荣,贪图安逸,在城市金钱至上的氛围载沉载浮;但同时他良心未泯,工作勤勉,对老师对朋友都以诚相待,而且自始至终心里还都给理想留下一方不容掩盖的空间。小说起名叫"公民凯恩",不止是对奥逊·威尔斯著名同名影片的讨巧,更因为凯恩这个形象凝结着社会多数人一种共通的心理,这个命名有巨大的隐喻性,北村所写凯恩的种种失节,并非"绝对的邪恶",而是"可哀的罪孽"!就此而言,我们每个人都可能是"公民凯恩"。

在小说的最后,被妻子重新接纳的凯恩,内心始终无法落定,他选择了出走——北村说:"后来我写到他出走。如果按现实主义的方式写,写到出走之前就行了"[1]——去寻找人生的答案。凯恩先去医院看望金老师,金老师已经病故三天,生前给他留下一个纸条,其中写道:

> 我不忌讳谈死亡,否则我们就失去谈论人生最平等的那件事的机会。死亡并不可怕,可怕的是活着的黑暗。真正的死亡是进入生命的一步,他把我引入永恒的生命。因此,死亡不能只看出一种失败,生命中唯一能肯定的却是死亡,而活着时没有尊严则可能是非常失败的。

凯恩带着老师的纸条上路,他去了一个遥远的气象站,那里有他一个隐居了十几年的同学。这位写诗的同学当年在大学毕业时选择到气象站工作,十几年未改心意。凯恩在大山深处找到了这个多年未见的同学,他变得苍老又沉默。因为同学的木讷,凯恩和他交

---

① 北村、姜广平:《我基本背对着文坛写作》,《西湖》2012 年第 7 期。

流很少，但觉得他的心灵一定是超脱宁静的。然而有一天同学外出未回，凯恩在房间里点起灯，在同学床内侧的墙上发现了一大片黄黄的精斑。凯恩大吃一惊，脑中一片空白，同学的形象开始坍塌。他还在同学的书中发现了一首题为《哀告》的诗歌：

在隆起的世界上，我什么也不是。
卑微啊！我伏于地，我丧失了说，
熙来攘往的灰尘，终日唾着我的脸，
连心中的悲哀，也是你放进来的。

仅是块抹布，为你工作，为什么？
锅台干净了，生锈的烟囱显出亮光。
玻璃窗也轻灵如孩童的眼睛——
我擦拭它们，自己却不曾快活？

难道能说那些污垢不在我身上？
我拼命洗刷别的灵魂，以至自己
的一个尚未揉搓，水就已浑浊。

陈凯恩心有所动，第二天他告别了同学，驱车返回城市，路上他感觉自己仿佛行驶在一个童话里，"他在城市里经历的一切，连同气象站的情景，都像是一个梦。一个是上半夜的梦，一个是下半夜的梦"。

上面所引《哀告》一诗的作者是释弘悯，北村大概是在好友朱必圣那里读到的这首诗[①]。北村说："当时读到这首诗的时候，我很

---

① 《文艺评论》1997年第6期刊发了朱必圣的《不幸的诗歌》一文，其中引用了这首诗作。据朱必圣介绍，此诗出自民间诗刊《声音》1996年第4期，作者释弘悯是位僧人，履历不详。

震动，我觉得那个人是多么痛苦。他说，我像个抹布一样，还没有把别人擦干净我自己就先浑浊了。这就是一个人在追求理想境界时遇到巨大障碍时的痛苦。这种痛苦与一般人的痛苦不同，有很内在的内容。"[1] 正是这"内在的内容"让《公民凯恩》这个选择"当下的生活现象作为载体"的小说陡然获得了心灵的高度。凯恩的出走是为找寻人生的意义，也是对自我灵魂的救赎，金老师的视死如归与隐居同学在自渎中的坚持，既给出了答案，又消解了答案。而北村并不认为这寻找的部分是"现实主义"的原因在于，他想让自己的写作与不触及心灵、只展示行为的所谓"现实主义"保持必要的区隔。其实，北村的这一坚持其实反而更接近了经典现实主义的理解，比如在恩格斯、卢卡奇等对现实主义的论述中，他们并不特别看重现实主义怎样客观再现，而是强调作为一种"思想结构"的现实主义在呈现作为"总体性"的生活方面不可替代的价值意义。因为在当代时期，现实主义和意识形态的胶合关系，进入新时期后，很多作家一度对"总体生活"这样宏大的概念退避三舍，以为个体的痛痒会被总体性淹没，但这种看法其实误解了现实主义也误解了现实。所谓的"总体性"并非不及物的空泛概念，而是强调不要把对象孤立起来，要深入事物的内部，把孤立之物作为历史和现实发展的环节来理解。北村并没有谈到过"总体性"这样的概念，但他反复言及的"心灵""内心""良心""灵魂"等其实带有对一个时代精神世界予以观照的深切自觉。

---

[1] 北村、姜广平：《我基本背对着文坛写作》，《西湖》2012 年第 7 期。

第四章 "安慰"三书

一

　　2005 年 11 月 12 日，北京铁血科技有限责任公司主办，新浪网读书频道、北京修正文化发展有限公司和凤凰网协办的"铁血文学论坛作家交流座谈会"在北京翠宫饭店召开，北村和多年的好友批评家朱大可、导演王超、诗人宋琳以及网络作家慕容雪村、张轶、卫悲回、卜晓龙等作为对谈的双方参与了会议。会议名为座谈会，但实际更像是关于"传统文学与网络文学，谁能走得更长久"的超长辩论赛。代表新兴网络力量的慕容雪村在发言中咄咄逼人，认为随着各种图片影像以及网络阅读等全新阅读模式的出现，传统文学的死亡"指日可待"。这引起北村的强烈反对，他指出，写作是心灵、技术、艺术等多方面参与的作品构筑行为，无法通过网络体现。数天后，北村在自己的博客中贴出题为"不要相信'文学灭亡论'"的文章，激愤之情仍历历可见，对于慕容雪村在座谈会上谈及的文学可以不为道德负责的说法，北村针锋相对地指出："如果作家只是一个客观的记录者，他放弃灵魂探索和道德纠正的使命，不但他无法正确描写苦难本身，他自己也将陷入黑暗。因为没有光就不明白何为黑暗，对光的敏感带来对黑暗的洞察。如果作家放弃把光作为校正黑暗的指标，就无法做到如加缪所说文学对人性的'纠正'。"在文章结尾，他有些悲壮地说道："我可以断言，即使真的人类中所有作家都放弃了文学，只要我这一个作家不相信，只要我一个人还在写，文学就不会死亡，因为我不'相信'文学灭亡论。"北村与慕容雪村的这场论争成为其时一桩不大不小的热点文学事件，引来众多媒体的持续关注。今天来看，北村的观点是对的，而且对战的另一方慕容雪村日后也因为《中国，少了一味药》等非虚构作品成为很有道德承担的写作者。北村在这场争论中体现出的义愤和对文学的赤诚，则是他此时创作状态的一个直观反应。

新世纪前后，在"信仰挺进期"不断自我调适的北村，在创作中时而绝望，时而希望，他说："直到有一天我意识到：我可能只是一个器皿，我的个人如果不再以光和盐的方式存在于世界，我的所有追问和纠结不但没有意义，还会被心思缠绕以至于陷入黑暗，最后令我信心陷落。这次的转向如光刺透黑暗幕帘，直接导致了《公路上的灵魂》《愤怒》和《我和上帝有个约》的写作。"[1]《公路上的灵魂》出版于2005年，《愤怒》出版于2004年，《我和上帝有个约》出版于2006年。它们共同佐证了北村所描述的自己创作的第二次转向，和1992年那个神示的时刻一样，它"如光刺透黑暗幕帘"，再一次带给北村巨大的变化，这种变化最直观的体现便是他"不愿再写绝望的东西"，而朝向希望和光明的写作也成为他疗愈自我的形式。

其中，《我和上帝有个约》出版后成为北村又一部"现象级"的小说，不但被改编成热播电视连续剧《如果还有明天》，还接连斩获"华语传媒文学大奖"2006年度小说家奖和第二十八届"汤清基督教文艺奖"——前者是由南方报业集团于新世纪设立的坚持"公正、独立和创造"原则的著名的民间文学奖，后者是汤清博士及夫人汤张琼英女士为奖励华人基督徒的文艺创作于1979年出资设立的

---

[1] 北村：《文学的"假死"与"复活"》，《厦门文学》2010年第7期。

一个奖项。一部小说同时被文学圈和教友群体认可，这说明北村在信仰和文学之间找到了一个恰当的平衡。不过，北村自己则将之归功为第二次转向后新建立的写作经验，他说："如果说过去的写作仅仅是一个基督徒以作家惯有的思维方式发表他的体验、才华和情感，基督教仅仅作为一种价值观在支援作家的写作，那么，从这部小说开始，我试图作出一个大胆的尝试：以一种祷告的灵来进入实际的写作。这是一次新奇的独特经验，每天早晨我坐在书桌前，开始我一天的写作的时候，我会把我今天要写的所有情节和人物全部祷告在上帝面前，求主给我直接的启示，他甚至可以指导到我写作的每一个细节和每一分情感的表达。"[①] 北村的坦陈让我们想起皈依后不久他曾说过的一句话："我对这些作品没什么好说，我只是在用一个基督徒的目光打量这个堕落的世界而已。况且文学是极其无力的，最好的文学也只能接近一种可能准确的诊断，却从来不开药方和治疗。"那么，"基督徒的眼光"和"祷告的灵"的不同在哪里？那就是他冲破了这个堕落的世界，真正收获了"光明照亮黑暗时所呈现的暗中之喜"。

让人意外的是，在《我和上帝有个约》之后，北村几乎停止了小说创作，除了 2008 年在《花城》发表了中篇《自以为是的人》，他在文学刊物上几乎销声匿迹了。繁重的编剧工作榨取大量的时间，让他无法以落定和沉稳的心态投入到小说，他又不能忍受将剧本再作二次转化的"一鱼两吃"。制片方会对编剧提出各种要求，甚至在北村看来是相当荒谬和无理的要求，每次与制片方的协商都是漫长的拉锯，让他身心俱疲。在后来的一次采访中，他向记者追忆过这样的情形：在漆黑之中，努力闭眼入眠，却感觉身体在急遽下落，坠向一个不见底的深渊，让人瞬间惊醒，疲惫感随之爬满全身。除了之前的糖尿病，他还受到了神经官能症的困扰，"一直想

① 北村：《让社会因爱和宽恕达成和谐——汤清文艺奖获奖致辞》，见北村博客 http://blog.sina.com.cn/s/blog_488efcbb0100byaj.html。

写小说，一直没时间写小说，神经很紧张"。与此同时，北京恶劣的气候也让这个南来的游子越发思念故乡。2010 年以后，北村回老家的时间越来越长，从开始每年的半个月，到后来每年都有两个月待在福州。2015 年冬天，北京城雾霾深重，虽然依然有制片人开出优厚的报酬约请北村操刀某剧本，但他已下定决心告别京城的编剧圈，选择回乡。2016 年年初，他住回到福州郊区的家中，感觉自己的精神状态好了很多，而小说创作的冲动又不可遏止地迸发了，在很短的时间里，他完成了自己十年来的又一部长篇，这就是先刊发于《花城》2016 年第 5 期、又由花城出版社推出单行本的《安慰书》。

在 2016 年，除了回归小说创作之外，北村还获得了一个让外界感到惊讶的新的社会身份，他在淘宝上开了家售卖故乡风味的店铺，起名"北村自然生活馆"，自己变身为一名风风火火的网红电商。在接受媒体采访时，北村曾笑谈，因为自己"吃货"的天性，才会从北京被故乡的美味"勾引"回来。寄居京城时，他就在自己的别墅开荒种菜，返回福建后，因为自己在福州郊区的房子无地可种，他自然惦记起长汀的青山绿水。长汀当地领导得知他返乡后，主动找上门，希望他能利用自己的知名度，将家乡的农产品销售出去。北村经过斟酌后，答应了。数年前，北村写过一篇《消失的故乡》的散文，他说："多年后，我望着味同嚼蜡的饲料鸡，无言以对。我不知道自己为什么要走出家乡，我为之奋斗的目的就是为了让自己吃饲料吗？现在，我身在巨大无比的城市，呼吸着夹杂着尾气和尘土的空气，喝着坚硬的含碱水，吃着催肥药喂大的肉，我对自己离开家乡的决定产生了怀疑。我无数次地产生这样的想象：有朝一日我能回到家乡，圈一块地，在那里盖一幢土楼，我要养一大群鸡，十几头猪，几只狗，种上我喜欢的庄稼。当风吹过庄稼地的时候，我的心会很凉爽。"而现在，这个让心"凉爽"的梦想终于实现了，人的一生都在远游，也都在完成对故乡的抵达！兜兜转转的游子没有想到的是，到了知天命之年，会有机会重温童年的快乐，而他要把那"驮鸡臂"的快乐分享给众人。于是，很自然地，北村生活馆最先推出的便是地道的、身土不二的"河田鸡"。上线一周后，"北村自然生活馆"正宗河田鸡的淘宝店铺销量便跃为全国第一！此后的北村，在微博等社交平台上自称"老教授"，以发掘原汁原味客家人的食材为职志，经常会随文配发他笑眯眯地品尝美食的照片，引来众多食客围观。

北村当然没有忘记文学的初心，他说回到故乡后的生活是两个内容：一个是翻山越岭，去找最可靠的食材，另一个就是写小说。他表示要利用七十岁之前的这段时光，把计划好的小说都写出来。《安慰书》出版后，出版方先后在北京和南京组织了两场研讨会。第一场于 2016 年 11 月 20 日在北京师范大学召开，由北京师范大学国际写作中心与《花城》杂志、花城出版社共同举办，发布会题为"先锋的旧爱与新欢——《下弦月》《安慰书》北京首发式暨研讨会"，这场发布会像是对 1993 年《花城》杂志参与组织的"当代中国先锋小说的命运及其未来"的讨论会的致敬，二十三年前同样在北京召开的讨论会，批评界围坐一起研讨的也是北村和吕新。倏忽二十余载，令人感慨的是当事人在先锋号召下的聚散和坚持与分化和深化。研讨会上，陈晓明认为《安慰书》提出许多隐喻性和精神性的问题；张柠指出，小说用侦探的写法解读思想，在主题上延续了《愤怒》和《我和上帝有个约》中对"罪和恶"的思考；在李洱看来，解读北村"是进入中国现实经验的一把钥匙"；陈福民认为，《安慰书》从复杂的"不信"走到坚定的"信"，将叙事装在先锋的套子里，表现了对现实的思考。北村自己则强调了小说并非取材现实，而是为"回应"内心。① 一周之后，第二场研讨会在南京师范大学举行，研讨会名为"先锋的转向——从 80 年代到新世纪：吕新《下弦月》、北村《安慰书》南京研讨会"，参会的王彬彬、王尧、

---

① 参看《〈下弦月〉〈安慰书〉北京首发式举行：回顾和纪念先锋文学三十年》，http://www.chinawriter.com.cn/n1/2016/1123/c403994-28891377.html

洪治纲、汪政、吴亮、吴俊、杨洪承、何平、黄德海、何同彬、方岩等批评家从先锋与现实、信仰与救赎、小说通俗的叙事外壳和灵魂追问的几组关系入手，展开对《安慰书》的讨论。

北村自己对这部十年来写成的长篇新作，有一份特别的珍爱，在小说的后记中，他说："小说家只关心灵魂战争的秘密。我不写历史，只写历史对人类人性和精神的影响。我也给不出答案，那是上帝的事。我用愿望和祈祷来观照我笔下的人物，我同情他们等于同情自己，因为这三十年我也是剧中人。这样我们就将现实和历史都置于了精神的维度了，作品永恒不朽的奥秘是痛苦中的人一方面面对祭坛，一方面面对陷于现实的自己并构成了足够的张力！"[1] 这里所言的用"愿望和祈祷"观照笔下人物的写作方式，让人想到十年前他写作《我和上帝有个约》时提到的用"祷告的灵"来进入写作。就故事和主题而言，《安慰书》与《愤怒》《我和上帝有个约》也有很强的呼应，它们不但像张柠观察到的，延续了对"罪恶"问题的思考，而且还都写出了"向上的力量和向下的力量之间的天人交战的复杂的内在情况"，因此，笔者以为，这三部跨度十年的小说兀自构成一个有关"信仰和安慰"的三部曲，共同铭刻下北村对"深刻变化的时代"里人们内在"精神图景"的钻探和拷问，呈现了追求信仰的人在涤除罪念、"心意更新"的路上自我否定的艰难，记录了"无亏的良心"和伟大的重生，也见证了不可挽救的崩溃和绝望里的献祭——"我又转念，见日光之下所行的一切欺压。看哪，受欺压的流泪，且无人安慰。欺压他们的有势力，也无人安慰他们"[2]。

二

在给《愤怒》撰写的序言中，余杰把《愤怒》归并到一个伟大

---

① 北村：《安慰书·后记》，花城出版社 2016 年，第 285 页。

② 《圣经·传道书》4:1。

的文学链条中去讨论，认为"它是一部挽回中国当代文学声誉的优秀之作，也是一次向雨果的《悲惨世界》遥远的致敬"，因为小说的主人公李百义走了一条"真正的拯救之路"，"他由拉斯科尔尼柯（《罪与罚》）走向梅什金公爵（《白痴》），由聂赫留朵夫（《复活》）走向冉阿让（《悲惨世界》）"，这样一位"明光照耀"的人物，为"当代文学增添了某些特殊的质素"。余杰还认为，《愤怒》终结了北村此前的创作，开启了新的"以更大的热情来呼唤光明"的新创作期。① 余杰的评价体现了与北村有着共同信仰的体贴和相知，有些溢美，但也点出了小说的关键，那就是李百义这个人物为新世纪的文学长廊增添了特殊的东西，在北村自己创作的人物谱系里，他也是一个全新的形象。那么，他究竟新在何处呢？

前文已论，作为一股暗流的底层写作构成世纪之交重要的文学景观，北村也有多篇小说关涉这个话题。到了《愤怒》发表的2004年，暗流汹涌冲破迷障，底层写作开始爆发，成为迄今为止终结的新世纪最重要的文学思潮。一直对"底层"话题关怀有加的《天涯》杂志于2004年第2期着意开辟了"底层与关于底层的表述"专栏，刊发了刘旭的《底层能否摆脱被表述的命运》，蔡翔的《底层》；之后的几期又陆续发表蔡翔、刘旭的对谈《底层问题与知识分子的使命》，高强的《我们在怎样表述底层？》，王晓明的《L县见闻》，顾铮的《为底层的视觉代言与社会进步》，吴志峰的《故乡、底层、知识分子及其他》，摩罗的《我是农民的儿子》，等等，引起文学界和思想界极大的关注。同是在这一年，被视为底层写作扛鼎之作的曹征路的《那儿》发表于《当代》第5期，陈应松的《马嘶岭血案》发表于《人民文学》第3期，加之在此前发表的方方的《奔跑的火光》、林白的《万物花开》、刘庆邦的《神木》等，这些作品的出现吸引了文坛的视线。北村的《愤怒》也当放到这个大背

---

① 余杰：《我们的罪与爱》，《愤怒·序言》，团结出版社2004年，第7—10页。

景下去观照，虽然在接受媒体采访时，北村表示，"愤怒"除了关乎小说人物命运之外，还表达了他自己的愤怒："从作家立场来说，我觉得非常愤怒的一点就是，对于我们所处环境之中的绝大部分人的存在，我指的是弱势人群，大多数作家是漠视的。我们很多的作家在写什么呢？大量狭隘、阴暗的自我。"① 事实上，在新世纪最初的几年中，北村愤怒的问题乃是文坛普遍关注的一个公共问题，这种不约而同的关注体现了对 1990 年代过于强调私人化写作的反拨。而有关弱势群体的小说，在《愤怒》出版前后其实是层出不穷的。

今天来看，众多的底层写作在其时集中于三个路向展开：其一是以陈应松的《马嘶岭血案》为代表的偏执乃至极端的浓缩底层经验的叙事。这类小说充斥着底层的苦难，尤其描述了阶层固化和悬隔之下，近乎破产的农民的生存之艰困。其二是以方方《万箭穿心》等为代表的发掘底层生活中生命意识的顽韧和朴素，以人性温润的光辉洞穿苦难的叙事发掘底层里深蕴着的爱与尊严，发掘他们在卑贱的命运中未曾消泯的坚持，用饱含敬意的文字张扬出别一种敢于直面人生困窘的底层襟怀。其三，以曹征路的《那儿》等为代表的自觉接续左翼文学传统的叙事。这类写作新发掘左翼文学资源，重新诉诸"人民性"的吁求，重新构建一种不同于主旋律文学的文学与政治文化思潮的关系，形成了被称为"新左翼文学"的文学现象。这其中，引起更大社会反响的是第一个路向的作品。

陈应松在接受访谈时，曾把底层叙事概括为四点：其一，对真实写作的偏执实践；其二，是对政治暗流的一种逆反心理的写作；其三，是一种强烈的社会思潮，而非只是表现方法；其四，是对当下恶劣精神活动的一种抵抗、补充和修正。② 陈应松是其观念的忠

---

① 《北村：用愤怒唤醒作家良知》，http://www.people.com.cn/GB/wenhua/27296/2916972.html。

② 李云雷：《"底层"叙事中的艺术问题——陈应松访谈》，《上海文学》2007 年第 11 期。

实执行者。小说中的罪案凶手九财叔最初心生歹意不过是为了区区二十块钱，以违纪的名义扣掉他钱的祝队长是怎么也想不到这二十块钱对九财叔意味着什么，小说从叙事者的角度写道："我的心里也沉重起来，我知道这二十块钱对他来说是个大数字；我知道他家徒四壁，三个女娃挤一床棉被，那棉被鱼网似的；我知道他常年种洋芋刨洋芋用一张板锄一张挖锄，第三张锄都没有；我知道他家房里作牛栏，牛栏破了没瓦盖，另外也怕人把他家的牛偷走了，这可是他家最值钱的家当；我知道有一年他胸口烂了一个大洞，没钱去镇上买药，就让它这么烂，每天流出一碗脓水；我知道去年村长找他讨要拖欠的两块钱的特产税，他确实没有，村长急了，扇了自己一嘴巴，说：'我他妈这么贱让人磨，我给你付了。'二十块钱对祝队长他们来说也许什么也不值，可对于九财叔来说，那可是十年的特产税啊。"正是为穷所迫，九财叔才为了每月三百块钱去给勘探队做挑夫的苦力，并在对比勘探队的丰厚收入时产生了巨大的心理落差，又由一系列误会造成扭曲极端的仇富情结，最终导致了他伙同他人连杀数人的残暴事件。王晓明在对小说的评论中认为："它不但以惊心动魄的故事，凸显出社会冲突的巨大的死结，更以九财叔这个轮廓分明的形象，表现了对于被压迫者的一种开阔、犀利、无所避忌、因此也就称得上是深切的眼光和关怀。"[①]

但如果细读这个小说会发现，在作者强烈的底层关怀之下，《马嘶岭血案》给读者呈现了一种含混的道德观，在不少读者看来，九财叔的谋财害命在某种意义上是能够"理解"甚至是可以被同情乃至宽恕的，在这种"可以理解"的理解里，因为生活所迫的罪愆并非来自于恶的人性，因而似乎是值得原宥的，这不由让人想起韦恩·布斯举的法国作家纪德的那个例子，纪德笔下"有一个冷漠可爱的杀人犯拉弗卡迪，他以谋杀来表达他的道德自由"，对此道德

---

① 王晓明：《红水晶和红发卡》，《读书》2006年第1期。

健全的读者自然会有所警惕，但布斯的困惑在于："读者都是头脑中有罪恶的凡人；他们很有可能沉溺于一种对拉弗卡迪的道德的快乐自居——因为纪德'坚持要'我们同情他。"①

陈应松把《马嘶岭血案》称为"激忿之作"，这与北村对小说"愤怒"的命名形成了呼应。在《愤怒》中，北村所讲述的李百义经受的苦难比九财叔要惨烈得多：李百义原名叫马木生，出生在一个被群山包围的小村，"直到九岁都没见过汽车"，饥饿就是童年的习惯。父亲患哮喘失去劳动能力，母亲长期被村支书霸占，父亲却只能屈辱地装聋作哑，以便换一点可以苟活的口粮。母亲死于子宫脱垂后，全家更是一贫如洗。马木生因为砍树卖钱被派出所关了十天，还要再上缴罚款，父亲去村长家下跪也无济于事。于是，马木生带着妹妹马春逃到了城里，在一个鞋厂做工。因为没有暂住证，兄妹俩被抓入收容所。长相漂亮的妹妹在收容所内被坏人轮奸，后又被卖到娱乐场所强迫卖淫。马木生多方寻找，终于救回妹妹，可妹妹却在一场交通意外中丧生。为了讨回公道，父亲和马木生四处上访，结果遭人报复，父亲在派出所内被殴打致死，打人者将他的尸体沉于化粪池中。马木生坚持呼告，却被行凶者带入火葬场，装进棺材，放在火化炉口威胁。侥幸逃脱的马木生开始以偷窃为生，他迅速积攒了大量财富，但又把钱分送给穷人，同时，他一直伺机复仇，并通过缜密侦查，亲手杀死了威逼折磨他们父子俩的警察。

就经历而言，李百义的盗窃和复仇比九财叔的暴虐杀人更符合民间伦理的道义，因为九财叔是单独的穷，而李百义不但穷，还饱受屈辱和伤害，因此，在李百义向女儿讲述自己悲惨的过往时，会在读者心目中激起更大的愤慨和同情，也就在这里，北村开始与陈应松代表的底层叙事分道扬镳了：九财叔并不以为自己杀人有过，而李百义用后半生的积德行善来赎罪却无法饶恕自己的罪恶，也无

---

① 韦恩·布斯：《小说修辞学》，北京大学出版社 1987 年，第 436 页。

法面对内心的良知。在李百义身上，北村再一次强调了罪行和罪性的区分——"人有两种罪，一种是罪行，是具体的罪行；一种叫罪性，是内心的想法。我想，我两样都有了，就是个罪人。"李百义忏悔而不能心安，说明罪性不会因克己行善就能消失，底层遭受的无妄之灾与不义的构陷，也并不意味着具有免除罪责的豁免权。如果说，在《马嘶岭血案》中，九财叔的杀人和他的赤贫带来一种"道德判断的晦涩"，《愤怒》则让主人公用忏悔和爱"在自己身边锻造了一个奇异的磁场"，让所有的人"都受到他的光照"[1]，"愤怒"不止是愤怒，还写了出离愤怒，更写了"出离愤怒"之后，用北村自己的话来说就是，"本书所描写的，实际上是一个愤怒逐渐消解然后达到伟大和解的过程"[2]。

《愤怒》也不同于底层写作潮流中表现弱势群体临难不苟，始终保持强大道德力量的第二条路向。这条路线的书写者其实也有类似第一条路向的民粹情结，不过更侧重从正面写底层百姓在苦难重压之下不改善良的本性。《愤怒》在塑造李百义时，着重写了他的转化。当他还叫马木生时，他并不能做到对苦难等闲视之，他也畏惧代表权力的警察对他的威吓，他的侠盗之举，还有以暴制暴的复仇方式也是逾越于法律之上的。他确乎是一个天性温厚的人，但在被苦难和不义扭曲的人生里，善良也被酿制成了罪恶。北村没有简单地原谅李百义，李百义自己也没有简单饶恕自己，即便在他的后半生，已完全成了"一个无私的坚忍的人"。李百义在法庭上自诉的时候，讲过一件事情：被从工厂赶出来走投无路的时候，他和一些民工在公路上讨饭吃，后来有民工弄来烧热的沥青，倾倒在下坡的拐弯处，有客车经过从坡上冲下碾到沥青会翻车，民工们就一拥而上去抢钱抢物。李百义说："我没抢钱，也没抢到钱，但我妒

---

① 余杰：《我们的罪与爱》，《愤怒·序言》，团结出版社 2004 年，第 9 页。

② 《北村：用愤怒唤醒作家良知》，http://www.people.com.cn/GB/wenhua/27296/2916972.html。

忌了，我是抢劫的人中的一个，可能我只是一个旁观者，但我参与了。我原先以为，穷人才是正直的，现在我觉得不管我是穷人还是富人，不管你是掌权的还是一般老百姓，这地上没有一个好人。"北村借李百义之口破除了民间伦理中穷富善恶两分的简单逻辑，也把对弱势群体的关怀从民粹的立场前推到信仰的立场，从物质的穷困推到精神的拷问。

在小说的最后，李百义的自首和自己对罪的指认没有换来公众的同情与谅解，在去监狱的途中，他虽然一再鞠躬，但抗议的民众向他投掷石块、鸡蛋，甚至是粪水。浑身臭不可闻的李百义蜷缩在警车的笼子里却出奇地平静，在他看来，监狱的围墙在阳光的照拂下，镀了一层金色光芒，仿佛天国的景象。这与《施洗的河》里的刘浪的得救很相像，刘浪有了信靠就收获圆满的结局，而李百义的认罪也给自己带来了灵的自由。与《施洗的河》不同的是，刘浪由罪而蒙救，在濒死的时候得生，李百义是行善而知罪获救，是由死来成全生，就像使徒保罗说的那样："基督若在你们心里，身体就因罪而死，心灵却因义而活。"[1] 在李百义身上，善恶进退交战，呈现出远比刘浪更复杂更纠缠也更谦卑更信守爱的精神内质，如同加尔文描述的那样："敬虔的人感到内心的争战，他一方面因体会到神的良善而快乐，另一方面却因意识到自己的灾难而痛苦、忧伤；他一方面依靠福音的应许，另一方面却在自己罪孽的确证下战兢；一方面因盼望生命而欢喜，另一方面则因面对死亡而战抖。"[2] 因此，从总体结构上，《愤怒》也属于由沉沦、无告、获救构成的"U"行叙事，只是叙事的重心侧重在从"悔改"到"自我否定"到"称义"的漫长的归信之路上。如果说，在刘浪的归信上，北村拒绝做出解释；在《愤怒》中，他则相对细致地展现了马木生变为李

---

① 《圣经·罗马书》8:10。

② 约翰·加尔文著、孙毅编选：《基督徒的生活》，生活·读书·新知三联书店2011年，第29-30页。

百义、又由"义人"变为"罪人"、最后从"罪人"再变为"义人"的逻辑上升的过程。

马木生从事偷窃之初，内心是有恐惧和羞愧的，但他很快做出自我宽慰，告诉自己"剥夺地主老财的钱"不算犯罪，只要被窃对象是贪官，就是为民除害。在接下来的一年中，他一直严格约束自己和手下，要对普通百姓秋毫无犯。有一次，手下弄错了一户人家的身份，虽然并非蓄意，李百义依然逼迫他剁下一根手指以示惩戒。复仇之后，马木生开始逃亡，他没有继续干侠盗的勾当，而是靠承包砖厂起家，成为富甲一方的慈善家。他给自己改名"百义"是为时刻提醒自己，要做一个正义的人，给养女起名李好，也寄予她能做一个好人的朴素念想儿，在他本人认罪之前，也确实是有口皆碑的好人。但是，李百义自我命名的那个"义"起初只是传统伦理之"道义"和"仁义"意义上的"义"，它体现了仁者的道德情感和判断力，所谓"君子以义为上""不义而富且贵，于我如浮云"等，这里的"义"都是道德意义上行为善恶的分界点。所以，在遇到王牧师之前，李百义虽然时常陷入莫名的不安，但并不认为自己有罪或失义。问题是，在基督教看来，好人不一定是义人，而行义举的人也不一定是义人，《圣经》称的"义人"，最关键的体现是他的"信"，与道德行为的好坏关联不大，义人行善，那是信之果。《创世纪》里说诺亚是个"义人"，因为"凡神所吩咐的，他都照样行了"。又如《罗马书》说："因为神的义正在这福音上显明出来；这义是本于信，以至于信。如经上所记：义人必因信得生。"质而言之，道德意义上的"义"是人格自我砥砺和完善的体现，本质是一种"自爱"，而基督意义上的"义"须在神的面前能表现出来，人的行为是无法称义的，《圣经》说得很明确，"在神面前任怎样称义……何况如虫的人，如蛆的世人呢！"[1]

触动李百义对"义"的思考是与王牧师的相遇。在逃亡途中，

---

[1] 《圣经·约伯记》25:4-6。

误入教堂的李百义恰恰听到牧师在向众人宣讲《约翰福音》中那个著名的耶稣处置行淫女人的故事，王牧师告诉他，人只有在代表上帝时才可以行使权柄，也只有代表上帝时，才可以管理别人；而代表权柄的人是会害怕的，因为如果他遂了自己的心意，权柄就会被收回。李百义对此将信将疑，他后来做了政协委员后，手里有了权柄，再一次想起牧师的话，小说写道："他整个人紧缩起来。这是一个重要变化：以前李百义是一个自信到了极点的人，甚至是自以为是的。他对自以为是的解释是，自己认为是对的，就什么也不怕。可是现在，李百义却害怕起来。……从那天半夜开始，李百义变成了一个恐惧战兢的人。"

"就当恐惧战兢作成我们得救的工夫"[①]，这是使徒保罗对信众的劝勉，北村在这里借用这个说法，暗示信心和畏惧共驻在李百义心中的状态，他开始"省察自己的虚妄并同时默想神的真道"，也开始了从伦理之"义"向基督之"义"的实质转变。在接受采访时，北村着意谈到，《愤怒》"不像主旋律作品或社会小说一样，预设一个别的立场，要改变他们的命运。一个作家无法直接解决社会问题，但是作家应当有自己良知的基本立场，它面对的不是某种势力或某个阶层，而是所有生命。当然，对于当今中国存在的矛盾来说，《愤怒》中的主人公李百义的解决方式可能是一种最好、最高明的解决办法。为什么呢？他没有仅仅用批判、对立和恨的方法，因为这些方法只能解决外在的冲突，而不能解决精神内部的问题。我觉得，改变人的精神里边的基本点是非常重要的，它是社会变革的人性基础"[②]。他道出了《愤怒》与其时流行的底层写作最大的不同，他不是采取社会剖析的外在站位，而是依托内在的精神剖析，思考如何化解累积在弱势群体身上的、几乎无处释放的

---

① 《圣经·腓立比书》2:12。

② 《北村：用愤怒唤醒作家良知》，http://www.people.com.cn/GB/wenhua/27296/2916972.html。

"愤怒"。

从小说情节的对照来看，《愤怒》对《悲惨世界》的借鉴是非常明显的，李百义与冉阿让后半生的人生履历尤其相近，甚至都收养了一个女儿。不过，《愤怒》没有《悲惨世界》细腻缜密的叙事耐性，也远不像后者那么气势恢宏地描写出一个时代的云图，北村自己也承认他几乎没怎么从小说的技艺层面来思考，所以也预感到"圈内会有人认为它很糟糕"[①]。与此前的《玻璃》和稍后的《公路上的灵魂》类似，《愤怒》的叙事推动大量依靠对话和独白，最典型的一幕是在李百义认罪后的庭审现场上，检察官刘汉民的起诉、律师陈佐松的辩护和李百义的自诉分别代表律法、道德和信仰的立场，形成一个激辩的话语场。尤其耐人寻味的是，在检察官咄咄逼人的质问之下，李百义却做出了并不利于自己的回答。这种安排，不但是情节冲突的最大化，也在最大程度上展现了挣扎在"成圣"之路上的李百义心灵的震颤和自我持久的争战，如莱尔描述的那般，在争战中，他要失去自己的"义"，自己的"罪"，失去安逸的生活和外在的宠爱！这是向陀思妥耶夫斯基的学习和致敬，是为寻找"人身上的人"而构设的特别的对话情境。北村非常看重这一幕的安排，以至在《我和上帝有个约》《安慰书》中，几乎照搬了这个情节。

三

《愤怒》出版后，销售情况良好，但如北村所料，并不像他之前的作品那样引发外界集中的关注。小说得到了一些批评家的赞扬，比如谢有顺就指出，《愤怒》所表达的"正是一种'经过审视和内省的生活'，这种反省的力量，在这部小说的下半部，表现得

---

① 《北村：用愤怒唤醒作家良知》，http://www.people.com.cn/GB/wenhua/27296/2916972.html

尤其强烈，因为北村所要给出的，并不是现实性的肤浅答案，而是一种永恒性的喟叹"，认为它"基本克服了北村过去小说中的不足，从而为中国文学提供了一个重要的精神维度"①。小说也引发了一些质疑，一个读者在一封题为《作为一个读者的"愤怒"》的信中写道："难道如今中国作家的想象力就在于把外国大师上个世纪或者上上个世纪所表达过的思路重新演绎一番？一部作品在基本架构、基本情节上面如此重复前人，这还叫创作吗？更何况这部作品的主题，是为了唤醒当代人的良知，而作者本人在想象力和智力方面的诚实与否，就更成为一个触目刺眼的问题。"②还有的批评指向了小说"载道"意识太强和宗教力量近乎强制的介入。

对这些批评的声音，北村似乎不为所动，两年后，他创作了一个在情节模式上几乎与《愤怒》一致的小说，那就是《我和上帝有个约》，而后者却获得了相当不错的社会评价，北村凭此作斩获2006年度华语传媒文学奖的年度小说家，奖项的颁奖词是这样写的："北村的小说是心灵悔悟者的告白。他的叙事果敢、坚决，同时又不失隐忍和温情。他冒犯现实，质询存在，正视人类内心的幽暗角落，而批判的锋芒却常常转向对爱和希望的肯定。他痛击己身叫心顺服，他说出真相对抗恐惧。他以宽恕化解怨恨，以敬畏体认谦卑，以信念让软弱者前行，以倾听良心里那细微的声音来抚慰受伤者的记忆。他出版于2006年度的《我和上帝有个约》，既是当代破败生活的镜像，也是灵魂彻夜难眠的私语。他审判罪，也说出爱；他揭发灵魂的隐疾，也塑造人性的光辉。北村的追问与慨叹，同情与承担，以及他面向新世界的梦想，对缓解民间中国日益深重的精神义愤，深具指标性的意义。"这个颁奖词用来评价《愤怒》也是完全适用的。

据北村讲，起意写《我和上帝有个约》比《愤怒》还要早，前

---

① 谢有顺：《先锋文学并未终结——答友人书》，《当代作家评论》2005 年第 1 期。
② 德兰：《作为一个读者的"愤怒"》，《中国新闻周刊》2004 年第 42 期。

后构思有十年之久，曾有过一个三四万字的手稿，但后来丢失，再度动笔时，已然换了心境，内心从"比较矛盾"转而到"比较慎重"。就此而言，《愤怒》又是一个必要的铺垫。与《愤怒》一样，《我和上帝有个约》的主人公陈步森犯下一桩命案，在信仰的启示下知罪，并完成对自己的救赎。不同的是，后者提供了一个更戏剧、更有张力的情境，而且北村去除了陈步森身上的民间之"义"，让这个起初具有反社会人格的青年残暴的罪刑没有任何可从道义上解释的可能。

陈步森从小被父母离弃，踏入社会后四处碰壁，感觉自己是个"多余的人"，于是终日和一些悍匪地痞厮混。某日，他们策划了一起残暴的谋杀案，当着受害人妻子冷薇的面锤杀了樟坂市的副市长李寂。潜逃数月返回樟坂的陈步森一次偶然的机会在一所幼儿园遇到了李寂的儿子淘淘，他担心淘淘会认出自己，不料在试探中轻易获取了孩子的信任。在与淘淘的交流中，陈步森内心滋生了一种他也说不清的责任感，让他和淘淘越走越近，进而迸发了要去看看淘淘母亲的念头。冷薇在丈夫遇害后，因为惊吓和刺激住进精神病院。陈步森以锅炉工的身份进入病院，冷薇已经完全不认得陈步森，甚至把陈步森当作爱人依恋着。淘淘和冷薇的爱融化了陈步森心中的坚冰，虽然一直被畏罪的恐惧支配，但他自己的良心却越来越不允许他再逃避下去。他照顾淘淘，照顾冷薇的母亲，为了让冷薇恢复记忆，甚至不惜对她讲出自己当初作案的情景。后来，在苏牧师等人的帮助下，陈步森向病情转好的冷薇坦陈全部犯罪事实，无法接受的冷薇选择报警，陈步森被警方抓捕。陈步森入狱后并不关心自己会受什么刑罚，一心只想求得冷薇原谅，冷薇却拒绝任何和解。

这时，另一位同案犯胡土根的落网，撕开了案件乃至社会的另一块暗幕：当地政府野蛮征地拆迁，逼得失地农民无路可走。土根一家反对迁款过低、欲做钉子户未果，被强拆队纵火烧了房子，母亲被活活烧死。失去了土地房屋，迫于生计的土根父子离开家乡，在一个小煤矿做矿工。矿场主为提高产量，命令监工用衣服包住检测仪，最终导致矿难，死伤数十人，胡土根的父亲也在其中。更令土根气愤的是，他父亲的伤亡补助费不过一万元现金，还有一个饭店的消费卡。而父亲的尸体，在他领伤亡补助费的同时被人偷偷运去火化，仅能找到的是一块没有烧透的头盖骨。这一切的背后，是负责分管的副市长李寂的贪污，以及当地政府部门的结构性腐败。与陈步森不同，土根选择李寂下手，就像李百义一样，有着明确的复仇动机。在法庭上，土根再一次发出了约伯式的质问："人家这样欺负我，把我赶出家门，抢走我的地，烧死我的母亲，害死我的父亲，我叫天天不应，叫地地不灵，难道不能出口气吗？"

土根的出现，让冷薇知晓了丈夫的另一面，而她在巨大的心理压力之下对自己学生的施暴行为更让她意识到人性之罪的无处不在，她决定赦免陈步森，但这并无改于陈步森被判死刑的处罚。得到受害人妻子宽恕的陈步森安然赴死，并把自己的肝捐给了罹患肝病的冷薇。小说以"肉中之肉、骨中之骨"式的结局将"没有和解就没有未来"的主旨做了最大的阐扬。

通过上述的情节复述，不难看出，在《我和上帝有个约》中，北村将《愤怒》里的李百义化身为陈步森和土根两人，通过两人对罪的不同态度，对因苦难而滋生的极端自我的意识和被罪扭曲的灵魂进行了多重的聚焦和镜像的投射，进一步引导读者思辨罪与罚、罪与信、罪与救。陈步森的遭际会让人联想到《圣经·撒母耳记》所载的以色列国王大卫的故事，本是上帝忠诚的仆人大卫竟然犯下了奸淫和杀人的大罪，先是与手下士兵乌利亚的妻子拔示巴通奸，后又设计害死乌利亚以求能纳拔示巴为妃，实在罪不可恕。但当大卫在上帝面前痛心疾首地认罪悔改之后，他获得了上帝的赦免，不但重新恢复了与上帝亲密无间的关系，而且与拔示巴感情美满，所生的儿子所罗门也得以继承王位。

小说完整勾勒了陈步森悔罪的全过程，尤其写出了他从罪的恐慌到"律法之下的悔改"再到"福音之下的悔改"的升华，这也是小说最有价值的地方所在。陈步森畏罪潜逃，包括见到淘淘之后担心暴露，这体现了他对法律惩罚的恐惧，这时候的陈步森并无悔改之意，而是被"法网恢恢疏而不漏"所震慑、担心被抓被判刑。后来在与淘淘和冷薇的深入接触中，他的良知被唤醒，始有悔改之意，人也变得谦卑起来，哪怕只是不计酬劳地做一个锅炉工，也要陪在冷薇身边。陈步森由此进入了"律法之下的悔改"，即"罪人尽管因被深深的知罪刺痛并惧怕受神烈怒的击打，但仍在这困境中无法自拔"的阶段，所以他一方面哼唱着在教堂里学来的《奇异的恩典》，试图帮助冷薇恢复记忆；一方面想的是"我不想蹲监狱，不想被枪毙"，并追问刘春红"有没有既可以帮助她恢复记忆，又不会对我造成危险的办法"。被这个问题折磨得身心虚弱到极点的陈步森再次回到教堂，苏牧师告诉他，折磨他的并非压力，而是罪。在苏牧师的启迪之下，陈步森选择了归信，并做了决志信主的祷告："亲爱的主耶稣，我今天接受你做我的生命，我相信你是神的儿子，为我的罪挂在十字架上，三日后复活，你的宝血赦免了我一切的罪，从现在开始，我是圣洁的，我不再犯罪，也不再受罪的缠累，您脱下了我的重担，我得以完全自由了。因为凡信靠耶稣的人不再受罪的奴役，而在圣灵里完全自由了。感谢您主耶稣，旧事已过，如今一切都是新的了。奉主耶稣基督的名。阿门！"这是他生命中一个决定性的时刻，此后他的人生发生了奇妙的变化，开始进入"福音之下的悔改"阶段，"在这悔改之中，罪人也一样痛苦地受击打，但他却胜过它，并投靠基督作为他惧怕时的安慰和痛苦时的避难所，作为医治他伤口的良药"[1]。正是"福音之下的悔改"为陈步森带来了一直苦苦期待却未曾得到的赦罪的平安和自由，这

---

[1]　约翰·加尔文著、孙毅编选：《基督徒的生活》，生活·读书·新知三联书店2011年，第29-30页。

不单是因为唯有圣洁公义的神有赦免人的权柄，更是因为，在基督教的理解中，当人犯罪的时候，无论他犯罪伤害的对象是谁，他其实最先伤害了神，因为他犯罪是亏缺了神的荣耀。因此，只有向着神的认罪悔改，才能获得赦免——他不但向冷薇承认了案发当天的一切，而且在被捕后感到了心里的干净，最终安然接受死亡的刑罚，并将自己的肝脏移植给了冷薇。

与"律法的悔改"和"福音的悔改"相对应的是"律法的谦卑"和"福音的谦卑"："前者是属血气之人在尚处于属血气状态且对上帝没有感恩之情时也拥有的品质，而后者只属于圣徒"，在前者中，"它们不能因为认识罪而发现自己可憎，它们既不认识罪的本质，也不恨恶罪的本身，只是恨恶罪带来的惩罚。而福音的谦卑则包含对罪本身的认识，因为上帝向圣徒启示圣洁之美和他的道德属性，从而能够认识罪本身的可憎"，"律法的谦卑里面没有属灵的良善，毫无真美德的本质，而福音的谦卑则是基督徒美好恩典的关键"，基于此，乔纳森·爱德华兹说："整个福音和新约的所有内容，包括上帝对堕落人类的安排，这一切都经过精心设计，目的显然就是使人的内心生发这种真正的谦卑。没有这种真谦卑的人，不管他们宣称自己有什么宗教信仰，也不管他们的宗教情感多么热烈，他们都没有真正的宗教信仰。"[1] 北村对陈步森犯罪、认罪到归信的安排，显然也出于这样的一种精心设计，苏牧师在参加陈步森于狱中写成的《我向您认罪，请求您赦免》一书的发布会上说："今天大家都讲能力，大家崇拜有成就的人，可是在我看来，骄傲的人并不是英雄，谦卑的人才是，如果一个能真正认识自己，认识自己是罪人的人，他就是这个世界上最有勇气的人，我不是说陈步森是英雄，但我说，他现在至少开始承担自己的心灵责任。"说的也是同样的道理。

---

[1] 乔纳森·爱德华兹：《宗教情感》，生活·读书·新知三联书店 2013 年，第 184-186 页。

小说中还有一幕情节的处理，很值得思考，那就是在皈依信主之后，陈步森依然在设法取得冷薇的谅解。他在狱中给冷薇写了一封信，其中说道："虽然上帝赦免了我的罪，但罪的结果还在。"一直等到冷薇真的在法庭上当众表达了对他的原谅，陈步森才感到"一种被赦免的幸福感从上面浇灌下来，半年来动荡的内心立即平静了下来"。既然赦免的权柄在主的手里，为何陈步森还要苦苦等人的宽慰？

同样是在 2007 年，韩国导演李沧东执导的电影《密阳》上映，这个电影所讲述的信仰和宽慰的故事恰恰与《我和上帝有个约》形成了鲜明的对照。《密阳》中，由后来凭借此片夺得第六十届戛纳电影节影后的全度妍扮演的李申爱是一个钢琴家，她在丈夫去世后带着孩子到了亡夫的故乡小城密阳，开了一个钢琴辅导班，过着恬静的生活。突然有一天，她接到一个勒索电话，孩子被人绑架，随即又遭撕票，行凶的竟是她和孩子都很信任的孩子学校的老师。陷入悲恸和孤独的申爱在隔壁牧师的引领下信仰了上帝，并在宗教的祷告中平复了悲郁的心情。有一天，她决定按经书上说的那样"爱你的仇敌"，去监狱会见杀死儿子的凶手，去当面赦免他的罪过。当她见到凶手的时候，凶手却若无其事地告诉申爱，他不需要申爱的原谅，尽管他十恶不赦，但慈爱的上帝已经饶恕了他。现在，他心里很平安，甚至能够为她而祷告。凶手的回答再一次击溃了申爱，她无论如何想不明白："在我宽恕他之前，上帝怎能赦免他的罪？"对她而言，这意味着儿子的惨死和她的丧子之痛都被上帝以宽恕之名勾销了，上帝成全了自己的博爱和慈悲，而她却反而要被凶手怜悯！申爱觉得她信仰的上帝是伪善的，于是决心反抗并试图戳破她认为的虚伪，她去偷窃，她在教友的灵修会上故意捣乱，她勾引牧师通奸，又试图割腕自杀，以此去羞辱那高高在上的主。

《密阳》提出了一个尖锐的问题：上帝的赦免是否就可取代人的宽恕？在《我和上帝有个约》中陈步森与上帝的誓约之中也有一

个类似的问题，但作为杀人者的陈步森对此的理解恰恰与《密阳》里的凶手是反着的。该如何解释这种不同呢？那是因为陈步森与《密阳》中的凶手对何谓"恩典"的理解是不一样的。

朋霍费尔在《做门徒的代价》中，区分了两种"恩典"："廉价的恩典"和"昂贵的恩典"。在朋霍费尔看来，"廉价的恩典"像廉价商品一样可以在市场上售卖，有些人因为恩典是白白得来的，就把恩典"当作一条教义、一个原则和一种体系"，用之即来，挥之即去，如此便"意味着把对罪的宽恕宣布为一般真理，把对上帝的爱看作基督教的上帝'概念'。从理智上赞成那一观念，本身就足以使罪得到赦免。在这样的教会里，世界为它的罪找到廉价的庇护；无须悔悟，更不必希望真正摆脱罪恶。因此，廉价的恩典意味着否认上帝活生生的道，事实上，就是否认上帝的道成肉身"[①]。因此，朋霍费尔认为"廉价的恩典"其实是人们自己赐予自己的"没有十字架的恩典"，宣扬的"是无需悔罪的赦免"，所以本质上，它是信仰的敌人，会给本来就"无根基"的社会带来混乱的价值观并最终消解宗教的神圣。朋霍费尔指出，真正的信仰者应该追求"昂贵的恩典"，"昂贵的恩典"意味着付出昂贵的代价，意味着不是依靠教义教规、抽象理论或宗教仪式，而是义无反顾地接受基督并甘愿付出一切，参与并分担上帝的苦难——"门徒之所以是门徒，就在于他们分担主的苦难，遭弃绝及被钉十字架"[②]。在"廉价的恩典"中，称义的乃是"罪"，而非"罪人"。在"昂贵的恩典"中，罪虽然丧失了它的统治权，但却仍居住在人的身上，所以，他会持续谴责罪，他的悔改是终生的，是向人和向神认罪的"真悔改"。

《密阳》中的杀人者皈依宗教是为了救赎自己，但本质上是一

---

① 朋霍费尔：《做门徒的代价》，隗仁莲译，安希孟校，四川人民出版社2000年，第34—35页。

② 朋霍费尔：《做门徒的代价》，隗仁莲译，安希孟校，四川人民出版社2000年，第75页。

个"超验的利己主义者",而非有真悔改的圣徒,他利用恩典为自己的罪行找到廉价的庇护,却从没有经历"自我否定"和"重生"。李申爱作为受害者,在巨大的心灵危机中相信了基督,希望借此将自己的人生导向平静和幸福,以区隔此前经受的邪恶和痛苦,她对宗教的"信"带有强烈的"需要"感,是一种理解上的接受,而未有心中的确据,所以其实也在"廉价的恩典"中。在《我和上帝有个约》中,陈步森的姐夫陈三木是不相信陈步森悔改的,他认为陈步森"满口神话"的悔改是廉价的,也是虚假的,是想以悔改之名给自己争得活下去的一线生机。但陈步森却是一个真正的悔改者,他本来就饱受良心的自责,在苏牧师引他祷告并为他施洗之后,更是经历了艰难的自我否定,背负起自己的十字架,他在给冷薇的信中写道:

> 我现在知罪了,我现在虽然身在牢狱,却比任何时候都自由,我体会到生命真的有更高的一面,可以克服悲伤、忧愁和仇恨,可以炼净灵魂,这样的生命才是有尊严的。

依托爱,依托"昂贵的恩典",陈步森让身边的很多人都意识到自己身上的罪,孙民、陈平、周玲、陈三木、刘春红、冷薇,都有自己不足为外人道的隐秘之罪,连被仇恨迷住心神的土根也开始后悔自己的施暴。

有一种对《我和上帝有个约》的批评声音,认为小说中的人物就像"提线木偶"①,都被北村强大的信仰理念所牢牢牵控,缺乏自我生长性和应有的人性厚度。这种批评有一定的道理。包括《愤怒》《公路上的灵魂》等作在内,北村的这几部长篇的人物和情节设置都是雷同的。但倘若结合前面我们对陈步森认罪的心路历程的

---

① 李颖颖:《北村:盛名之下的无力写作——以〈我和上帝有个约〉为例》,《现代语文》2016年第4期。

分析就不难看出，北村一方面从自己的信仰出发，预设了人物命运和故事的整体走向，另外一方面他围绕中心人物展开的配置是非常讲究和用心的，每个人物都有很强的功能性，不但体现于小说的意义结构，还代表着一种重要的价值立场和社会判断，而且他尽可能辐射开来，让每一位读者都能从小说中找到自己的立场。所以，在《我和上帝有个约》中，除了像《愤怒》一样，继续安排了庭审的场景之外，又特别加入了电视辩论、新书发布会、媒体报道等公共舆论空间的相关情节，让律师、牧师、学者、记者、警察、囚徒、信徒、官员和平民百姓围绕陈步森的"罪和悔"充分发言。虽然这些发言有些确有很强的说教意味，尤其体现于苏牧师，但考虑到发言者的身份，于小说而言又是自洽的。而这些发言形成的激辩与交锋，正是北村所力图展现的。在"善恶有分、杀人偿命"的民间固有观念中，在"民愤极大、罪不容赦"的法律威严之下，他以杀人犯被受害人所宽宥的极端化叙事，逼迫每个读者正视那在仇恨与苦难之上的爱的伟大；同时也对圣洁的宗教情感、对信仰本身、对领受基督之恩典的方式做出了具象的呈示，既廓清了很多信徒的迷误，也给不信者相当的启示。

最后，回到这个小说的题目上来。毫无疑问，"约"在《圣经》中是一个关键词，有神人之约，也有人际之约，前者是核心，也是后者的基础和秩序的保障。《圣经》中第一次出现"立约"一词是上帝对挪亚的立约："凡地上有血肉、有气息的活物，无一不死。我却要与你立约。"[1]《圣经》中重要的神人之约还有亚伯拉罕之约、西奈山之约、大卫之约和新约等，其中，"新约"是借着耶稣的血完成立约的，在最后的晚餐上，耶稣拿起饼来，祝福，就擘开，递给门徒，说："你们拿着吃，这是我的身体。"又拿起杯来，祝谢了，递给他们，说："你们都喝这个，因为这是我立约的血，为多

---

[1] 《圣经·创世纪》6:17—18。

人流出来，使罪得赦。"① 又《希伯来书》中说："这血就是神与你们立约的凭据。"上帝用这样的凭据来与人类立约，小说中北村借苏牧师之口对此解释道："耶稣的血能洗净人的罪，因为他已经在十字架上为我们担当了一切的罪。"而人要做的就是守约，认识到自己的罪性，并通过自己的行动传达并释放上帝之爱。悔改没有止期，宽恕也没有止期。在接受汤清文艺奖的获奖词中，他如是说道：

> 多年以来，文学界流行这样的说法：宗教文学只是说教，真正的文学只能表达世俗情感中的痛苦和绝望，宗教文学因此被人限定在福音文学单张的认识水平上。许多作家信主后突然觉得力不从心。然而，圣经以其作为全世界最伟大的文学作品的源头，无论在它的生命呼出还是伟大的叙事模式中，都表明了完全以基督的心为心，以上帝的默示为笔，才能够创作出得胜的作品，只有被圣灵充满，才能创作出伟大的文学。因为这种伟大只产生于荣耀的上帝，而非自主独立的个人。而文学最重要的情感，也只能来自于上帝，就是保罗所说的：那安慰过他的安慰，才能安慰世上的人。②

北村为小说命名的方式显示了，他不但自己凭靠信仰在守约，在文字上，也以《圣经》为榜样做出了履约。

---

① 《圣经·马太福音》26:26–28。

② 北村：《让社会因爱和宽恕达成和谐——汤清文艺奖获奖致辞》，北村新浪博客2009年1月16日博文，地址 http://blog.sina.com.cn/s/blog_488efcbb0100byaj.html。

四

2012 年，北村在《信睿》杂志发表了一篇题为《人人都是孤岛》的文章，其中提道："一个不公不义的社会，公义问题如果用隐藏的方式束之高阁，和解就是一句空话。……离开公义问题论温暖，这温暖就是廉价的。问题非常明显，所有与温暖相冲突的心灵病症（愤怒、贪婪、仇恨、苦毒、冷酷和诅咒）皆和不义相关。在不义的道德背景下，人人都是孤岛。"这段话是一个重要的勾连，它既照应了此前的《愤怒》与《我与上帝有个约》，透射出心境微妙也是微凉的转换，同时对《安慰书》的内容做了重要的预告——"众水落去，我们才发现，自己成了一个孤岛"——这是《安慰书》的开头。

就情节而言，《安慰书》堪称北村小说的集大成之作，它几乎囊括了北村此前小说所有重要的情节元素，爱与痛、生与死、情与仇、义与伪、罪与信，而且比《愤怒》和《我和上帝有个约》的故事还要集中和紧凑，所有出场的人物都被缠绕到一个密实的网络中，且在今昔之间有着严格对位的巧合：当年拆迁案的发令者陈先汉、执行者李义和受害者刘种田的三角关系，在若干年后，又奇异地延续到他们的子女陈瞳、李江和刘智慧身上。有批评者指出，小说的"人物情感和行为动机都是外在的设计和偶然性的加持，而不是逻辑必然和性格使然，人物的命运因此不能打动人，人物形象也就不具有真正内化的色彩"[1]。北村对这种批评的声调并不陌生，他在小说的后记中，也做过预警。他引用加缪的话说："传奇不是文学。"其实是想提醒读者和批评家，对于这个小说的诸多巧合，以及围绕一桩凶杀案抽丝剥茧般展开的令人感觉脑洞大开的探案故

---

[1] 刘琼：《北村长篇小说〈安慰书〉：先锋的一种转型及我的挑剔》，《文艺报》2017年4月17日。

事，不要过多在"传奇"的维度上理解，文学是为了呈现"灵魂战争的秘密"，而非简单的展示。

加缪的这句话，北村不是第一次引用，早在 2000 年，他在题为《关于小说》的创作谈中，就曾谈到过对"故事""传奇"和"奇迹"的理解：

> 故事仍然是小说的核心甚至全部，但不是传奇。故事是小说家用他的那一双眼睛看到的，传奇是不严肃的人闭上眼睛虚构的。前者的理想深藏于他的视线之中，后者却用虚构的方法破坏了理想，使它变得滑稽。从严格的角度而言，我们不需要传奇。现在的许多作品不是小说，而是传奇。

> 我们不需要传奇，我们却需要奇迹。创造奇迹的方式不能是哗众取宠，而是通过洞悉人类深藏于内心的风景来实现。这个奇迹就是人类试图通过种种途径与崇高的价值亲近，虽然过程可能是悲剧性的，这是因为人性的局限。小说把这一风景记录下来，就可以了。[①]

此后北村在不同场合多次重复过这个观点，在他看来，传奇注重表面的戏剧冲突，是为感官的愉悦而作、往往有着强烈的商业目的。事实上，对于优秀的小说家而言，对"传奇"和"故事"的警惕几乎是本能的，但绝大多数小说家采用的是张爱玲的那种"反高潮"的方式，不写"人生的飞扬"而写"人生的安稳"；不写壮烈，而写苍凉；"不喜欢采取善与恶，灵与肉的斩钉截铁的冲突那种古典的写法"[②]，而写"参差的对照"；以此避免故事的奇观化，也避

---

① 北村：《关于小说》，《山花》2000 年第 2 期。

② 张爱玲：《自己的文章》，《张爱玲文集》第 4 卷，安徽文艺出版社 1995 年，第 173–174 页。

免蹈入过于宏大的叙事。但是，北村规避传奇的方法非常特别，那就是以他所谓的"奇迹"去置换传奇，《愤怒》里的李百义、《我和上帝有个约》中的陈步森，以及《安慰书》里的李江、陈瞳、刘智慧、陈先汉、刘种田诸人所经历的，那些极端的性格和极致的情境，实在是比很多通俗小说的人物还要"狗血"的，然而，因为北村对心灵的"钻探和拷问"，所以让人物的命运有了一种令人"肝胆俱摧"的力量，并镂刻出一个时代复杂的精神图景。小说多次提到"心证"一词，虽然在中国大陆的司法框架中，一般不允许采用"心证"，然而整部小说却可以被称为一部时代的"心证"。

一方面，《安慰书》记录了大量的社会事件，以至于"近得不像文学"：陈瞳的案件会让人联想到 2010 年引起全社会震惊的药家鑫"激情杀人"案；陈先汉下令李义开动挖掘机执行的霍童花乡的强拆案则有 2012 年在大庆发生的"5·15 重大事故"事件的影子——一台大型挖掘机在强拆养猪场过程中导致两人死亡，酿发巨大社会舆论；其他，如陈先汉主抓城建缔造城市发展跃进背后的结构性贪腐，高铁奇迹之下的官商勾结，乡镇企业发展中滋生的畸形权力生态，司法系统被不义入侵，媒体用"标题党"的方式蓄意制造热点，民众"乌合之众"式的盲从与偏信，如此等等，几乎都能在现实新闻中找到可以坐实的对应。另一方面，北村又强调："我主要探讨的不是现实问题，这也不是一部现实小说。"他希望的是让陈瞳案件牵扯进来的所有人都去反躬自省，因此小说安排叙事者也是整个案件的调查者石原有一个从记者到律师的身份转换，唯其如此，才有可能让他把当年的拆迁案与现在的杀人案中的两代人的人生全部串联起来，并与每个人都有面对面的机会，以看似对谈的方式让每个人都发出"心的喊叫"。可以说，对那些从现实新闻脱胎而来的各种话题事件，北村并无意做工笔细描的深加工或文学创造性的再转化，他的方式毋宁说是寓言式的，在相对炼净的故事里将精神的意指最大化，所以小说看起来案中有案，扑朔迷离，反转又接反转，但其实主线明晰，并没有太多支线干扰，陈、李、刘三家两代人的命运过分巧合地绾接的用意也在于此——真正的现实主义的书写当然不会犯这么幼稚失真的毛病——北村要力图实践的是，"通过对时代生活形式的寓言式解读而使这个时代的真理内容透过其物质内容的表象而显现出来"①。

有批评者认为，从《施洗的河》开始一直到《安慰书》，北村的小说有一点是一以贯之的，那就是用"具体经验的抽象"即宗教的形而上观念取代了文体形式和语言冒险的抽象。②这种"具体经验的抽象"其实就是寓言的方式，有点类似本雅明提出的"具体的经验总体"的概念。可以说，《安慰书》所呈现的经验是高度浓缩又关联一个时代的经验总体的，它体现了北村对经验贬值的思考和抗拒。今天，几乎所有的写作者都在感慨，新闻的匪夷所思已经远远超过了文学，"经验的贬值"更是加剧的状态。本雅明认为，寓言的观念"总是建立在一个被贬值的现象界基础上的"，他在十七世纪的悲剧中看到了与二十世纪现代主义艺术的某种相似性，尤其是对残败与破碎的呈现，他说："寓言在思想领域就如同物质领域里的废墟。"③在他看来，"与象征所体现的有机整体相对立，寓言表现了一个分崩离析的无机世界：在这个世界里，人性同历史一道经历着被湮没的命运。由于现象细节的意义已不受意义总体的规定，因而它们的'幸存'则如同沉船上的获救者，他们转而便成为旧的整体崩溃的人证"④。北村的《安慰书》提供的三十年的时代

---

① 理查德·沃林：《拱廊计划中的经验与唯物主义》，见阿多诺等著：《论瓦尔特·本雅明——现代性、寓言和语言的种子》，郭军、曹雷雨译，吉林人民出版社 2011年，第143页。

② 吴俊：《先锋文学续航的可能性——从吕新〈下弦月〉、北村〈安慰书〉说开去》，《文学评论》2017年第5期。

③ 本雅明：《本雅明文选》，陈永国、马海良译，中国社会科学出版社 1999年，第133页。

④ 张旭东：《寓言批评——本雅明"辩证"批评理论的主题与形式》，《文学评论》1988年第8期。

记录也充满了残败和破碎，小说后半段更是集中写到了诸多人的死亡，北村对此的解释是："一切的观点的要点是死亡，不是我热爱描写死亡。"本雅明在论及现代艺术的"废墟崇拜"时则说"意义越是重要，就越是屈从于死亡。"[1] 本雅明也指出，正是因为这些破碎和徒劳的生命形象，才让人彻悟存在的惨痛，促使人们在废墟中升起生命救赎的动力。北村说，如果《愤怒》写的是"消解愤怒"，那《安慰书》写的就是"需要安慰"[2]。而用本雅明的话来说，任何发生过的事情都不应视为历史的弃物，但"只有被赎救的人才能保有一个完整的、可以援引的过去，也就是说，只有获救的人才能使过去的每一瞬间都成为'今天法庭上的证词'"[3]。

在《安慰书》中，每一个有罪者都在陈瞳伏法之后正视了自己过去一直回避的罪性，并对情仇障蔽心神的恶行做了忏悔：陈先汉终于知道，他坚持"恶是推动历史动力"的执着种下了毁灭的种子，因为得罪上帝而得罪众人乃至亲人，他跳楼自尽，在遗书中写道："我是清醒死的，现在认罪了，心里感觉平安一些了。光对纪委和法庭认罪是不够的，里面放不下来……"得了绝症的李义在生前向孩子坦陈，他坚持维护陈先汉其实是为了自己心里的平安，因为说他好，可以把责任全推给他，自己就不用独自面对死在推土机下的亡灵。李江和刘智慧联手把陈瞳送到死刑判决席，却感觉一身虚空，都被良心啮咬得寝食难安。刘种田欲步陈先汉后尘而不得，对不惜代价为霍童花乡积聚财富的事情再不恋栈。但是与《愤怒》和《我和上帝有个约》最大的不同在于，这个小说没有再出现苏牧师那样的布道者，上帝超验的灵光也没有再照彻罪人的灵魂，让他

① 本雅明：《本雅明文选》，陈永国、马海良译，中国社会科学出版社 1999 年，第122 页。
② 《北村：人像一个秤砣，恶会把他拉着下坠》，https://www.sohu.com/a/120791489_458191。
③ 汉娜·阿伦特编：《启迪：本雅明文选》，张旭东、王斑译，生活·读书·新知三联书店 2008 年，第 266 页。

们获得被赦免的恩典，虽然小说告诉我们，刘智慧离开中国去往非洲做了一名修女，并因染上难以治愈的流感而生命垂危，这几乎是小说中仅有的暗示信仰存在的地方。

如果说，在《愤怒》和《我和上帝有个约》中，展现的是人心中"向上的力量"最终战胜了"向下的力量"，将罪人从悬崖中拉回的过程，《安慰书》中"向上"与"向下"力量的天人交战没有那么明朗的结局。因此，有读者认为，这说明了北村的创作又有从一片光明转暗的趋势。北村在接受采访时，承认这种变化，他说："我充分地看到，人类即使走上了崇高的路，他还是有罪。"① 单从这句话的表述来看，其实他与十年前的理解没什么不同，陈步森和李百义在他们的崇高之路上，依然是戴罪之身，这也是基督教教义的题中之义，如加尔文所言："神的儿女借着重生就从罪恶的权势下得释放。然而，这释放并不表示他们不再受肉体的引诱。他们会在心里继续经历与罪争战，不仅使他们经受磨练，也使他们更确知自己的软弱。"② 不过，从小说提供的人心病理切片来看，北村的变化又是显著的，而最值得我们思考和追问的或许是，这一次为何上帝的恩典在小说中缺席了？因为自他皈依后，即便在写作《玛卓的爱情》《伤逝》的阶段，他笔下充斥着死亡和诗与美的幻灭的时候，上帝也是"缺席在场"，并引领众生思考终极解救之道的。

首先必须承认的一点是，虽然北村依据信仰的立场，没有在此前的小说中对上帝的显身做出过多解释，因为在基督教看来，信心与真道也的确不能从经验的理性来做出解释，"信心正确的定义就是：它是神对我们施慈爱的明白和确定的知识，这知识建立在神在基督里拜拜赏赐给我们之应许的真实性上"。但是，就文学而言，

---

① 《北村：人像一个秤砣，恶会把他拉着下坠》，https://www.sohu.com/a/120791489_458191。

② 约翰·加尔文著、孙毅编选：《基督徒的生活》，生活·读书·新知三联书店2011年，第29—30页。

北村那些 U 形叙事结构的小说，普遍存在着"机械降神"（deus ex machina）的叙事模式，当罪人走投无路时，教堂或牧师的福音会适时出现引领他上升，并逆转他残酷的人生，获得幸福的信靠，这在刘浪、李百义和陈步森身上，体现得尤其明显。

对于"机械降神"，北村在先锋时期曾经很喜欢阅读的尼采认为这是"臭名昭著"的做法，在尼采看来，欧里庇得斯戏剧中经常采用的这一"向观众确保主角将来归宿"的设计是不能接受的，它是对情节的外在"担保"，而非情节自然逻辑的应然，所以无法提供真正"形而上的慰藉"[①]，也消解了悲剧效果。而北村以上帝的降临作为终极拯救，要提供的却是"形而上的慰藉"。所以，他面对的一个难题是，如何在情节的突转间真正能建立对超验的神的敬畏。

朋霍费尔提出过另一个很有启发的观点，他认为："当人的感知能力（常由于懒惰）到了尽头，或者说，人类智穷力尽之时，宗教性的人就谈起了上帝：他们或是为了所谓解决不能解决的难题，或是作为人类失败时的支柱而召唤来帮助自己的，就是说，总是由于人的软弱或处于人生边缘时来帮助人的，确实总是那个 Deus ex machina（机械降神）。"[②] 也因此，朋霍费尔强调，上帝应该在生活的中心，而非边缘，尤其不应当是人在走投无路的时候才会选择信靠的依赖，因为那并非依赖，而更像权宜，上帝不应该是人生困顿的某种"补缺"，也不是人理所当然的躲避罪恶和苦难的避难所，他说："我希望不在生活的边缘，而在生活的中心，不在软弱中，而在力量中，因而也就不在人的苦难和死亡里，而在人的生命和成功里来谈论上帝。"又说："我们必须在生活的中心里去寻找上帝，在生活而不是在死亡中，在健康与精力中，而不只是在苦难中，在行动中而不只是在罪恶中去寻找上帝。"[③] 基于这种理解，朋霍费尔

---

① 尼采：《悲剧的诞生》，孙周兴译，商务印书馆 2012 年，第 128-129 页。

② 朋霍费尔：《狱中书简》，高师宁译，四川人民出版社 1997 年，第 130 页。

③ 朋霍费尔：《狱中书简》，高师宁译，四川人民出版社 1997 年，第 151 页。

进而提出了基督信仰的"此世性""成年的世界"以及"非宗教的信仰"等观念，这也让他成为二十世纪最有影响力的神学家之一。

1944年6月，在纳粹监狱中的朋霍费尔提出了"成年的世界"的看法，他认为，经过启蒙"祛魅"的现代世界充分自治，政治、道德和科学都已"成年"，不再仰仗上帝的监护，也无须再把人和世界拉回"童年"时代。就像海德格尔说的，世界图景已经"非基督化"了。在这样一种可以称之为"上帝隐匿"甚至"上帝已死"的背景下，"成年的"人们应该直面世界的"成人"，要意识到"宗教"只是基督信仰的外在形态或形而上的景观，而非本质，所以人们要有勇气以"非宗教"的方式来面对基督信仰，因为，基督教信仰绝不仅指向来世，上帝更希望人们"返回他们在尘世的生命，以一种全新的方式生活"[①]。信仰是生命行为，响应基督的召唤，不是说人要一定恪守宗教形式，而是切实为人，进入新的生命。因此，上帝的隐匿并非终结，而是开端，"我们同上帝的关系，不是同一个在力量与仁慈方面都是绝对的最高存在物（那是关于超越的虚假概念）的宗教关系，而是一种通过参与上帝之存在，为着他人而活的新生活。超越性并不在超乎我们力所能及的任务之中，而是在我们手边最接近的事情之中。上帝在人的形式中，……他是为别人而生存的人，因此就是那在十字架上受刑的人"[②]。朋霍费尔希望人们回到《圣经》中去理解上帝，理解道成肉身的神迹里感于承担世俗责任的苦弱的上帝，作为上帝的门徒，人们的目标不应是成为"属灵"的超人，而是成为真正的"人"，"耶稣基督，上帝成为人——这意味着上帝在人的身体里接受了人性的全部；从此，神性可以在人的样式里被找到；在耶稣基督里，人类被赋予自由成为在上帝面前真正的人。现在，'基督徒'不是超越人性的，而是在人

①　朋霍费尔：《狱中书简》，高师宁译，四川人民出版社1997年，第164页。

②　朋霍费尔：《狱中书简》，高师宁译，四川人民出版社1997年，第193-194页。

当中的一种存在"①。

　　没有任何证据表明，北村此时的创作一定受到了朋霍费尔的启发②，但是正像我们前面讨论的，从北村接受信仰的那一天，他就注意到信仰与宗教的区分，他说过："宗教对历史发展和公共生活中没有任何作用，它总是与真正的生命相对立，人从真正的信仰中堕落下来就进入宗教……我对宗教没有兴趣，但我是一个基督徒，我有永远而神圣的生命住在我里面。"③ 这与朋霍费尔所谓的"非宗教的基督信仰"的观念是非常类似的。我们不能否认在《愤怒》《我和上帝有个约》等作中出现的"天国的尺度"，那最终的裁决和恩典都不是世俗的力量；但我们应该承认，北村也一直在试图寻求和塑造"上帝面前真正的人"，比如老木父子，五环和维林等等。

　　有论者认为："走向宗教的文学变身使北村仿佛获得了一种特殊的文化资本，先验地赋予了他的小说的独特性乃至深刻性。"④ 他被不少批评家认为是先锋文学转型之后在精神向度上做出突围的新先锋写作的代表，即与这个原因相关。这种说法其实亦暗含着对北村小说做"机械降神"式理解的意味。其实北村一直在抗拒这种因为信仰而被另眼相看的归类，所以他始终否认自己在"神学写作"的套子里。评论界之所以有这种习惯的认知，还是因为北村受到《圣经》的启发太大了，就像耶鲁大学神学院的彼得·S.霍金斯教授所言："任何对'作为文学和神圣文本的圣经'的思考之始都必须意识到，这个简单的连词'和'（and）的性质可疑。尽管它可能意味着一种单纯的对等，但是那两种身份从未和平共处过。几个世

---

① 葛拥华：《朋霍费尔论道成肉身及其神学意义》，《基督教思想评论第十三辑》2011年。

② 北村在自己的微博中曾多次转载过朋霍费尔的诗歌和箴言，如2015年9月4日、13日，参见 https://weibo.com/1217330363/CyW6bwbGy?type=comment。

③ 北村：《信仰问答》，《天涯》1996年第3期。

④ 吴俊：《先锋文学续航的可能性——从吕新〈下弦月〉、北村〈安慰书〉说开去》，《文学评论》2017年第5期。

纪以来，对经文艺术的品鉴源于一种虔诚的信仰——其神圣作者提供的必定是一部再完美不过的作品。《圣经》也是无所不在的：它通常是已经存在于人们心中的一部具有普遍意义的潜文本、一个故事和隐喻的网络。"① 以《圣经》作为潜在的文学资源和根本精神背景的写作，自然也是如此。信仰与文学的关系，既是北村置身其间的特别处境，也是他要不断协调的问题。作为一个基督徒，他的"时时怀疑，时时信仰"自然也会体现在他的作品中，给作品带来不同的色调，让小说人物有不同的命运走向。此外，对他而言，还有一个相对复杂的问题，那就是作为一个一直严肃思考人之精神和存在的作家所秉持的思想立场，与信仰解释中避免思想解释的某种矛盾。

北村说过："一个没有思想能力和思想动机的作家的价值是值得怀疑的，一个没有对人性有足够关怀的作家是残忍的。真正优秀、伟大的作品一定有很深刻的思想容量，否则最多写个人命运，写不到人性里面，最多写个人情感，写不到精神深处。……就我个人来说，找不到一条思想动力线的作品我不会写，这样我的叙事动机就没了。我不是为讲故事而讲故事。这部作品要沿着我要讲的故事，最后回到我和现实的关系上。"②

而在《我和上帝有个约》中，他又借苏牧师之口开导陈步森：

> 你不需要做任何事来讨好神，一个人成为圣徒不是因
> 为他做了事情，好比一个人恢复和父亲的关系不是因为他
> 为父亲做了一顿饭，这和恢复关系是两件事。一个人承认
> 自己是有神生命的人，就是和父亲关系的恢复，一种原本
> 就存在的关系的恢复，没有人去检验父亲的DNA才相信他，
> 只是依靠信，除了相信还是相信，生命可以证明但它不需

① 彼得·S.霍金斯：《作为文学和神圣文本的圣经》，《圣经文学研究》2017年第2期。
② 《我不愿再写绝望的东西——北村获奖访谈》，《南方都市报》2007年4月8日。

要证明，他只宣告，你只承认，先有生命，后有知识，人
类主要是靠信心生存的，这样人类才有幸福感，才能体验
到真正的自由，如果人类只依靠思想活着，是没有幸福和
自由的。

北村所谓的"思想动力线"的"思想"和苏牧师口里的"依
靠思想活着"的"思想"当然不是一个层面的事情，前者是他介入
文学的姿态和对文学尊严的捍卫，后者是他对信仰转换的理解。但
是，关注人性的堕落和人们精神深处的顽疾，必然带来一种强烈的
来自"思想最深处的"关切冲动，而祭出信仰作为拯救之道，又需
要让读者明白信仰的非理性，因此在一些评论家看来，北村小说的
一个问题恰恰是其思想立场抽绎成了信仰叙事，并且一劳永逸地解
决了精神性先锋写作的叙事动力问题，所以他们对北村的评价与北
村自己的认知恰恰是反向的，北村强调他的信仰故事是为了要回到
与现实的关系上，而有些批评家则认为，北村的"'文学现实'是
为其'宗教变身'提供故事环境的，他要说的是堕落灵魂的拯救故
事，借助宗教的特殊力量为他的先锋文学写作注入续航的动力，回
归现实仍只是一种文学策略"①。北村虽然没有对此直接回应，但
从《施洗的河》到《安慰书》，这二十五年来，他的创作形成的周
期性的摆荡，多少也是这种矛盾心境的体现。不过，无论如何摆
荡，在文学已然进入北村所谓"蝶化"的今天，他对这个转变的时
代之心灵的见证是没有缺席的！

在《安慰书》中，陷入困境的人们没有等来天国的福音，但
是这些人在经历了情感和正义的溃败之后，终究学会努力去承负自
己在世间该承负的东西，学会"在手边最接近的事情之中"找到超
越性的力量。就像北村在此前一次访谈中强调的，"在今天，不是

---

① 吴俊：《先锋文学续航的可能性——从吕新〈下弦月〉、北村〈安慰书〉说开去》，
《文学评论》2017 年第 5 期。

哪个阶层应该承担起责任，而是大家都要承担，每个阶层都要担起自己的职分"①。因此，这个看起来充满了巧合和机心的小说最大的不同在于，它的救赎之道不在彼岸，而在"此世"，在人们知罪后才感知的"正当的"生活中。换言之，相比于北村此前的作品，《安慰书》最大的逆转就在于没有逆转，这个充满了各种离合、生死、情仇、悬疑，具备几乎所有通俗元素的小说在最后却回归到最为素朴的"人"和最朴素的情感身上。它让我们想到朋霍费尔生前最后写就的那首题为《所有美善力量》（又翻译为《上帝的权能》）的几句诗：

> 若你递来沉重苦杯
> 杯缘满溢痛苦汁液
> 从你良善恩慈圣手
> 毫不颤抖感谢领受
> ……
> 所有美善力量奇妙遮盖
> 不论如何都期盼那安慰
> 在晚上早上每个新的一天
> 上帝都将与我们同在

---

① 北村、陈辉：《直面钱理群之叹》，《文学界》（原创版）2013年第5期。

第五章 "上升的一切必将汇合"

一

对于新时期诗歌略有了解的人都知道，1999 年由花城出版社出版、杨克主编的《1998：中国诗歌年鉴》引发了"民间诗人"和"知识分子"诗人的大论战，进而导致双方公然决裂，《年鉴》的出版也由此成为世纪末诗坛的一桩标志性事件。今天翻看这本《年鉴》，值得我们注意的地方或许还有，以小说家身份闻名的北村有四首作品入选，分别是《一首诗》《他和我》《爱》《只有歌声》，比舒婷、张枣、西川、欧阳江河等著名诗人入选的诗作还要多。这从一个侧面佐证了北村诗歌创作的成就。

事实上，在北村的创作履历中，诗歌一直是相当重要的组成部分，不但体现于他小说中塑造了一系列的诗人形象，以及小说中间杂着的那些令人印象深刻的诗句，更体现于他三十多年来断续写下的为数不少的诗作。尤其从 1995 年到世纪之交的"信仰道路艰难的挺进期"，北村的诗歌写作进入一个爆发期：1998 年，在《花城》发表了《北村诗八首》，在《青年文学》发表了《初恋》（外四首），在《山花》发表了《诗七首》；1999 年，在《作品》发表了《北村的诗：七首》；2004 年，在《厦门文学》发表了《北村的诗：20 首》。虽然，就在文学界的影响而言，北村的诗作是不能与他的小说相提并论的，但是在某种意义上说，诗歌构成了北村思考的精神之核，它们以更凝练和高峻的形式铭刻下对存在与信仰的真切体验，也更锐利地澄明生命的本相，以及明示了在形而上的指引下生命上升的可能。他在诗歌中所彰显的对时代的洞察和穿透、批判性、令人震颤的共情和坚韧的超越意识与他同时期的小说构成高度协同的关系，因此，将北村的诗歌创作纳入讨论对北村来说是相当必要的。

在一首题为《诗人》的诗中，北村这样记录下他心目中的诗人形象：

世界已宽广到

容不下你的地步

艺妓的世界

酒香的世界

你四处奔走于

大地

为了最后那一双眼睛

受惠于自然？求教于真理

然而受惊的诗人

渴望母亲的乳房

沉睡的诗人

人口众多的诗人

为何如今只剩下他

和已经死去的另一个

以及那精金的歌唱

无毒无害的诗人

清瘦

善良

然而暗哑

那是逝去之人才能听见的声音

就范于爱情和永恒的天国

然后在你自己的地方

孤独死去

天空收容它自己的人

忧愁独自飞入天堂

我将继续留在地上

为了怀念

不妨将这首诗视作北村的心意自陈，一个奔走于伧俗的大地之上，在倦怠和惊惧中渴望归乡的诗人，一个为爱和信仰而力图保持赤诚的诗人，一个清瘦、孤独然而也是勇于担负的诗人——这也是作为诗人的北村给我们留下的深刻印象，他的诗作确实有两个恒常的主题，那就是"爱情和永恒的天国"。

让我们先回到《孔成的生活》，那个梦想做一个诗人而成为一名建设师的年轻人，在精神的极境中留下一句又一句痛苦的诗句和词语，比如"头颅、天、梯子和门"，"脑子里转动高大风车的叶片 / 我的胸中又是那样平静 / 我说受难吧 / 只留下一部书放在末日的海滩"，又如"一条拒绝的船停在山顶 / 看—— / 那就是我们过去的神庙 / 昙花和贝叶的小径 / 风吹走了我们的爱情""我身体的宫殿空空如也 / 在终极之花开放的时候 / 它回到了我的内心"。而在结尾处，小说更是保留下孔成诗稿中一首叫《谣曲》的诗相对完整的片段：

我能够唱出那谣曲

在我酒醉的时候

看见生活就像天使

亭立的醒酬

给了儿童整个下午的微笑

我唱出句子中的谣曲

想着野菊在山坡上

中间立着的陶瓷

它完美的后悔也已经

不那么令我失败

天空明净得如同白昼

使一部分黑暗的叶子呼吸

你的，也是我的述说

在这尘土的光辉中

你的手臂揽住了什么

怀抱野菊

你又怎么把它托在手心

我走过漫长的驿路

向着另一片山坡

从白骨的梯级接近

谣曲啊

你弥漫又弥漫

天空的胸膛常流的血

　　这些诗句中挽歌一般舒缓的节奏与意志的绝望间构成强大的张力，深刻地刻画出孔成也是北村其时感觉到的存在的劳瘁与迷惘，以及对一种"绝对精神"抵达的渴望，也就是北村自己所谓的"超越性的跋涉"与"生命的沉沦"之间的对峙。"脑子里的风车""昙花和贝叶的小径""身体的宫殿""尘土的光辉""白骨的梯级""天空的胸膛"等意象虽然不无刻意，但也显现了他对诗歌词素搭配的一种修辞性的敏感，我们在其中可以读到一种近乎单纯的抗击世俗的执拗，也初步预感到北村对罪愆的揭示。在一定程度上，北村在巨变之前的这个小说中镶嵌的这些诗句在他整个的诗歌创作中具有一种奠基的意义。

1992年3月，皈依之后的北村进入了一段对诗人和艺术家之审美救赎意义的强烈质疑期，他说过："诗所寻找的是美和安息，也许诗人们已经找到了美，但他们没有找到安息，我可以从无数作家的自杀中找到证据，来说明这一种失败。"[①] 所以他这一时期着力写了很多失败的诗人，比如《玛卓的爱情》里的玛卓和《水土不服》中的康生。玛卓写下过这样的诗句："我向你举起双臂／不知以什么姿势放下。／你颅腔深处我的家乡／是不是我要用死来到达。"在叙事者看来这是"怪诞又不让人舒服的诗句"，但它们其实相当精警地写出了一种对爱与死的倾心，并预示了小说的进程。康生写下的则是一首叫《永世》的诗：

> 看见火在燃烧
> 里面有我所有的过去
> 贫穷和奴隶的记忆
> 现在的平静是异常的
> 时间是心中的一滴水　正在枯干
>
> 荒芜的日子是这样
> 世界昏迷　亲人伤感
> 风把幸福吹散了　像稗子到处飞扬
> 梦想的是自己　失望的也是自己
> 将来像过去一样　都已冷却成灰
>
> 常常被叹息吓慌

---

① 北村：《我与文学的冲突》，《当代作家评论》1994年第4期。

停歇在任何地方
鸟都是猎人伤害的目标
我像它一样逃亡
庄稼荒凉　而荆棘却繁荣一片
这样的日子有谁喜悦

风如何行　爱也如何穿越心肠
等我融解为尘土和卑微
不再自尊
天才的光辉黯然失色
怜悯就愈加神圣和尊严

痛苦像烟一样上升
它去的地方也是祈祷所到达的
怜悯听从绝望的天才
有谁愿意和这样的尘埃亲近

　　这是诗人康生绝望的证词。就这首诗本身来看，体现了北村相当高超的诗艺，他并没有因为预定了小说中诗人颓败的终局就让他潦草地写下什么。整首诗的调子忧郁而悠扬，弥散出无从摆脱的荒芜感，并激起难以言表的悲悯。诗中所写的"世界昏迷　亲人伤感 / 风把幸福吹散了　像稗子到处飞扬"，还有"庄稼荒凉　而荆棘却繁荣一片 / 这样的日子有谁喜悦 / 风如何行　爱也如何穿越心肠"等句有着海子诗歌语言一般的澄澈和炼净，没有任何的生僻词汇和庞然大物般的概念，简单的长短句结合，直白但击中人心，最基础的动宾和主谓搭配，却蕴蓄无限的温暖和疼痛，胜在语感的拿捏。而且诗中"天才的绝望"不只是康生的，它更像艾略特所言那种"更大的经验整体"，绝望带来的不是歇斯底里的宣泄，而是安静中对终极的渴慕；同时，绝望也是一个严峻的关涉时代的困境，或者说是诗人的宿命，毕竟，无论停歇在何处，"鸟都是猎人伤害的目标"（北村后来将小说改名为《鸟》，以单行本的形式出版，名字大约即来自这句诗）。这首诗甚至让我们想到保罗·策兰，策兰在自杀前一直阅读荷尔德林的传记，并在其中一段句子上画了线："有时这天才走向黑暗，沉入他的心的苦井中。"——与《永世》的句子多么相似啊——这一句余下的部分并未画线："但最主要的是，他的启示之星奇异地闪光。"

如果考虑《水土不服》这个小说本身对诗与美之死的隐喻，那么这首诗就更显难得，因为它把小说相对显豁的题旨以自足的语言做了抒情化的转化，而不是北村急于传递的信仰理念的膨胀，"痛苦像烟一样上升"，它如此举重若轻，又给读者留下刻骨的寒凉。不过，诗中最后也提到了祈祷所到达的地方，喻指了解除痛苦的可能。北村曾给朱必圣的长诗《出埃及》写过一篇诗评，题为《在祷告里回家》，评论本身也是用诗一样的文字写成的。其中写到，如果离弃了"起初的爱和光"，人只能在旷野中流荡，活着却如"没有生命的陶罐"，因此他忠告自己的朋友"离开独自回忆的边缘，离开巴比伦，回到父亲那里去。因为我们知道，我们留居的世界，只是一道幻影。让我们一起为此祈祷吧"[1]。《在祷告里回家》更为清晰地为康生和玛卓们指出了解救之路。

二

发表于《花城》1998 年第 5 期的《诗八首》被有的评论者认为是"展示了基督信仰的向往、感动、苦难、赞美、弃绝、救赎、平

---

① 北村：《在祷告里回家》，《厦门文学》1993 年第 6 期。

安、前行"的完整过程的作品，"是信仰生命成长并成熟的歌，是天路历程所走过所有哀乐的歌"①。在笔者看来，北村的这八首诗确实体现了某种内在的统一，不过因为北村对信仰做了审美的抽绎和转换，所以诗意是沉潜而隽永的，主题并没有那么集中和明确，像其中的《一首诗》《询问》《无题》《远方》，北村还曾打乱顺序收录到其他集中发表的诗选里。总体来说，八首诗呈现给读者的不是刚硬的"筋骨思理"，而是悲怆和亲切交织的情韵，文字非常省净，内在的精神关怀却很宽阔。

第一首《无题》看起来说的是一个患了怀乡病的女人渴慕海的激情，"她说她的心是年轻的渔民，一个大海能把它点着"。首先，"怀乡"让我们想到的是前引北村的《在祷告里回家》中的话："我们独自留在这城市，失去了中心和家园，连语言之分也消失了，这个城市失去了故乡的性质……"诗歌里虽说的是村庄，但女人同样被无法在居住之地找到真实的信靠而困扰，所以才要把"长辫子""探出窗外寻找幸福"，意即冲破此在的围困。她的心澎湃着整个海的激情，也渴望把这激情充盈在生命之中，却被世俗的惯性力量规约着，"人们却迫它学习行走"。最后两句"但是要把脚步放轻／以便穿过一些不懂的东西"稍微有些费解，它们承接"一切还得继续"而来，指的是女人还要在尘世的生活中走下去，但是她的脚步要轻灵一些，只有这样才不必误入尘网太深，不必被现实中的虚妄浮躁这些无关生命意义的东西所牵扯，而获得更实在的向上的支撑。

第二首诗《询问》的宗教意味相对明显，因为出现了"锡安"和"圣人的遗骨"等词汇。"锡安"是《旧约》中对古耶路撒冷的一种称呼，锡安山是耶和华的居住之地，一直是犹太人情感和信仰的寄托。在这首诗中，诗人用的是一种晤谈的口吻，而且从这首诗

---

① 马玉红：《百合香染的颂歌——论北村〈诗八首〉》，《井冈山大学学报》2014年第6期。

开始，接下来的几首也基本都在“我—你”的对话关系中展开。马丁·布伯有一个很伟大的提醒：“从人称代词的使用中，我们可以看到，决定人的内在世界境况的关键环节在于，我们必须根据两种不同的立场来对这种‘鲜明的对照’加以区分，也就是说，要根据我们在面对其他对象的时候是把他们作为其他的人格还是作为其他的物体来区分这种‘鲜明的对照’。第一人称与第二人称之间的人际关系即‘我与你的关系’，与第三人称与对象之间的客观关系即‘我与它的关系’，是截然不同的。”“我与你这一关键词只有全身心投入才能言说出来，而我与它这一关键词的言说从来都不会全身心投入。”① 在北村的先锋写作时期，他与笔下频繁出现的各种物的关系即类似于一种“我—它”的关系；但在皈依之后，他小说中的对话明显多了起来，甚至有时成为一种基本的推动叙事的结构。北村诗歌中的“我—你”关系比小说体现得更纯粹。对于布伯来说，“上帝是伟大的你或者永恒的你。人们之间的关系在上帝那里交叉，在上帝那里终止”②，对于北村来说，诗中的“你”也具有这样的位格。《询问》一开始，即通过“我”的“询问”，呼唤永恒之“你”：“谁在那一卷书中 / 谁在灯下凝视……谁是你微微发颤的心迹 / 谁使锡安荒凉 / 谁先爱人而去却仍在生长”。“你”在诗中并没有献声，却无所不在地对询问投下幸福和爱。结末三句“从苦难的形状中 / 从圣人的遗骨中 / 从诗中挣扎而出”的虔敬即是对“你”的回应。

更能直观呈现“我—你”关系的是第六首《他和我》以及第七首《安居》。《他和我》是这样写的：

① ［德］哈贝马斯：《马丁·布伯：当代语境中的对话哲学》，曹卫东译，《现代哲学》2017 年第 4 期。
② ［法］E. 勒维纳：《关于马丁·布伯的若干笔记》，黄启祥译，《哲学译丛》2001 年第 3 期。

他比在上面时更清瘦
更接近我心的模样
他像是在让我明白
憔悴，苦楚，汗如雨下
甚至内心的波动

所有苦难都和这一次有关
需要一次真正的泅渡
我走过他的脊背时
听到了他的声音

他不沉重也不凄凉
只是痛苦
寂静中我突然心碎
看见他满脸下滴的黄金

我伸手抚摸他的容颜
像大千世界
只剩下了我们两个
彼此忘记了自己的日子

这首诗又有一个人称转化，把上帝描述为"他"，但整个诗的口吻还是对"你"的交心，而且反复诉说的都是"他和我"须臾不分的共在。诗中的上帝不是高高在上的权威，他清瘦如诗人的模样，他替"我"也是替人间承负痛苦，以换"我""真正的泅渡"。这样的处理把有关信仰的宏大叙事化为内在个体的生命经历，上帝肉身化的存在让"我"在他的分担中领悟他的高贵。"他"和"我"都是伟大的移情者，"他"让"我"明白憔悴、苦楚的意义，"我伸手抚摸他的容颜",他们在二者相互玉成的关系中知与被知、爱与被爱。

相比之下,《安居》更为直接地呈示了诗人与上帝之间的"我—你"关系:"我"很轻的生命因为遇到"你"的真理而发生了改变,从此"我"懂得"罪与苦难在所难免",懂得自己的生命之花被压碎反而更能"发出佳酿的馨香",懂得在"你"未临时"学习爱",懂得追随"你"荣升,懂得因为"你"与"我"的共在,所以"我"才可以安居。就像《圣经》诗篇中的一些诗句,整首诗用安详的语调发出了祈祷和赞美,对痛与罪的醒悟以及重获新生的挣扎的痕迹都可从诗中读出,但紧张的心灵因为学会了交托、因为获得信靠的支撑而变得平静无比。就像爱德华兹说的,恩典的情感总是伴随温柔的心,并让人保留敏感、自律和谨慎。① 因此,在八首诗中,这一首最为温暖芳醇,也最沉静诚挚,带有令人安神的圣洁的光芒。

第三首《昏迷》有着廓远的诗思,在意象的选取和诗行的承接上,好像受到了里尔克和冯至的那种精神浸漫,悲哀与不可理解的昏眩没有给诗人带来迷乱,而是躬身自问,以思考、观察和体悟将生命的有限向着形而上的境界延伸并敞开。诗人首先体悟到的是生命的"暂住"与意义的空位所滋生的"怀疑":"因为深深的怀疑 / 一切都远远离去 / 就像撒出去的种子 / 在别处开花结果 / 恐惧是一整个冬天的 / 无声无息"。诗人试图从中去追觅一点实在,然而唤回的却是"严肃、认真然而廓远"的"昏迷",这喻示了现有经验的有限性,而常识中的"昏迷"寄托深远。所以接下来就是:"毫无一物需要指明 / 不可理解之物站在一起 / 呈现思想的风仪",人的意志最终要由终极的意志来指引,后者不可解释,也溢出了常人理性的设计,他的"风仪"是要去领受,而不是去理解的。领受这风仪

---

① 乔纳森·爱德华兹:《宗教情感》,生活·读书·新知三联书店 2013 年,第 228 页。

后的人"像虫一样卧在过分成熟的草中／再也无人会损坏它",这是一个精警的比喻,会让人想起冯至的那句"那些小昆虫／它们经过了一次交媾／或是抵御了一次危险／便结束它们每秒的一生"。在冯至笔下,小虫生命的完结并非意味死的沉寂,而是一次辉煌的完成,是对死亡凛然的深化和更高的理解。而在北村这里,因为信仰的抵达,小虫获得了更内在的庇护和另一种逾越死亡之上的存在方式。全诗后两句"有谁能说出,这是什么东西／悲伤的歌曲",再一次让人去思考那"不可理解之物"降临背后的力量。比较费解的是"悲伤的歌曲",它可以理解为答案,表达悲伤中的追求,也可理解为全诗提供的一个情境,但若做后一种解释,又难以说清为何悲伤成为笼罩性的情感而没有随着"思想风仪"的显身转变情绪。这个结尾甚至可以把全诗蹈入另一种完全相反的反讽的诠释,如非虔敬和圣洁的信仰对人心智的捕获,让人在无望中的轻信变成新的悲伤。这恰恰彰显了这首诗本身的哲思的深邃,虽然整首诗的语句很简单,没有任何字面的生涩和繁复的修饰。这可以用下面的第四首《一首诗》来做进一步的证明。

　　不妨将《一首诗》看作北村的诗歌宣言,他追求诗歌的扑面而来的生气,即便写诗的动机是形而上的冲动或出于伟大的虔诚,诗歌也不应该有那种过于缠绕的层层修饰、意象堆叠到令人望而生畏的面目,因为意象和形式的单纯并无妨于诗意的深厚和玄远,而真正的繁复也不依赖外在的紊乱和膨胀。"诗应该是能吟诵的／能上口入心／能在饥饿时被大地吸入／并且感到甘甜",诗歌要具有音节之美和内在的韵律,要有诉诸人心的见情见性的力量。"诗使白天明亮／夜晚变黑／有时诗会摘下眼睛／让我佩戴／看见另一个自然的天空",诗能让人看到生活之外的东西,甚至能让人生活在别处,但北村并没有因此就高蹈地强调诗歌要照彻黑暗,反而愈显出对诗歌不故作高深或奇崛的本性的尊重。最后一节揭晓了北村所理解的诗的义理,就像他在相关的小说中所呈现的那样,诗人的尽头不是美，美也带不来真正的救赎，诗人如果只在尘世的范畴中体会并思考诗歌，那么他作为诗人的形象一定会走向"破碎"，而"神的脸从后面浮现出来"，这意味着，诗歌最终极的赋意者在于那个至高的神，这是让诗歌具有内在的超越性的唯一的可能。

第五首《深渊》的主旨在最后一节有明确交代："将我轻轻收取／让罪被血浸透／像一个破残的器皿／回复陶人之手"。这个核心的比喻出自《圣经》，《圣经》多处提及窑匠及其工作，如《耶利米书》18之六："耶和华说，以色列家阿，我待你们，岂不能照这窑匠弄泥吗？以色列家阿，泥在窑匠的手中怎样，你们在我的手中也怎样。"又如《以赛亚书》64之八："耶和华阿，现在你仍是我们的父。我们是泥、你是窑匠。我们都是你手的工作。""回复陶人之手"意味着知罪后归向神，按上帝的旨意生活，只有如此，才可能脱离"深渊"，获得真正的"心志转换"，成为新人。

最后一首《远方》是整组诗的收束，但是是信仰之路的起头。诗歌写的是天路历程漫漫，考验身心，在很多人半途而废的情况下，那些继续行走在信仰之途经受困苦和试炼的人流下了眼泪——"继续的人流的是泪水"，这一句可能出自《圣经》的《诗篇》56之八："我几次流离，你都记数。求你把我眼泪装在你的皮袋里，这不都记在你册子上吗？"又《以赛亚书》25之八："主耶和华必擦去各人脸上的眼泪，又除掉普天下他百姓的羞辱，因为这是耶和华说的。"而"远方"让人想到的是《以赛亚书》60之四："你举目向四方观看，众人都聚集来到你这里。你的众子从远方而来，你的众女也被怀抱而来。"这点出了上主的号召力之强和归信之力的坚韧。

几乎同时发表于《山花》1998年第10期的《诗七首》在诗风和主题上与《诗八首》很相像，也多从《圣经》和宗教典故中取材，铭刻下不同信仰阶段的心灵体验。比如前两首《骨中之骨》和《怀念》都从上帝用亚当的肋骨造夏娃的事延伸而来，第三首《我们》、第四首《忠诚》、第六首《深深望入》以及第七首《释放的眩晕》都是面向上帝的虔诚敬祷；第五首《孤独者》则表现了一个信仰的跋涉者"即便断成两截／也在该到达的地方"的勇毅。

北村还有一些宗教题材的诗作如《良伴》《隔壁是谁》《晨祷》《天堂》《心灵只认识他自己的朋友》《神圣的一瞥》《医治》《微光》《燔祭》等，所体现的也大致如斯。在这些以信仰为底色的诗歌中，北村大多选简萃的文字和简单的句法，用相对隽永又清婉的方式抒情，却容含了坚贞和执拗的精神追索姿态，也免于让诗歌成为简单的布道，神圣的"巨大元素"不是没有，但基本贴合诗歌的旨意而非强行介入，这种均衡是很难得的。

三

爱是北村诗作的另一个重要主题。当然，他的爱情诗歌的"爱"是复义的，前面所论的信仰类题材的诗作本身也是对上帝之爱的体现，所以像《诗七首》中的《骨中之骨》和《深深望入》后来又被北村收入到其《爱人之死》的组诗中，可见诗中的爱既可作神圣的信仰之爱，也可理解为深挚入骨的人世之爱，前者需要后者的践行来做铺垫，而后者的意义在前者那里才有最安慰和可靠的支撑，两者应该是相通的。"你爱我吗？"这是基督问使徒彼得的问题。① 莱尔指出，对于今天的我们而言，"这个问题仍是最深刻的、最有益的"，而"想要去爱别人的倾向，是上帝放在人之天性里面的一个自然的感受。不幸的是，太多时候，人们把他们的感情用在不配的对象之上"，所以莱尔又提醒："在我们所有爱的情怀中，不要忘记爱基督。"② 北村的很多抒情短诗形象化地呈现了这一点。

北村写于 1996 年 11 月的《活着》，承袭海子的《面朝大海，春

---

① 《圣经·约翰福音》21:16
② J.C. 莱尔：《圣洁》，生活·读书·新知三联书店 2013 年，第 288 页。

暖花开》，但把沿后者而来的诗情转化为面向人间和上帝的温柔之
爱，从而具有了一种真正谦卑的温暖。

从现在开始不再醉酒

把粮食还给人民

做一个清醒的人

用眼睛注视孩子

流过的泪水浇灌家园

我要听清流水的声音

看懂每一片树叶的眼神

做所有人的朋友

请求我的心多爱一个受伤者

用我的单衣遮蔽寒冷的人

我还要把我的吻献给我爱的姑娘

愿我的微笑感动爱我的人

告诉他们

我是妻子的丈夫　女儿的父亲

母亲未成年的孩子

土地忠实的耕种者

正在辛勤劳动　欢喜收割

把喜悦装进粮仓

愿我的嘴滴蜜　愿我的心芳香

从现在起

珍惜每一个白天和夜晚

做一个平凡的人

美好地生活

幸福地死去

整首诗与《面朝大海，春暖花开》非常相似。在海子的诗里也有对众生的爱（"陌生人，我也为你祝福/愿你有一个灿烂的前程/愿你有情人终成眷属/愿你在尘世获得幸福/我只愿面朝大海，春暖花开"），但是其中也深深隐现着个人幸福与尘世幸福的巨大对立。《面朝大海，春暖花开》这首传诵广泛的诗歌，其实是海子的绝望之诗，而他的绝望，更多源自于其诗学理想与社会现实、"大地"与"首都"、黑暗与光明、神恩普照与天地不仁之间巨大的不协调。海子一直试图调适自己，就像崔卫平观察的那样："一方面他接近宗教，不断借用荷尔德林重新呼唤'大地神性'的表达，在诗歌中，不断出现可以归之为'先知般的''天启情绪'式的句子，诸如'走到了世界的尽头'这样的表达。……而另一方面，在诗歌写作上，他返回'史诗''大诗'这样的立场，不再强调个人写作，由此你可以体会他在重新寻求某种整体性、某种共同体的冲动。"[1]但其自我高蹈的精神定位根本无法在现实中落定，而直面生存悖论的担负又不断带来噬心之痛。这种"噬心之痛"也传递到北村那里，他对海子之死有相当刻骨的记忆，他说："海子的诗唤起了我心中同样的悲痛，过去的理想在80年代末全部失落了"，他"坚信海子是一个洞悉了乌托邦的虚假本质的人"[2]，并称海子"是这个时代诗歌的核心"[3]。曾一度陷入精神困境中的北村反复思考的一个诗学命题就是，如何避免海子式的结局，而在他同期所写的小说中，不少诗的人物形象都叠印着海子的气质，并与海子有近乎一样的命运。但是当他选择了归信，解决了实现真正诗意栖居的迷惘后，一切都变得不同了，所以这首《活着》可以看作是北村对此前自己精神困扰期"诗人何为"之问的回答。

---

① 崔卫平：《海子、王小波与现代性》，《当代作家评论》2006年第2期。

② 北村：《今时代神圣启示的来临》，《作家》1996年第1期。

③ 《北村：只要人类存在，文学就不会消失》，参见 http://news.sohu.com/08/95/news 204479508.shtml

全诗的第一句"从现在开始不再醉酒/把粮食还给人民",值得注意的是"现在"一词,如果对比"从明天起,做一个幸福的人"就更能看出北村的刻意强调。在海子那里,不断重复的"从明天起"暗指了诗人"现在"的"不幸福"也不自由的状态,"明天"当然是一种期许,但并非允诺,就像人们总习惯把未有可能在现实实现的事情托付未来一样,它本质上是延宕,是一种不会真正抵达的宽慰。而北村的"现在"带来一种刻不容缓的果断,意味着诗歌接下来的一切都不是自欺欺人,要付诸实践。诗人要做的事情是"用眼睛注视孩子/流过的泪水浇灌家园"要"看懂每一片树叶的眼神/做所有人的朋友",希望"多爱一个受伤者/用我的单衣遮蔽寒冷的人",希望把"吻献给我爱的姑娘/愿我的微笑感动爱我的人",诗人对众生的爱单纯又温柔,所有这些事情既带有一种象征性的博爱,又带有朴素可感的切实,而躬行这些事情的那个人的温柔之心也是历历可见的。构成这些事情的诗句带有一种既谦卑又坚定的吁请的调性,基本接近于口语的表达,因为这种调性变得真率且坦诚,与全诗整体的抒情氛围非常协调。有人评价海子说:"在他最好的一些抒情诗中,他几乎只用一种语言说话,那就是爱的语言,他只要求我们拥有一种共同的感受,那就是对于爱的感受。"[①] 这首《活着》也是如此,而且我们也知道,在海子那里,爱的感受会不期然地转向或升华为痛苦,但在北村这里,爱因为有信仰支撑,就成为不竭的存在。整首诗以非常安静的语句收尾:"从现在起/珍惜每一个白天和夜晚/做一个平凡的人/美好地生活/幸福地死去"。这里也出现了死亡,但它并没有指向绝望,而是一种从容的领受。诗歌流淌的爱很符合爱德华兹界定的"信主之后所有属灵的"情感,所以虽然整首诗都在写对尘世的奉献并甘之如饴,但它本质上并非对尘世的献诗,而是一个被主悦纳

---

① 张定浩:《取瑟而歌——如何理解新诗》,华东师范大学出版社 2018 年,第 134 页。

的人安详地展现他的"仁爱、喜乐、和平、忍耐、恩慈、良善、信实、温柔、节制"[①]。

与《活着》类似的作品还有写于大约同一个时期的《爱人》《少年》《弟弟》《妹妹》《初恋》等几篇，它们也都有着澄明单纯的质地，没有太多解释和修饰，节奏轻快，朗朗上口，谦卑的爱意在诗行中满溢，有些微的疼痛感，但最终还是被恩慈所化。"爱人""少年""弟弟""妹妹"都如基督一般，有如同羔羊和鸽子般的心灵，几乎就是基督的化身。如《弟弟》这样写道：

衣裳褴褛的弟弟

披戴幸福的麦粒

只有爱情的弟弟

以乞讨为生

穿过长街

给世人捧出唯一的收藏

这秘密的歌唱

谁聆听弟弟的爱情

孤独的帐篷

风吹散了弟弟的爱情

吹散了金子

他在自己的地方

但没人接待他

暗想爱情的弟弟呵

你在这世上露面原是迫不得已的

纵有烈火之心

也收不尽一滴泪

---

① 《圣经·加拉太书》5:23

但众水不能熄灭的是爱情

盼望土地丰收的弟弟

也盼望人民幸福

他要在死去之前

再爱一次不配他爱的世代

这究竟是哪一次暗中之喜

　　"暗想爱情的弟弟呵／你在这世上露面原是迫不得已的"，"他要在死去之前／再爱一次不配他爱的世代"等句已经点明了弟弟的形象，使徒约翰说："我们爱，是因为他先爱了我们。"[①] 弟弟就是一个这样的"先爱者"，他如上主一般，把爱施予四方，即使遭受孤独和冷遇，也不熄灭自己的爱。整首诗的语言简远而有醇厚的回甘，押韵并不密，中间还有一次换韵，但是外在的音节节奏和内里的情绪节奏相得益彰，再兼长短句式的调配，读来给人不胜低回之意。

　　《爱人之死》大概是北村珍爱的作品，他曾将这首诗歌选入不同的诗选，并在《花城》杂志以其为主题编配了一组诗。相比《活着》等的清朗风格，《爱人之死》更为深沉内敛一些，这与诗歌从死亡起笔有关："你躺在临终的床上／最后的微笑使花努力盛开／开完了痛苦的，再开喜悦的／她们一个紧紧倚靠着另一个"，诗中的爱人在弥留之际还想着把善意和爱护传递出去，让花儿绽放得更绚烂一些。"但你吃力地挂在我的泪珠上／迟迟不落／使两个绞在一起的灵魂／更加修长"，这一节书写的是抒情主人公对爱人的不舍，两人坚贞的爱情让灵魂闪光，"挂"与"绞"两个动词，尤其写出了巨大的不忍和情之悱恻，也写出了他们之间的爱如何出自灵魂又如何返照灵魂。"昨天的草如何生长／我也曾如何爱你／它滴进这愁惨的午夜／将我们缓缓送出"，《圣经·诗篇》有"至于世人，他的年

---

① 《圣经·约翰一书》4:19

日如草一样，他发旺如野地的花经风一吹，便归无有，他的原处，也不再认识他"一句，是说人的生命匆促，即便如野花遍地也无奈风何，但若把这微贱的生命关联到对上帝的爱上就不一样了，所以接下来的话是："但耶和华的慈爱归于敬畏他的人，从亘古到永远；他的公义也归于子子孙孙，就是那些遵守他的约，记念他的训词而遵行的人。"① 这一节的诗句的意思与之类似，对爱人的爱如草之茂长，但在爱人临终的时刻，却令人心生惨伤。最末一节以两句收束："我们居住过的窗口／灯火明亮"，这两句可以有两种不同理解：第一种相对传统的理解，以今昔存殁的对比制造情感的反差，更反衬爱人将死带给诗人心灵的震颤；第二种顺承前一节隐含的意绪，因为爱人在临终前依然将不泯的爱意传递出来，说明她是敬畏天主并守约的人，将在天主的慈爱中获得安息，那明亮的窗口即因为那不倦之爱的灯火。如果结合发表时配发的其他几首诗作来看，第二种理解大概更符合北村的本意——"凡有爱心的，都是由上帝而生，并且认识上帝"！②

有诗人认为衡量一首诗成功与否有四个指标："一、诗歌向永恒真理靠近的程度；二、诗歌通过现世界对于另一世界的提示程度；三、诗歌内部结构、技巧完善的程度；四、诗歌作为审美对象在读者心中所能引起的快感程度。"③ 以这四个标准来看，北村的诗作是担得起好诗评价的，虽然直到今天，北村在评论界和读者那里依然被惯性地固定为小说家和影视编剧，但是正像他自己坚持的那样，抛却他的诗歌讨论他的创作是不完整的，在诗人北村那里，隐含着理解他整个创作观念的密钥，也让人格外期待他诗歌创作的下一个爆发期。

---

① 《圣经·诗篇》103:15-18

② 《圣经·约翰一书》4:7

③ 西川：《艺术自释》，《诗歌报》1986 年 10 月 21 日。

附录 北村访谈

马兵：北村老师，您好！先从一个很多读者感兴趣的话题问起吧，就是您的笔名的由来。当时选择"北村"做笔名，有特别的意义或意味吧？还有您笔下的地名城市叫樟坂，乡镇叫霍童。很多读者认为是虚拟的，但实际都确有其地，霍童在福建宁德，和您的故乡长汀一样是很有名的古镇；樟坂是福州市永泰县同安镇下辖的一个村，您当时是怎么想到用这两个地名，并一直沿用了三十多年？

北村：取北村作为笔名，是源于我对乡村生活的怀念。因为我虽然是城里的孩子，但仅在城市出生而已，满月就被担任乡村药剂师的母亲抱到了现在盛产河田鸡的长汀县河田镇蔡坊村，她在乡卫生所工作。我是追逐溪水玩泥巴长大的，对村庄有着极深厚的感情。长大后回归城市，仍对乡村念念不忘，但乡村已逝去成一个记忆，霍童就是我对这个记忆的一个指代，有一次在闽东霍童，见其景色优美，便取其名所用。樟坂则是对应的城市符号。

马兵：一般而言，会认为《黑马群》是您正式发表的小说处女座，它完成于厦大的校园。我看到俞兆平老师回忆说，他对您当时发在学院自办的刊物《鼓浪》上的小说印象深刻，那些小说风格与《黑马群》类似吗，也属于您的"实验室实验"系列吗？

北村：是的。我从大学一年级就开始学习写作，受八十年代开放思想的影响，当时汲取了西方现代主义文学方法，写了很多实验小说，多为象征主义小说，先在学校刊物上实验，这类实验小说中比较成功的总结就是我的处女作《黑马群》，先发在我毕业后工作的刊物《福建文学》，后被《作品与争鸣》选登，引起了一些反响和讨论。那一年我二十岁。

马兵：您谈到过一个小说叫《滑地》，是早期您很看重的小说，但未见收入选本和文集。您能谈谈这个小说吗？

北村：我写过一个叫《滑地》的短篇，是在大学二年还是三年级写的我忘了，就写学生宿舍走廊上的一块青苔地，投射在人们心理和心灵上的过程，因为写得往复循环，深入纠结，有点理性思辨的味道，哈哈。是我《黑马群》之前最好的一篇。后来也公开发表了，发表在哪里，年代久远，我竟然忘记了。

马兵：《人民文学》1987年第1—2期那个著名的合刊本发表了您的《谐振》，小说里出现了一串字符，其时评论界虽然有人谈到，但未见有人点出。我这次重读，发现这串字符就是《国际歌》开头的旋律，显然是有着很强的用意的。

北村：是的，这是一篇黑色幽默和强烈的象征主义色彩的小说，描写体制的庞大固埃的性质，就是人在其间存在的荒诞性实际上已被无数现代主义大家叙述过，作为一个二十岁的大学中文系毕业生，虽然小说发在权威的《人民文学》杂志上，但我仍然觉得有仿写和致敬的含义。这种存在的荒谬性当时我仅仅是作为阅读的一种知识来接受的，并没有所谓真实的体验。直到中国高速成长后的现实出现，我才渐渐感觉出这种荒诞体验的深刻性。《国际歌》是一首有着优美旋律的宏大音乐叙事，代表所有急求改变的心灵需求。

马兵：《陈守存冗长的一天》是您早期代表作之一，您谈过不希望这个小说被作传统的解读和诠释，但是我个人还是很好奇，小说中的那个红衣人是否就是陈守存的镜像？朱大可认为这个小说写的是陈守存的自杀，但是更多评论家认为不是这样的。

北村：我觉得人的一生都是两个人一起生存的，如影随形，只是一个人在外面，一个人在里面，有时似乎走在平行线上，但最终是走"Y"字形道路，无为在歧路，一生都互为镜像，一生都在互搏。大致这样解读是没问题的。这里的"自杀"实际上是写一种"失败"，几乎所有人最后都走向两个结局之一种：要么寻得信仰，被"命名"；要么失败，被解构，在灵魂的意义上就是自杀。

马兵：*在我个人的观察中，罗布－格里耶对您早期的创作影响非常大，您自己也提到过，但把他放在了卡夫卡、加缪等的后面。*

北村：我之所以把新小说派放在卡夫卡和加缪之后，是因为我只把它看作一种观念的方法论，而非观念秩序。新小说派是一种人从神的怀抱中坠落后的观察世界的立场，它提供了新鲜视野，但方法的意义大于体验的意义，无论是罗伯－格里耶的结构理性还是克洛德·西蒙的巴洛克象征，都是不能发展，所以没有前途。同样的叙事在卡夫卡那里就成为了极有体验深度的《地洞》《在流放地》等。结构不是目的，方法永远是手段。观念本身不是终极体验，就像你不能天天说今天我请你吃鱼，而应该说今天我请你吃水煮鱼、松鼠桂鱼。吃鱼只能说一次。

马兵：*后来又有人称您是"中国的辛格"，是最接近辛格的中国作家等，您认同吗？*

北村：不敢！无颜忝列。但辛格确实是我最喜爱的作家之一，这个之一可以排列在非常前面，如果只让我选择三位作家，我会选择陀斯妥耶夫斯基，托尔斯泰和辛格。因为他是一种极罕见的"原型"作家，什么意思呢？就是说本质上 99.9% 的人类作家都在以"象征"的形式写小说，程度不同而已，这是人类思想处境的难言之隐，思维方式的天然缺陷，从精神出生犯下原罪后带来的，一种坠落后的困境，就是那枚吃了使人心眼明亮的知识果的核心后果，就是"割裂"，就是黑格尔的辩证法，康德的共相与殊相，拉斐尔名画中向上和向下指的手指。但辛格的小说是奇迹，他是最大程度弥合了这个断裂痕迹的作家，你去看他的短篇，一个短篇相当于别人一个长篇的思想当量，因为他使用的类似旧约的神圣叙事法，直接跳脱了文化的层次，跃升到宗教的层次，真的把世俗俚语和神圣启示话语结合，直接进行原型叙事，《傻瓜吉姆佩尔》就是典型的原型叙事，一个左脸被打伸出右脸的傻瓜。后世多有仿作，《阿甘正传》就是一例。但只有辛格的作品有原型意义，如同荷马史诗一样。

马兵： 您对先锋作家的标签一向是敬谢不敏，但在 1990 年代时，您对自己"后现代的写作"的评价很认可，并说只有赵毅衡和李以建曾注意到这一点，为什么当时那么强调"后现代"立场呢？而且就一般理解而言，"后现代"是消解中心和意义的，这与您作品体现的指向好像是背反的。

北村： 你不真正走到废墟上，是无法产生重建的愿望的，因为还没到绝望的处境。绝望从其精神特质上，只有真正到达人性的罪性的程度，绝望才能成为"存在"的绝望。后现代现场的最后一役，一定是针对语言的，人类真正失语，在立场上指向存在，在内在上指向精神，在指代上指向语言。语言的意义瓦解，本质上就是存在意义的瓦解，存在感就是荒诞和荒谬。我最后的小说实证就是"者说"系列，而《聒噪者说》是直指这一现场的。从这个"死"之后的"复活"，才是你指的我后来小说的"指向"。而在这个转变中间，不是叙事方法的改变，不是文学形式的改变，甚至本质上不是一次文学事变，所以，必须有一个真的奇迹发生，而且发生在我个人身上。

马兵： 先锋文学到今天也三十多年了，很让人感慨。而且无论怎么摆脱，那一批在 1980 年代中期的先锋文学潮涌中闯入文坛的写作者，还是免不了要面对"先锋"的身份。而且，这批作家依然是当下文坛最重要的创作力量。您今天怎么看这个身份？

北村： 我对先锋文学和先锋作家这个称谓没有好恶，实际上它起着一个文学断代的作用，那我们为了叙述方便暂且使用无妨。但很显然，那是一个重要的时代，产生的是一种重要的思潮，所以是重要的文学现象。关于这点评论家的著述和评论已汗牛充栋，我不赘述。我要指出的是：我们那一代作家有一个特殊的身份，或者说恰巧完成了一个使命：就是使小说真正回到了它的本体，以一个纯粹的"人"的立场来思考精神和观照现实。作家不再有诸如以历史和社会政治身份的标签，所写的现实也逐渐从社会进入到文化，从文化进入到人性和精神。知青一代作家则大都踌躇在文化的层面。先锋作家确实完成了回归文学本体的历史任务，而且是以个人的方式。

马兵：1986 年 7 月，您参加了《中国》杂志在青岛组办的笔会。格非有回忆，说你们一直在讨论残雪的小说。您对这次会议还有印象吗？

北村：有，这是一次在我记忆中有些奇怪的笔会，来的人有北岛，多多，格非，迟子建，徐星等。在爬崂山时我的东西丢了，被人捡到送回，于是被北岛勒令请了一场啤酒，大家趁酒开了一次"贴面舞会"。这是我和格非的第一次见面，那时他还叫本名"刘勇"。我们确实谈到了很多，我不记得具体的了，反正整个会议期间我们是黏在一起的，因为年龄相仿，是与会者年纪最小的。这打下了我们日后友谊的基础。这个会议给我最深刻的印象是"自由"和"开放"，无论是谈的、做的，那真是一个百花齐放百家争鸣的时代。包容度极大，充满着激情和希望。

马兵：1991 年 5 月中国作协组织的"青创会"您参加了吧，您好像很少提这次会议。

北村：是的，这是我唯一也是最后一次参加过的体制内全国性文学系统会议。这个会议的好处是可以见到很多认识或神交已久的朋友和同行，盛况空前。类似一个嘉年华。我记得那一年来的中央领导是李瑞环？既然大家都到场了，我就没啥好提起了，不是个人经验。

马兵：在 1992 年 3 月那个皈依的时刻到来之前，您在很多小说和创作中就谈到了神格、终极，在《聒噪者说》中还出现了牧师的形象，这是否说您的宗教情怀其实开始很早，而皈依是一个水到渠成的事情？

北村：应该说这是一次过程，然后遇到了一个节点。一种信仰的经验虽然是个人的，但实际上你不可能去全面地言说，就像你无法见证和描述你出生前父母亲对你的孕育工作细节。上帝也许早就在一棵无花果树下面看准你了，到时候了就将你拣选。俗话说：人的尽头，神的起头嘛。我确实是一个喜欢瞎想的人，而且从少年时代起就喜欢操一些不着边际的事的心，比如手电筒的光射到夜空咋就消失了呢？站在桥上看河水流动，到底是它在动还是人在动呢？对面的婆婆死了以后，飞到哪里去了呢？死人都不会动了，我为什么会害怕它呢？诸如此类的问题。及到了学习写作的时候，哲学便顺理成章地进入我的小说，对宗教的兴趣也深厚起来，某种程度上超过文学。但到今天我还是要说明的是：不是人要去找信仰，想找也找不到的。是信仰要找人。这是正确的逻辑。人要找的永远只是人的延长，跟神没有半毛关系。

马兵：您第一次阅读《圣经》是 1992 年 3 月皈依之后吗？

北村：我在大学时代买过《圣经》，是有人带到学生宿舍走廊上售卖的。老实说，读了几页就扔开了。实在是难以理解，荒诞不经。我一度是将之和希腊神话同等看待的。但我对《圣经》的语言非常着迷，它在语式上非常迷人，都是祈使句式：我看见，我来了，我要你们，你们必如何如何。后来被信入，才发现语言不仅是一种方式，而是一个立场，神的立场和人的立场完全不同，这个范围不一样，地位不一样，不是学习能达到的，不是教育能成就的，是从一个地位被救拔到另一个地位，被灌注入另一种生命。只有同生命才能真正读懂。好比你的家书我每个字都认识，但我永远无法体会到像你一样的感情。

马兵：如果让您给读者推荐一个《圣经》的版本，您会推荐哪一个？

北村：还是和合本吧。因为这个版本运用最广泛，不容易产生歧义。二则它有独特的汉语之美，就是古文向白话转折过程中的特殊况味。但为了解经准确，有时你得借助原版，才能精确解读，比如汉语版是从英文翻译而来，英文则是从希腊文而来，希腊原文版是相对比较准确的，比如汉语一直把"灵魂"一词当成一个意思，实际上无论英文还是希腊文中，"灵"是灵，是直觉与神的交通，"魂"是魂，是人的心思意志情感，是个格，完全不是一个东西。

马兵：除了《圣经》之外呢，您觉得还有哪些宗教著作是值得阅读的？

北村：我觉得《圣经》如果没有其历世历代传承下来的解经书做参考的话，是很难读懂的。许多大解经家的书非常值得读。许多属灵大家无论是古代或是现代的，都值得我们读。古代比如奥古斯丁，现代比如薛华博士。

马兵：1993—1995 年人文精神大讨论很热闹，不少参与讨论的人都提到了宗教写作对于文学的拯救，您当时参与讨论不多，但却身体力行地实践了。后来有不少批评家将您和史铁生、张承志等归入一类，您怎么看待这个归类？

北村：归类是评论家或历史学家的事情，文化之于宗教信仰的局限，就在于文化中可能有一种芜杂，它不是一个事实，只是一种无用的知识，只是一种猜测和文化想象。我非常敬佩和尊重您提到的两位作家，实际上他们是我阅读和学习的重点作家。我是不能与他们相比的，如果说评论家硬要把我们仨凑在一起说，只有一个事实是共同而真实有用的：那就是信仰对于这三个作家而言，都是真实的人生，是事实，是实践，不是理论，不是想象，不是猜测，不是假说。是跟他们的真实生活发生关系，并影响他们的人生。

马兵：艾略特也经历了一个从现代派作家到基督徒作家的转化，他有一个说法，认为宗教文学应该"是一种不自觉地、无意识地表现基督教思想情感的文学，而不是一种故意地和挑战地为基督教辩护的文学"。您怎么看这个问题，毕竟这是围绕您后来创作被讨论最多的话题之一。

北村：我同意这个说法。所以我比较少参加所谓"基督教文学"活动，因为我不认为有这样一种文学，否则它的内涵和外延是什么呢？它和普通文学的边界在哪里？认可它就像认可"煤矿文学"类别一样荒谬。但有一种类别是可能存在的：在教会内部流传的，护教的，做属灵辅导的，但这必须是在我成为一个教牧人员之后，就是成为一个"神的管道"之后才会做的事，因为现在的我没这个资格，现在的作家北村仍是以个人体验为立场的。前者是一个神的器皿和管道，是教导的职份，后者是一个经历属灵过程的信徒，是经历者，是受教的地位。

马兵：我第一次阅读您的小说是在《收获》上读到的《水土不服》，当时被康生这个形象深深打动，然后把所有能找到的您的作品都找来读，也早早确定了毕业论文要以您为研究对象。这部小说有力地参与了关于"诗人之死"讨论的时代话题，并且对任何妥协或媚俗的解救方式都予以严厉的批判。您后来把它改名为《鸟》，相比于"水土不服"的强烈暗示，《鸟》中性多了，但也不那么精警了。

北村：水土不服，强调的是天人交战，是冲突；鸟，强调的是孤独的体验，是境遇。其实是差不多的意思，一种性质，两种描述角度。

马兵：您第一次与影视联姻，应该是张艺谋约写《武则天》那一次吧？《周渔的喊叫》应该是第二次。那在此前，您有过剧本写作经历吗？

北村：写过一个电视连续剧，是吴子牛导演的。还有几个其他的，比如长篇电视连续剧《台湾海峡》，还在央视黄金时间播出。我接触影视很早，但从来没真正进入这个行业。最多是若即若离。有两个原因：我个人非常喜欢电影，不亚于文学，但我不想真正从事这个行业，太笨重，需要很多合作才能完成，不像写作这么轻巧，既然写小说一样能表达，为什么要选择那么笨重的形式呢？二，客串影视既能增加收入，又能满足爱好，还不累，正好。

马兵：如果从《周渔的喊叫》算起来，您从事编剧的行当也有二十多年了。有不少优秀的小说家在下海写剧本后就没有再回到小说创作上来，但您特别强调了两者的不同。在过去的访谈里，您说过，剧本是谋生的方式，小说更切近心灵。除此之外，还有一个重要的问题，那就是小说和影像的关系。研究文学与影像关系的法国人爱德华·茂莱说："1922 年后的小说史，即《尤利西斯》问世后的小说史，在很大程度上是电影化的想象在小说家头脑里发展的历史，是小说家常常怀着既恨又爱的心情努力掌握二十世纪的'最生动艺术'的历史。"您认同这个说法吗？

北村：这种说法描述了一部分真相。比如海明威的"电报式"的小说，很难想象没受到电影的影响。再比如说福克纳的《我弥留之际》，几乎就是一部电影的结构，至少在叙述时间上借鉴了电影。福克纳依靠在好莱坞写剧本赚钱，甚至买了飞机。我相信他是有所借鉴的。这不是问题。现代小说中的思想者的退场才是严重问题。形式和载体是思想流成的河道，是思想浇筑的建筑。荷马史诗时代，说唱是一种形式，后来写入羊皮卷，后来写入纸张，后来录入电脑，有啥区别？人在写作中的思想位置才是核心问题。

马兵：我看到有评论批评您小说中的"影像化"问题，认为您很多小说是靠对白来推动叙事的。我自己的看法是，这并不是来自影像的影响，可能与您受到陀思妥耶夫斯基的启发有关，您谈到过争辩在小说中的作用，对白其实是为了写争辩的。

北村：正是如此。这是一种诘难式的叙事。思辨的过程才是小说叙事的真正动力线，情节并不是，情节是思辨流成的河流。思辨是下面的河床。我的小说总是由我自己产生的两个人格，在诘难中艰难推进的。至于对白，可以是人物的对白，也可以是潜对话，实质并无不同。

马兵：您多次谈及自己对电影的兴趣。您最喜欢的导演是谁？我读您的小说，有时会想到基斯耶洛夫斯基，比如《十诫》《杀人短片》等。

北村：我喜欢的导演很多，多到我自己数不过来。艺术片导演的个人风格化特征很明显，所以我喜欢的导演就很多。我就不一一列举了。

马兵：有没有特别向读者推荐的影片？

北村：也很多。比如塔可夫斯基的《安德烈·卢布廖夫》，贝多鲁齐的《一九〇〇》等等。

马兵：从出版《我和上帝有个约》到《安慰书》，中间除了一个中篇之外，整整十年没有写小说。除了剧本的工作缠身之外，还有其他原因吗？毕竟读者等了太久了。

北村：除了写剧本占用我大量的时间外，还因为我一个写作习惯：我不是很在意我的创作量，我甚至没把文学当成我安身立命之职，我首先是活着的个体，体验中的人，我生命经历的意义大于我写作的意义。我确实在我人生的每个阶段思考我存在的意义，这不是装"13"，是非常真实的，我必须找到答案并能自圆其说，文学只不过是这种思考的遗痕，一种记录，一个印记而已。记完了就结束它的使命，说不用写了。比起"写"，"想"更重要。所以你会发现：我的写作年表是呈一段一段的，写个三五年，会停个七八年。这种轨迹证实了我说的这个特征。

马兵：如果从您的众多长篇中选一部作为代表，您会选择《我和上帝有个约》还是《安慰书》呢？

北村：会同时选这两部。前者写人，后者写时代。

马兵：您的长中短篇创作相对均衡，短篇写得相对少一些，但是长篇基本都是小长篇的篇幅，您怎么理解小说的文体，小长篇对您来说是否是最合适的容量？

北村：现代主义之后，人们的阅读习惯已经改变了，这是一个不争的事实，但我并不是为了去适应读者的阅读习惯才这么写的，因为我作为时代的一分子，我的阅读和写作也同时发生了改变。现在不需要使用几十万字的庞大体量才能表现一个时代，写清楚一种"幽暗的内心"，就能映照一个时代。这样，我觉得十来万字足矣。我还有许多题材领域需要去探索，这给了我很大的时间和空间的可能。

马兵：那么诗歌呢？在小说家的北村、编剧的北村之外，还有一个诗人的北村，但不太被批评界关注。我知道，您自己是比较珍视这个身份的。而且我看您诗歌创作在1999年前后有个爆发。

北村：我写诗纯粹是有感而发，所以才会偶尔为之，或者在个人经历和体验比较集中时一次性爆发。我很害怕写诗的光景，因为过于强烈和集中的体验会要人的命！它不像小说创作有一个庞大的载体可以让你"分心"，释放一些情绪，我觉得写诗不是"我在写"，是诗的句子瞄准了我，找到了我，像子弹一样射中我。很不好玩的。我还是当小说家好。

马兵：有一次和一个70后小说家朋友聊天，谈起您的《玛卓的爱情》等小说，我们都很喜欢。他有一个观点，就是70后作家其实还是受到60后等前辈的影响，显现了新时期文学内在的一种连接和传承，但是到了80后的作家，基本和当代文学的关系是中断的。您关心后辈和新人的作品吗，有没有给您留下比较深刻印象的写作者？

北村：这是评论家的观点，作家不关心这事。我是深受前辈作家的影响，虽然中国作家很少，也还是有的。至于我们能如何影响别人？也太高看了吧，我们自己尚是学习者。况且这个问题最不重要。

马兵：您现在的身份是淘宝店主，一个特别接地气的身份。会影响到创作吗？作家身份和店主身份怎么切换呢？

北村：比起写影视剧本，这个工作对创作的影响要小得多，主要是没有影响到创作自由。它是跟创作完全不一样的工作，是另一个职业，这样反正井水不犯河水。接触的人也不一样，跟文学圈的人半毛关系也没有，我接触的基本上是农民，是养殖户，做酒的，赶鸡的……接触的是活生生的现实，是真实的土地，翻山越岭，追鸡赶猪，让我身体逐渐健康，心情开朗。另外很重要的是：吃得很好！全来自造物主馈赠的原生态食材，让我震惊：这才是原创的滋味啊！

马兵：2004年您的《发烧》以"非典"为素材，是其时为数不多的表现"非典"疫情的小说。十六年后，更厉害的"新冠疫情"汹涌而至，不知您有针对这次"疫情"的写作计划没有？疫情之类的灾难事件似乎给观察人性的多维和复杂提供了特别的机会。

北村：没有。我忙着防疫呢。等我有了想法再说，可能是猴年马月呢。对于一个作家而言，新闻如何进入他的视野？并不取决于人们常说的所谓"沉淀"，你凭什么要去写它？这本身就是荒谬的，因为它重大吗？因为它死了很多人？因为它影响了人们的生活？都不是理由。作家只关心他素来一直思考的问题，这个现实必须"击中"他的问题，他的问题遭遇了一个现实，可作为载体，两相结合，就可以结婚和生产了，所以，一切取决于内在原因，而非外在事件，它再重大也没用，因为在优秀小说家看来：所有的现实都是经他观照和思考过的现实，才是真实的，才是有意义的。否则，是历史学家的事情。心灵现实比外在现实重要得多。历世历代的伟大作家们正是靠"这一条历史"线索才捍卫记忆的。这样，有些现实事件可能我一辈子也不会去碰，有些则可以马上开始描述它，其实是重新阐释现实。

北村创作年表

1965年 一岁

9月16日，北村出生于福建长汀，本名康洪。童年在长汀河田镇的蔡坊村度过，初二时跟随父母搬到长汀县城，读初中高中。

1981年 十六岁

考入厦门大学中文系。大学期间，开始文学创作的实践，同时阅读了大量西方文学名著和哲学著作。

1985年 二十岁

在《福建文学》第3期发表短篇小说《黑马群——实验室实验之一》，后被《作品与争鸣》转载。

同年夏天，大学毕业，奔赴福州，在《福建文学》担任编辑，并在那里工作多年。

1986年 二十一岁

7月，参加了由《中国》杂志和《海鸥》杂志联合举办的笔会，并与格非结为好友。

在《中国》第9期发表小说《构思》。

在《当代文艺探索》第2期发表评论《王一生形象系统新论——谈〈棋王〉的超越功能》。

第 6 期发表评论《历史中的自然和现实中的历史及未来——论袁和平的"森林文学"》。

在《文学评论家》第 6 期发表评论《血与火生发的外观——〈红萝卜〉〈红高粱〉管窥》。

1987 年　二十二岁

在《人民文学》第 1-2 期合刊上发表短篇小说《谐振》。

在《上海文论》第 1 期发表创作谈《超越意识：超阶段和超实体——文学超越意识沉思录之一》。

在《福建文学》第 2 期发表《小说现状和模式的艺术思考——文学超越沉思录之一》。

1988 年　二十三岁

在《中外文学》第 3 期发表小说《猎经》。

在《电影之友》第 7 期发表影评《〈孩子王〉与第三只眼》。

1989 年　二十四岁

开启以"××者说"为代表的系列小说的创作。

在《文学角》第 2 期发表《北村致格非的信》。

在《厦门文学》第 4 期发表《菩萨》。

在《文学自由谈》第 4 期发表与王欣的对谈《关于汉语言文学的对话》。

在《收获》第 4 期发表《陈守存冗长的一天》。

在《北京文学》第 6 期发表《逃亡者说》。

在《中外文学》第 6 期发表《归乡者说》。

1990 年　二十五岁

在《长城》第 1 期发表《劫持者说》。

在《文学自由谈》第 2 期发表创作谈《神格的获得与终极价值》。

在《钟山》第 3 期发表《披甲者说》。

在《青春》第 11 期发表《诗人慕容》。

1991 年 二十六岁

在《收获》第 1 期发表《聒噪者说》。

在《文学自由谈》第 2 期发表创作谈《失语和发声》。

在《花城》第 6 期发表《迷缘》。

在《厦门文学》第 1 期发表与朱大可对谈《地域文化与人类精神及其他》，第 6 期发表《去罕达之路》。

1992 年 二十七岁

3 月 20 日，在厦门归信基督。

在《小说家》1992 年第 1 期发表《孔成的生活》。

在《厦门文学》第 2 期发表《霍童乡》。

在《艺术世界》第 6 期发表创作谈《缅怀艺术》。

1993 年 二十八岁

进入写作的第二个爆发期。

在《作家》第 4 期发表中篇小说《大药房》。

在《花城》第 3 期发表长篇小说《施洗的河》和创作谈《我的大腿窝被摸了一下》，同年由花城出版社出版单行本。

在《收获》第 4 期发表《张生的婚姻》。

在《钟山》第 6 期发表小说《消逝的人类》《伤逝》和创作谈《爱能遮掩许多的罪》。

在《厦门文学》第 6 期发表评论《在祷告里回家》。

6 月，《花城》杂志在北京组织了一场"当代中国先锋小说的命运及其未来"的讨论会，专题研讨北村和吕新的小说。

1994 年 二十九岁

在《小说家》第 1 期发表长篇小说《武则天》。

在《长城》第 1 期发表小说《情况》。

在《花城》第 1 期发表小说《孙权的故事》

在《江南》第 1 期发表中篇小说《极地》。

在《收获》年第 2 期发表小说《玛卓的爱情》。

在《大家》第 3 期发表小说《最后的艺术家》。

在《当代作家评论》第 4 期发表创作谈《我与文学的冲突》。

在《上海文学》第 5 期发表小说《运动》。

在《山花》第 12 期发小说《破伤风》。

在作家出版社出版小说集《聒噪者说》，该小说集是"文学新星丛书"中的一本，这也进一步确立了北村在先锋文学阵营中主将的地位。

在长江文艺出版社出版小说集《玛卓的爱情》，入选"跨世纪文丛"。

9 月，福建省文联文艺理论研究室、福建社科院文学研究所与福建师大文艺创作美学研究所三家联合召开北村小说作品的讨论会。

1995 年 三十岁

在《大家》第 1 期发表小说《消灭》和创作谈《活着与写作》。

在《收获》第 1 期发表小说《水土不服》。

在《钟山》第 4 期发表小说《还乡》和创作谈《神圣启示与良知的写作》。

在《山花》第 6 期发表创作谈《彰显》。

在《山花》第 7 期和第 8 期发表创作谈《赦免》。

1996 年　三十一岁

在《作家》第 1 期发表创作谈《今时代神圣启示的来临》。

在《天涯》第 2 期发小说《强暴》。

在《天涯》第 3 期发表创作谈《信仰问答》。

1998 年　三十三岁

在《大家》第 3 期发表长篇小说《老木的琴》，第二年由云南人民出版社发行单行本。

在《花城》第 2 期发表中篇小说《东张的心情》和创作谈《失了味的盐》。

在《花城》第 5 期发表《北村诗八首》。

在《青年文学》第 8 期发表诗歌《初恋（外四首）》。

在《山花》第 10 期发表短篇《芦苇陈琳》、创作谈《出现在希望中的感情》和《诗七首》。

1999 年　三十四岁

在《大家》第 2 期发表小说《周渔的喊叫》。后于 2003 年改编为电影《周渔的火车》。

在《收获》第 4 期发表小说《长征》。

在《山花》第 2 期发表小说《消息》和创作谈《自由和纯粹的写作》。

在《天涯》第 5 期发表小说《心中不悦》。

在《青年文学》第 8 期发表创作谈《十读》。

在《作品》第 2 期发表《北村的诗：七首》

2000 年　三十五岁

在《大家》第 1 期发表小说《家族记忆》。

在《花城》第 2 期发表小说《公民凯恩》。

在《山花》第2期发表小说《被占领的卢西娜》《小兵》及创作谈《关于小说》。

在《青年文学》第3期发表小说《淌水的东西》和《病故事》。

在《作家》第4期发小说《苏雅的忧愁》。

在花山文艺出版社出版小说集《周渔的喊叫》。

2001年　三十六岁

定居北京。

在中国社会科学出版社出版中短篇小说集《周渔的喊叫》。

在《花城》第1期发表小说《我的十种职业》。

在时代文艺出版社出版小说集《长征》。

2002年　三十七岁

在作家出版社出版小说集《周渔的火车》。

在作家出版社出版长篇小说《台湾海峡》（为与张绍林合作的电视连续剧《台湾海峡》的同题小说）。

在新疆人民出版社出版小说集《公民凯恩》《消失的人类》。

2003年　三十八岁

2月14日，根据北村小说《周渔的喊叫》改编的电影《周渔的火车》公映，电影由第五代导演孙周执导，巩俐、梁家辉和孙红雷主演。

4月，担任大型历史文献电视纪录片《施琅将军》的编剧。

5月，北村担任编剧的二十三集电视连续剧《台湾海峡》在中央电视台第八套黄金时间播出，该剧导演是张绍林。

在《青年文学》第11期发表创作谈《回忆》。

在东方出版社出版长篇小说《望着你》《鸟》《武则天》。

在上海人民美术出版社出版长篇小说《玻璃》。

在《电影艺术》第3期发表《都市爱情神话解析——关于〈周渔的火车〉的对话》。

2004 年　三十九岁

在《厦门文学》第4期发表创作谈《重要的指证》《北村诗：20首》。

在北京十月文艺出版社出版长篇小说《发烧》。

在团结出版社出版长篇小说《愤怒》。10月，白烨、张颐和、陈晓明等批评家参加了在国林风书店举行的《愤怒》座谈会。11月，在南京大学召开了"作家如何用灵魂创作——北村新书《愤怒》研讨会"。

12月，《文学评论》杂志社、连城县政府和中国作协在福建连城冠豸山联合举办了北村暨客家小说学术研讨会。

2005 年　四十岁

在新华出版社出版长篇小说《公路上的灵魂》。

在时代文艺出版社出版长篇小说《另一种阳光》。

2006 年　四十一岁

在长江文艺出版社出版长篇小说《我和上帝有个约》。

2007 年　四十二岁

2月，获得第28届"汤清基督教文艺奖"。

4月，获得第五届华语传媒文学奖"2006年度小说家奖"，获奖演说《乌托邦抑或桃花源》，发表于《当代作家评论》当年第3期。

2008 年　四十三岁

在《花城》第1期发表中篇小说《自以为是的人》。

在《天风》第 8 期发表散文《消费物质还是消耗心灵？》。

在《城色》第 6 期发表散文《城市：小的是美好的》。

在《中篇小说选刊》第 2 期发表创作谈《自以为是的写作》。

在《北京文学》（中篇小说月报）第 11 期发表创作谈《生活在异乡的精神家园：与北村谈辛格的小说〈傻瓜吉姆佩尔〉及其他》。

根据北村《我和上帝有个约》改编的电视剧《如果还有明天》拍竣，北村担任编剧，导演是姜凯阳。

2009 年　四十四岁

在《视野》第 13 期发表散文《厦门，我的半岛》。

2010 年　四十五岁

在《厦门文学》第 7 期发表创作谈《文学的"假死"与"复活"》和散文《菜鸟说粤菜》。

由北村担任编剧的四十集大型历史题材连续剧《李白》拍竣播映，该剧由邵警辉导演。

2011 年　四十六岁

在《信睿》第 4 期发表散文《一切问题中的问题》。

2012 年　四十七岁

在《西湖》第 7 期发表与姜广平的对谈《我基本背对着文坛写作》。

在《信睿》第 1 期发表散文《人人都是孤岛》。

2013 年　四十八岁

在《文学界》（原创版）第 5 期发表小说《白夜》和创作谈《乌托邦抑或桃花源》《文学的"假死"与"复活"》，以及与陈辉的对谈《直面钱理群之叹》。

在《上海采风》发表散文《敬虔的富有，为奴的赤贫》。

2014 年　四十九岁
在《花城》2014 年第 3 期刊出组诗《爱人之死》。

在《长江文艺》（好小说）第 5 期发表创作谈《见证心灵的镜像》。

2016 年　五十一岁
年初，告别北京，返回福州。

在《花城》第 5 期发表长篇小说《安慰书》，单行本后由花城出版社出版。

在《西部》第 11 期发表诗作《诗人》。

11 月 20 日在北京师范大学召开了由北京师范大学国际写作中心与《花城》杂志、花城出版社共同举办的"先锋的旧爱与新欢——《下弦月》《安慰书》北京首发式暨研讨会"。

11 月 27 日，在南京师范大学举行了名为"先锋的转向——从 80 年代到新世纪：吕新《下弦月》、北村《安慰书》南京研讨会"，由南京大学中国新文学研究中心、南京师范大学江苏当代作家研究基地与《花城》杂志、花城出版社在南师大共同举办。

在淘宝创办"北村自然生活馆"，主营长汀当地特色食材。

2017 年　五十二岁
在作家出版社出版《自以为是的人》。

参考文献

一、作品类

1. 北村：《施洗的河》，广州：花城出版社，1993 年。

2. 北村：《聒噪者说》，北京：作家出版社，1994 年。

3. 北村：《玛卓的爱情》，武汉：长江文艺出版社，1994 年。

4. 北村：《老木的琴》，昆明：云南人民出版社，1999 年。

5. 北村：《周渔的喊叫》，石家庄：花山文艺出版社，2000 年。

6. 北村：《周渔的喊叫》，北京：中国社会科学出版社，2001 年。

7. 北村：《长征》，长春：时代文艺出版社，2001 年。

8. 北村：《周渔的火车》，北京：作家出版社，2002 年。

9. 北村：《台湾海峡》，北京：作家出版社，2002 年。

10. 北村：《公民凯恩》，乌鲁木齐：新疆人民出版社，2002 年。

11. 北村：《消失的人类》，乌鲁木齐：新疆人民出版社，2002 年。

12. 北村：《鸟》，北京：东方出版社，2003 年。

13. 北村：《望着你》，北京：东方出版社，2003 年。

14. 北村：《武则天》，北京：东方出版社，2003 年。

15. 北村：《玻璃》，上海：上海人民美术出版社，2003 年。

16. 北村：《愤怒》，北京：团结出版社，2004 年。

17. 北村：《发烧》，北京：北京十月文艺出版社，2004 年。

18. 北村：《公路上的灵魂》，北京：新华出版社，2005 年。

19. 北村：《另一种阳光》，长春：时代文艺出版社，2005 年。

20. 北村：《我和上帝有个约》，武汉：长江文艺出版社，2006 年。

21. 北村：《安慰书》，广州：花城出版社，2016 年。

22. 北村：《自以为是的人》，北京：作家出版社，2017 年。

23. 宋耀良主编：《中国意识流小说选 1980-1987》，上海社会科学院出版社，1988 年。

24. 盛子潮编选：《中国新实验小说选》，浙江文艺出版社，1993年。

25.《北村诗八首》，《花城》1998 年第 5 期。

26.《初恋（外四首）》，《青年文学》1998 第 8 期。

27.《诗七首》，《山花》1998 年第 10 期。

28.《北村的诗：七首》，《作品》1999 年第 2 期。

29.《北村的诗：20 首》，《厦门文学》2004 年第 4 期。

30.《爱人之死（组诗）》，《花城》2014 年第 3 期。

二、宗教典籍类

1.《圣经》官话和合本。

2. 冯象译注：《摩西五经》，生活·读书·新知三联书店，2013 年。

3.［法］约翰·加尔文：《基督教要义》，钱曜诚等译，生活·读书·新知三联书店，2010 年。

4.［法］约翰·加尔文：《基督徒的生活》，钱曜诚等译，孙毅选编，生活·读书·新知三联书店，2010 年。

5.［古罗马］奥古斯丁：《论信望爱》，许一新译，生活·读书·新知三联书店，2010 年。

6.［古罗马］奥古斯丁：《上帝之城》，王晓朝译，人民出版社，2006 年。

7.［英］J.C. 莱尔：《圣洁》，李漫波、朱保平译，生活·读书·

新知三联书店，2013年。

8.［美］乔纳森·爱德华兹：《宗教情感》，杨基译，生活·读书·新知三联书店，2013年。

9.［英］詹姆斯·里德：《基督的人生观》，蒋庆译，生活·读书·新知三联书店，1998年。

10.［德］迪特里希·朋霍费尔：《做门徒的代价》，隗仁莲译，安希孟校，四川人民出版社，2000年。

11.［德］迪特里希·朋霍费尔：《狱中书简》，高师宁译，四川人民出版社，1997年。

12.［法］西蒙娜·薇依：《重负与神恩》，顾嘉琛、杜小真译，中国人民大学出版社，2003年。

13.［德］马克斯·舍勒：《死·永生·上帝》，孙周兴译，中国人民大学出版社，2003年。

14.［瑞典］虞格仁：《基督教爱观研究》，台湾道声出版社，2012年。

15.［美］保罗·蒂利希：《存在的勇气》，成穷、王作虹译，贵州人民出版社，2009年。

16.［美］保罗·蒂利希：《文化神学》，中国社会科学出版社，1992年。

17.［德］马丁·布伯：《我与你》，陈维纲译，生活·读书·新知三联书店，2002年。

18.［瑞士］孔汉思、库舍尔：《全球伦理：世界宗教议会宣言》，何光沪译，四川人民出版社，1997年。

三、研究著作与论文

1.朱伟主编：《追寻80年代》，中信出版社，2006年。

2.［俄］巴赫金著《巴赫金全集》，河北出版社，1998年。

3. 李维屏：《英美现代主义文学概观》，上海外语教育出版社，1998 年。

4. 洪子诚：《中国当代文学史》，北京大学出版社，1999 年。

5. 作家出版社编：《回眸：从"文学新星丛书"看一个文学时代》，作家出版社，2009 年。

6. 马原：《小说密码》，作家出版社，2009 年。

7. 张闳：《感官王国》，同济大学出版社，2007 年。

8. ［法］利奥塔：《非人》，商务印书馆，2000 年。

9. 洪治纲：《守望先锋》，广西师范大学出版社，2005 年。

10. 孙周兴选编：《海德格尔选集》，上海三联书店，1996 年。

11. ［英］戴维·洛奇：《小说的艺术》，作家出版社，1998 年。

12. 程永新编著：《一个人的文学史》，上海文艺出版社，2018 年。

13. 柳鸣九编选：《新小说派研究》，中国社会科学出版社，1986 年。

14. ［法］热拉尔·热奈特：《叙事话语·新叙事话语》，中国社会科学出版社，1990 年。

15. ［法］阿兰·罗布－格里耶：《快照集·为了一种新小说》，湖南美术出版社，2001 年。

16. ［美］马泰·卡林内斯库：《现代性的五副面孔》，商务印书馆，2002 年。

17. 李显杰：《电影叙事学：理论和实例》，中国电影出版社，2000 年。

18. 杨小滨：《中国后现代：先锋小说中的精神创伤与反讽》，上海三联书店，2013 年。

19. 夏志清：《中国现代小说史》，复旦大学出版社，2005 年。

20. 刘再复、林岗：《罪与文学》，中信出版社，2011 年。

21. ［美］马麦金太尔：《德性之后》，中国社会科学出版社，1995 年。

22. 张承志:《以笔为旗》,中国社会科学出版社,1991年。

23. 杨小滨:《中国后现代:先锋小说中的精神创伤与反讽》,上海三联书店,2013年。

24. [俄]舍斯托夫著、董友等译:《在约伯的天平上》,生活·读书·新知三联书店,1989年。

25. [德]本雅明:《本雅明文选》,陈永国、马海良译,中国社会科学出版社,1999年。

26. [德]尼采:《悲剧的诞生》,孙周兴译,商务印书馆,2012年。

27. 洪治纲:《守望先锋》,广西师范大学出版社,2005年。

28. [法]伊夫·瓦岱:《文学与现代性》,北京大学出版社,2001年。

29. [法,捷克]米兰·昆德拉:《被背叛的遗嘱》,上海译文出版社,2003年。

30. [美]马泰·卡林内斯库:《现代性的五副面孔》,商务印书馆,2002年。

31. [加]秦家懿、[瑞士]孔汉思:《中国宗教与基督教》,生活·读书·新知三联书店,1997年。

32. [俄]别尔嘉耶夫:《论人的使命》,学林出版社,2000年。

33. [英]T.S.艾略特:《宗教和文学》,《艾略特文学论文集》,百花洲文艺出版社,1997年。

34. 刘小枫:《拯救与逍遥》,上海三联书店,2001年。

35. [加]诺思洛普·弗莱:《伟大的代码——圣经与文学》,北京大学出版社,1998年。

36. [美]韦恩·布斯:《小说修辞学》,北京大学出版社,1987年。

37. 冯象:《信与忘:约伯福音及其他缀言》,《书城》2011年第12期。

38. 陈佳冀：《信仰之路上的灵魂救赎——由北村的〈公路上的灵魂〉谈起》，《中国海洋大学学报》2011 年第 1 期。

39. 吴俊：《先锋文学续航的可能性——从吕新〈下弦月〉、北村〈安慰书〉说开去》，《文学评论》2017 年第 5 期。

40. ［美］彼得·S. 霍金斯：《作为文学和神圣文本的圣经》，《圣经文学研究》2017 年第 2 期。

41. 王晓华：《约伯的困惑与超越》，《基督宗教研究》2015 年第 1 期。

42. 孔范今：《90 年代现实主义的两次冲刺》，《时代文学》2000 年第 4 期。

43. 谢有顺：《先锋文学并未终结——答友人书》，《当代作家评论》2005 年第 1 期。

44. 刘琼：《北村长篇小说〈安慰书〉：先锋的一种转型及我的挑剔》，《文艺报》2017 年 4 月 17 日。

45. 王腾：《论奥古斯丁基督教道德哲学的"爱"》，《社科纵横》2013 年第 5 期。

46. 徐弢：《圣经灵魂观念词源学辨析》，《宗教学研究》2009 年第 3 期。

47. 黄发有：《挂小说的羊头，卖剧本的狗肉——影视时代的小说危机》，《文艺争鸣》2004 年第 1 期。

48. 曾庆豹：《论世俗时代与宗教现代性——查尔斯·泰勒的论点》，《基督教文化学刊》2018 年第 1 期。

49. 朱大可：《无边的聒噪》，《当代作家评论》1992 年第 1 期。

50. 林舟：《苦难的书写与意义的探寻——对北村的书面访谈》，《花城》1996 年第 6 期。

51. 南帆：《先锋的皈依——论北村的小说》，《当代作家评论》1995 年第 4 期。

52. 修彬：《先锋的迁移——北村小说作品讨论会综述》，《福建文学》1995 年第 1 期。

53. 朱必圣:《由怀疑到信仰——北村的重担和他的小说》,《当代作家评论》1995 年第 4 期。

54. 朱必圣:《周渔的眼泪——北村与文学之命》,《厦门文学》2004 年第 3 期。

55. 李以建:《北村小说解读》,《文艺争鸣》1992 年第 3 期。

56. 吴炫、王干、王彬彬、费振钟:《人文精神寻思录之三——我们需要怎样的人文精神?》,《读书》1994 年第 6 期。

57. 戴清整理:《当代中国先锋小说的命运及其未来——吕新、北村等先锋派作家作品研讨会综述》,《小说评论》1993 年第 10 期。

58. 谢有顺:《救赎时代——北村与先锋小说》,《文艺评论》1994 年第 2 期。

59. 张清华:《先锋的终结与幻化——关于近三十年文学演变的一个视角》,《文艺研究》2016 年第 4 期。

60. 孟繁华:《九十年代:先锋文学的终结》,《文艺研究》2000 年第 6 期。

61. 王本朝:《北村与基督教文化》,《涪陵师专学报》2001 年第 1 期。

62. 崔卫平:《海子、王小波与现代性》,《当代作家评论》2006 年第 2 期。

图书在版编目（CIP）数据

北村论／马兵著 . -- 北京：作家出版社，2021.3
（中国当代作家论）
ISBN 978-7-5212-1113-9

Ⅰ.①北… Ⅱ.①马… Ⅲ.①北村 - 作家评论
Ⅳ.①I206.7

中国版本图书馆 CIP 数据核字（2020）第 168662 号

北村论

总 策 划：吴义勤
主　　编：谢有顺
作　　者：马　兵
出版统筹：李宏伟
责任编辑：田小爽
装帧设计：恰利工作室
出版发行：作家出版社有限公司
社　　址：北京农展馆南里 10 号　　　邮　　编：100125
电话传真：86 - 10 - 65067186（发行中心及邮购部）
　　　　　86 - 10 - 65004079（总编室）
E - mail: zuojia@zuojia. net. cn
http: // www. zuojiachubanshe. com
印　　刷：中煤（北京）印务有限公司
成品尺寸：152 × 230
字　　数：179 千
印　　张：14.25
版　　次：2021 年 3 月第 1 版
印　　次：2021 年 3 月第 1 次印刷
ISBN 978 - 7 - 5212 - 1113 - 9
定　　价：48.00 元

中国当代作家论

第一辑

阿城论　　杨　肖 著　　定价：39.00 元

昌耀论　　张光昕 著　　定价：46.00 元

格非论　　陈斯拉 著　　定价：45.00 元

贾平凹论　苏沙丽 著　　定价：45.00 元

路遥论　　杨晓帆 著　　定价：45.00 元

王蒙论　　王春林 著　　定价：48.00 元

王小波论　房　伟 著　　定价：45.00 元

严歌苓论　刘　艳 著　　定价：45.00 元

余华论　　刘　旭 著　　定价：46.00 元